에스페란사의 골짜기

이 책의 한국어 판 저작권은 (주)한국저작권센터(KCC)를 통한
저작권자와의 독점계약으로 도서출판 아침이슬에 있습니다.
저작권법에 의해 한국 내에서 보호를 받는 저작물이므로 무단전재와 무단복제를 금합니다.

이 도서의 국립중앙도서관 출판시도서목록(CIP)은
e-CIP 홈페이지(http://www.nl.go.kr/cip.php)에서 이용하실 수 있습니다.
(CIP제어번호: CIP2005002668)

I 아침이슬 청소년 * 003 I

에스페란사의 골짜기

팜 뮤뇨스 라이언 지음 | 임경민 옮김

아침이슬

오늘 추락하는 자 내일 일어설지니!

1924년, 멕시코, 아과스칼리엔테스

"에스페란사, 이 땅은 살아 있단다."

완만한 포도밭 비탈을 딸의 손을 잡고 걸으며 아빠가 말했다. 포도나무 잎들이 무성한 숲을 드리우고, 주렁주렁 매달린 포도송이들은 수확의 손길을 기다리고 있었다. 이제 막 여섯 살이 된 에스페란사는 포도나무 사이로 구불구불하게 난 길을 따라 아빠와 함께 걷는 것을 좋아했다. 그럴 때면 에스페란사는 땅에 대한 사랑으로 넘실대는 아빠의 두 눈을 그윽히 바라보곤 했다.

"이 골짜기 전체가 살아 숨 쉬고 있단다."

아빠가 두 사람을 에두르고 있는 먼 산들을 빙 둘러 가리키며 말했다.

"골짜기는 우리에게 포도를 주지. 그러면 포도는 우리를 반갑게 맞이한단다."

덩굴손 하나가 마치 오랫동안 아빠의 손길을 기다린 것처럼 길가 쪽으로 뻗어 나와 있었다. 아빠는 덩굴손을 부드럽게 쓰다듬고는 흙을 한 움큼 집어 들고 찬찬히 살펴보았다.

"땅 위에 납작 엎드려 봐. 땅이 숨 쉬는 것을 느낄 수 있을 거야. 심장이 고동치는 것까지 느낄 수 있을걸."

"아빠, 나도 느껴 보고 싶어요."

"이리 와 보렴."

두 사람은 포도밭 이랑을 지나 풀이 무성한 구릉으로 걸어갔다.

아빠가 배를 땅에 대고 엎드리더니 딸을 올려다보며 바로 옆 땅바닥을 톡톡 두드렸다. 에스페란사는 옷매무새를 가다듬고 무릎을 꿇었다. 그런 다음 한 마리 애벌레처럼 천천히 움직여 서로 마주 보게끔 아빠 곁에 엎드렸다. 에스페란사의 한쪽 뺨에는 따사로운 햇볕이 내려앉고, 다른 쪽 뺨에는 땅의 훈훈한 온기가 전해졌다.

에스페란사가 킥킥 웃었다.

"쉬잇, 움직이지 않고 조용히 해야 땅의 심장이 뛰는 소리를 들을 수 있단다."

아이는 웃음을 삼키고 잠시 기다리는 듯하더니 금방 말했다.

"아무 소리도 안 들려요, 아빠."

"잠시만 기다릴지어다. 그리하면 네 손 안에 열매가 떨어질지니. 에스페란사, 참을성 있게 기다려야지."

에스페란사는 아빠의 눈을 바라보며 조용히 엎드려 기다렸다.

바로 그때 뭔가가 느껴졌다. 처음에는 부드럽게, 이어서 조용한 두근거림, 이내 더 강렬한 두근거림. 쿵, 쿵, 쿵 하는 느낌이 연이어 온몸으로 울려 퍼졌다.

들을 수도 있었다. 자기 귀를 향해 몰려오는 박동소리였다. 쿵쾅, 쿵쾅, 쿵쾅.

에스페란사는 아빠를 뚫어지게 바라만 보았다. 한 마디도 하고 싶지 않았다. 그 소리를 놓치고 싶지 않았다. 골짜기의 심장이 전하는 그 느낌을 잊고 싶지 않았다.

에스페란사는 자신과 땅의 호흡이 하나가 되도록 땅바닥에 몸을 더 바짝 붙였다. 그리고 아빠에게로 몸을 붙였다. 이제 아이의 몸과 땅과 아빠의 몸이 하나가 되었다. 세 개의 심장이 함께 고동치고 있었다.

에스페란사는 아빠를 향해 웃어 보였다. 아무 말도 필요 없었다. 눈이 모든 것을 말하고 있었다.

아빠도 빙그레 웃는 것으로 화답했다. 아이가 방금 뭔가를 느꼈음을 다 알고 있다는 미소였다.

포도 | 6년 후 |

아빠가 나이프를 에스페란사에게 건넸다. 짧은 칼날은 낫처럼 구부러졌고 뭉툭한 나무 손잡이가 그녀의 손바닥에 꼭 들어맞았다. 이 일은 농장주의 장남이 맡아서 하는 게 관례였다. 하지만 에스페란사가 외동딸인데다 아빠의 자부심이자 자랑거리였던 까닭에 그녀가 항상 이 영예를 차지했다. 에스페란사는 지난밤 아빠가 숫돌에 날을 가는 모습을 지켜본 터여서 이 연장이 면도칼처럼 날카롭게 벼려져 있음을 알고 있었다.

"손가락 조심하거라." 아빠가 말했다.

이글거리는 8월의 태양은 이곳 멕시코 아과스칼리엔테스의 오후 날씨가 건조할 것임을 예고하고 있었다. 엘 란초 데 라스 로사스(장미 농장)에 터를 잡고 살고 있는 사람들 모두가 포도밭으로 모여들었다. 에스페란사네 가족과 흰색의 긴 앞치마를 두른 하녀들, 금방이라도 소 떼들에게 달려갈 태세로 말안장 위에 앉아 있는 목부들, 저마다 밀짚모자와 나이프를 손에 든 오륙십 명가량의 농장 일꾼들이 한데 모여 웅성거리고 있었다. 일꾼들은 모두 긴소매 셔츠와 헐렁한 바지를 입었는데 발목은 끈으로 묶고 큰 수건으로 이마와 목까지 감싸고 있었다. 햇볕과 먼지와 거미로부터 보호하기 위해 머리끝에서 발끝까지 완전무장을 한 셈이다.

이들과 달리 에스페란사는 여름용 장화 위쪽을 덮을락 말락 하는 가벼운 비단 드레스를 입고 모자도 쓰지 않았다. 머리 꼭대기에 묶어 맨 나비 모양의 비단 리본이 길고 검은 머리칼에 꼬리를 길게 늘어뜨리고 있었다.

가지를 찢을 듯 매달린 포도송이들이 수확을 기다리고 있었다.

에스페란사 곁에는 아빠 엄마가 나란히 서 있었다. 엄마 라모나는 늘씬한 키에 기품이 있는 부인으로 머리에는 들풀을 엮어 만든 수수한 화관을 쓰고 있었다. 아빠 식스토 오르테가는 엄마보다 조금 클 듯한 키에 잿빛 콧수염을 양옆으로 말아 올린 모습이었다. 아빠가 포도밭 쪽을 손으로 가리키며 신호를 보냈다.

에스페란사가 포도 덩굴 쪽으로 걸어가며 몸을 돌려 쳐다보자 두 사람은 웃으며 고개를 끄덕여 계속 가라고 격려했다. 포도나무 아래로 다가간 에스페란사는 이파리들을 떼어 낸 뒤 굵은 포도송이 하나를 조심스럽게 움켜잡았다. 그러고는 가지에 칼을 댄 뒤 재빠르게 내려쳤다. 탐스런 포도송이가 가지에서 떨어져 나왔다. 에스페란사는 아빠에게로 되돌아와 포도송이를 건넸다. 아빠는 포도송이에 입을 맞춘 뒤 모두가 볼 수 있도록 높이 치켜들었다.

"풍년이오!"

아빠가 목청껏 외쳤다. 뒤를 이어 환호성이 여기저기서 메아리쳤다.

"올레! 올레!"

일꾼들이 사방으로 흩어져 포도를 수확하기 시작했다. 에스페란사는 아빠 엄마 사이에 서서 두 사람과 팔짱을 낀 채로 일꾼들의 몸놀림을 경탄의 눈길로 바라보았다.

"아빠, 저는 일 년 중에서 이때가 제일 맘에 들어요."

에스페란사가 포도나무 그늘에서 천천히 움직이는 일꾼들의 밝은 색 셔츠를 바라보며 말했다. 짐마차들이 포도밭과 큼지막한 헛간 사이를 덜컹거리며 부지런히 오갔다. 포도는 헛간에 저장되었다가 양조장으로 옮겨질 것이다.

"포도 수확이 끝나면 어느 분 생일에다 큰 축제가 열리기 때문이렷다?"

에스페란사는 빙그레 웃었다. 그녀는 포도나무들이 자신의 열매를 인간들에게 아낌없이 넘겨주고 나면 한 살을 더 먹곤 했다. 올

해로 에스페란사는 열세 살이 될 터였다. 포도 수확은 예년과 마찬가지로 꼬박 3주가 걸릴 것이고 그러고 나면 아빠 엄마는 다른 해와 마찬가지로 풍년을 감사하고 딸의 생일도 축하할 겸해서 축제를 열 것이다.

가장 친한 친구 마리솔 로드리게스도 가족들과 함께 그녀를 축하해 주러 올 터였다. 마리솔의 아버지 역시 과수원 농장주였고 바로 이웃 땅에서 살고 있었다. 양쪽 집이 수 에이커나 떨어져 있어서 서로 왕래하기가 쉽지는 않았지만 그래도 두 소녀는 토요일마다 두 농장 사이 언덕에 서 있는 털가시나무 아래서 만나곤 했다. 크리타와 베르티나 같은 친구들도 파티에는 오겠지만 그 아이들은 훨씬 더 먼 곳에 사는 까닭에 자주 만날 수가 없었다. 그들이 다니는 성 프란시스 학교는 포도 수확이 다 끝나고, 에스페란사가 친구들을 보고 싶어 안달이 날 때쯤에야 개학을 했다.

친구들이 모두 한자리에 모이면 떠들어 대는 공통 화제가 한 가지 있었다. 그들이 열다섯 살이 되는 해에 갖게 될 환영 파티인 킨세아네라스에 관한 것이었다. 아직 두 해나 기다려야 했지만 할 말은 무궁무진했다. 그날 입게 될 근사한 흰색 드레스, 그들이 소개될 대대적인 축하 의식, 함께 춤을 출 부유한 집안의 남자아이들……. 킨세아네라스가 끝나면 이제 그들은 이성을 사귀고 결혼하기에 충분한 나이가 될 터였고, 어머니들이 앞서 그랬던 것처럼 집안일을 관장하는 '안주인'이 될 자격을 갖추게 되는 셈이었다. 하지만 에스페란사는 자신과 장래의 남편이 영원히 아빠 엄마와 함께 살기를 바랐다. 장미 농장을 떠나 다른 곳에서 산다는 것은 상상조차 할 수 없었고 지금보다 하인들이 적은 것도 견딜 수 없었다. 더군다나 모든 사람들이 자신을 우러러 받드는 지금의 환경이 더없이 좋았다.

포도 수확을 마치는 데는 꼬박 3주가 걸렸다. 사람들은 모두들 축제를 학수고대하고 있었다. 에스페란사는 아빠의 정원에서 장미꽃을 꺾으며 엄마의 지시 사항을 떠올렸다.

"내일, 테이블마다 빠짐없이 장미꽃 다발과 포도 바구니를 올려놓을 것!"

아빠와는 정원에서 만나기로 약속이 되어 있었다. 지금까지 아빠는 단 한 번도 딸을 실망시킨 적이 없었다. 에스페란사는 활짝 핀 빨간 장미를 꺾기 위해 몸을 숙였다. 그런데 그만 못된 가시에 손가락을 찔리고 말았다. 엄지손가락 끄트머리에서 큼지막한 핏방울이 뚝뚝 떨어져 내렸다. '불길한 징조'라는 생각이 반사적으로 떠올랐다. 에스페란사는 재빨리 앞치마 한쪽 끝으로 손을 감싸 쥐고는 그 불길한 예감을 머릿속에서 지워 버렸다. 그리고는 자기에게 상처를 입힌 장미를 조심스레 꺾었다. 지평선 쪽을 바라다보니 시에라마드레 산맥 너머로 태양이 막 사라지고 있었다. 이제 곧 어둠이 내리깔릴 터였다. 정체를 알 수 없는 불안과 걱정이 뒤엉키며 그녀를 괴롭혀 왔다.

'아빠는 어디에 계실까?'

아빠는 아침 일찍 목부들과 함께 가축을 돌보러 나갔다. 하지만 아빠는 언제나 해지기 전에 집으로 돌아왔다. 목초지에서 먼지를 잔뜩 뒤집어쓰고 안뜰에 들어서서는 부츠에 켜켜이 쌓인 먼지를 털어 내려고 땅바닥을 쾅쾅 굴러 대곤 했다. 아빠는 목부들이 직접 만든 쇠고기 육포를 가져오기도 했는데 그럴 때면 에스페란사는 육포부터 먼저 찾느라 자신을 안고 있는 아빠의 셔츠 호주머니를 뒤지곤 했었다.

내일은 에스페란사의 생일이었다. 내일 아침에는 해가 뜨자마자 세레나데를 듣게 될 터였다. 생일날 아침이면 늘 아빠와 농장에서 살고 있는 남자들이 전부 그녀의 창문 아래 모여 풍부하고도 감미로운 목소리로 생일 축하 노래 '아침에'를 불러 주곤 했다. 그러면 그녀는 창문으로 달려가 창문 아래 서 있는 아빠와 다른 모든 사람들에게 손 키스를 날리고 나서 아래층으로 내려가 선물 상자를 열 것이다. 아빠의 선물 상자 안에는 보나 마나 도자기 인형이 들어 있을 터였다. 아빠는 에스페란사가 태어나던 그해부터 인형을 선물해 왔다. 그리고 엄마는 늘 손수 만든 무언가를 선물하곤 했다.

선물 상자 안에는 맵시 좋은 바느질 솜씨로 수놓은 결혼 선물용 리넨 수예품, 속옷, 블라우스 등이 정성스레 담겨 있었다. 에스페란사는 엄마가 선물한 수예품들을 침대 발치의 큰 가방에 고이 간직했다. 언젠가 다가올 그 날을 위해서였다.

엄지손가락에서 나는 피는 좀처럼 멈출 줄을 몰랐다. 에스페란사는 장미꽃 바구니를 안고 서둘러 정원을 빠져나와 안뜰에 있는 돌 분수대에서 손을 씻었다. 물의 부드러운 감촉으로 마음을 진정시킨 에스페란사는 육중한 나무 대문을 통해 밖을 내다보았다. 대문 밖으로는 수천 에이커에 이르는 아빠의 땅이 펼쳐져 있었다.

에스페란사는 눈을 크게 뜨고 먼지구름을 찾아보았다. 그것은 말을 탄 사람들이 이쪽으로 달려오고 있다는 뜻일 테고 곧 아빠가 돌아오신다는 걸 의미하기 때문이었다. 하지만 아무것도 보이지 않았다. 그녀는 안마당을 빙 돌아 벽돌과 나무로 지은 큰 건물 뒤쪽으로 갔다. 엄마도 그곳에서 지평선을 바라보고 있었다.

"엄마, 제 손가락 좀 보세요. 날카로운 가시에 찔렸어요."

"불길한 일이로구나."

엄마는 미신을 머릿속에 떠올리며 말했지만 얼굴은 반쯤 웃고 있었다. 두 사람 모두 불길한 일이라고 해 보았자 기껏해야 물그릇을 엎거나 계란을 깨는 정도의 일일 거라고 생각하고 있었다.

엄마가 에스페란사의 허리를 감싸 안았다. 두 사람은 멀리 야트

막하게 엎드려 있는 가축우리와 마구간, 하인들의 숙소를 눈으로 훑고 있었다. 딸의 키는 거의 엄마만큼 자라 있었다. 사람들은 이 구동성으로 언젠가는 엄마를 쏙 빼닮은 아름다운 여인으로 성장할 거라고 말했다. 거울 앞에서 머리칼을 감아올리고 보면 그 말이 사실인 것도 같았다. 숱 많은 검은 머릿결이 굽이치는 것도 그렇고 진한 속눈썹과 하얀 우윳빛 살결도 그랬다. 하지만 엄마 얼굴을 쏙 빼닮았다고 할 수는 없었다. 에스페란사의 눈은 통통한 갈색 아몬드 모양을 한 아빠의 눈을 닮았기 때문이다.

"조금 늦으시는 것뿐이야."

에스페란사는 엄마 말이 맞을 거라고 생각하면서도 조금은 아빠가 원망스러웠다.

"엄마, 사람들이 아빠에게 산적들을 조심하라고 했잖아요. 바로 어젯밤에요."

엄마는 고개를 끄덕이며 걱정스러운 듯 입술 한쪽을 깨물었다. 두 사람 모두, 지금은 1930년대이고 멕시코에서는 이미 10년 전에 혁명이 막을 내렸지만 대지주들에 대한 적개심은 여전하다는 사실을 알고 있었다.

"에스페란사, 사람들이 모두 만족할 만큼 변화가 빨리 이루어지고 있지는 않단다. 여전히 부자들이 대부분의 토지를 차지하고 있고, 가난한 사람들 중에는 밭 한 뙈기조차 갖지 못한 경우도 많아.

소 떼가 드넓은 목장 가득 풀을 뜯고 있지만 고양이를 잡아먹을 수
밖에 없을 정도로 가난한 사람들도 있고. 하지만 아빠는 마음이 따
뜻해서 지금까지 많은 일꾼들에게 땅을 나눠 주셨단다. 그걸 모르
는 사람은 없을 거야."

"하지만 엄마, 산적들이 그걸 알까요?"

"알고 있길 바라야지."

엄마는 조용히 말했다.

"아빠를 찾아보라고 알폰소와 미구엘을 보냈으니까 안에 들어
가서 기다리기로 하자."

아빠 서재에는 차가 준비되어 있었다. 외할머니 아부엘리타도
거기 있었다.

"어서 오너라, 우리 손녀딸."

크로셰 뜨개질용 실과 코바늘을 들어 올리며 할머니가 말했다.

"새 담요를 짜기 시작했단다. 네게 지그재그로 짜는 법을 가르
쳐 주마."

모두들 아부엘리타라 부르는 외할머니도 에스페란사네와 함께
살고 있었다. 할머니는 좀 작고 더 늙고 주름이 더 많을 뿐 엄마 모
습 그대로였다. 늘 검은 드레스를 단정하게 차려 입고, 귀에는 금
귀고리를 달고, 백발의 머리를 뒤로 넘겨 목덜미 부근에 쪽을 찐

할머니 역시 엄마처럼 기품이 넘쳤다. 하지만 에스페란사는 예의 범절을 따지는 할머니보다는 장난기 넘치는 할머니를 더 사랑했다. 할머니는 오후의 공식 다과회 때는 파티의 주인 노릇을 하다가도 손님들이 떠나고 나면 책을 손에 들고 새들에게 시를 들려주면서 맨발로 포도밭을 어슬렁거리기도 했다. 할머니는 어떤 면에서는 항상 그 모습 그대로였다. 예를 들어 할머니의 드레스 소매 밑으로는 가장자리를 레이스로 장식한 손수건이 빠끔히 삐져나와 있었다. 그러나 머리에 꽃을 꽂는다든가, 호주머니에 예쁜 돌멩이를 넣어 가지고 다닌다든가, 대화 중에 철학적인 언사로 슬쩍슬쩍 양념을 친다든가 하여 사람들을 깜짝 놀라게 하는 구석이 있었다. 할머니가 방으로 들어오면 사람들은 하나같이 할머니를 편안하게 모시려고 앞을 다퉜다. 아빠조차도 할머니를 위해 자기 의자를 내드리곤 했다.

"걱정을 털어 내려면 꼭 뜨개질을 해야만 하는 거예요?"

볼멘 목소리로 말은 그렇게 하면서도 에스페란사는 할머니 곁에 앉았다. 늘 그렇듯이 할머니한테서는 마늘 냄새와 분 냄새, 그리고 박하 냄새가 났다.

"이 손가락은 어찌 된 일이냐?"

"장미 가시에 찔렸어요."

할머니가 고개를 끄덕이며 다감한 목소리로 말했다.

"가시 없는 장미는 없단다."

에스페란사는 빙그레 웃었다. 할머니는 단순히 꽃에 관해서가 아니라 인생에는 역경이 있게 마련이라는 사실을 얘기하고 있었다. 에스페란사는 할머니의 손안에서 춤을 추는 회색 뜨개질바늘을 바라보았다. 할머니는 머리카락 한 올이 무릎 위로 떨어지자 그것을 집어 올려 뜨개실에 나란히 덧대더니 뜨고 있는 담요 속으로 쑥 찔러 넣었다.

"에스페란사, 이렇게 하면 내 사랑과 소망이 영원히 담요 속에서 함께할 거야. 자, 보거라. 산봉우리까지 열 코를 뜨고 한 코를 더 뜬 다음에 골짜기 기슭까지 아홉 코를 내려 뜨고 하나 건너뛰고."

에스페란사도 바늘을 집어 들고 할머니의 손놀림을 따라했다. 그러고는 자신이 한 뜨개질을 바라보았다. 산봉우리들은 한쪽으로 치우쳐 있고 골짜기 기슭들은 한결같이 주름이 잡혀 있었다.

할머니는 미소 띤 얼굴로 손을 뻗더니 뜨개실을 잡아당겨 에스페란사가 뜨개질해 놓은 것을 풀면서 말했다.

"처음부터 다시 시작하는 걸 두려워 마라."

에스페란사는 한숨을 푹 쉬며 열 코부터 다시 시작했다.

가정부인 오르텐시아가 부드럽게 콧노래를 부르며 작게 썬 샌드위치 쟁반을 들고 들어와 엄마에게 권했다.

"아니, 난 괜찮아."

오르텐시아는 쟁반을 내려놓고는 숄을 가져다가 엄마 어깨 위에 둘러 주었다. 에스페란사가 기억하는 한 그녀는 언제나 세심하게 가족들을 보살폈다. 그녀는 옥사카 출신의 자포텍 인디언이었다. 키는 작았지만 단단한 체구에 등 뒤로 푸른빛 도는 검은 머리를 땋아 내리고 있었다. 에스페란사는 창밖으로 어둠 속을 응시하고 있는 엄마와 오르텐시아를 바라보면서 두 여인은 여러 가지 면에서 정반대라는 생각을 지울 수가 없었다.

"너무 걱정 마세요. 알폰소와 미구엘이 곧 주인어른을 찾아낼 거예요."

그녀의 남편 알폰소는 농장 일꾼들의 감독이자 아빠의 절친한 친구이면서 또한 동반자였다. 그는 오르텐시아와 마찬가지로 검은 피부에 작은 키의 남자였다. 에스페란사는 둥그런 눈과 긴 눈꺼풀, 축 늘어진 콧수염이 그를 버림받은 강아지처럼 보이게 한다고 생각했다. 하지만 그는 슬픔 따위와는 거리가 먼 사람이었다. 알폰소도 아빠만큼이나 그 땅을 사랑했다. 수세대에 걸쳐 가족과 함께해 왔던 장미 정원이 방치된 것을 보고 의기투합해 원래의 모습으로 되살려 놓은 것도 그들 두 사람이었다. 알폰소의 동생은 미국에서 일하고 있었다. 그래서 틈만 나면 언젠가는 그곳에 갈 거라고 말하곤 했지만 여전히 멕시코를 떠나지 못하고 있었다. 아빠와 엘 란초 데 라스 로사스에 대한 애착 때문이었다.

미구엘은 알폰소와 오르텐시아 사이에 태어난 아들이었다. 미구엘과 에스페란사는 갓난아이였을 때부터 함께 놀았다. 이제 열여섯 살이 된 미구엘은 벌써 부모보다 키가 더 컸다. 그는 부모의 검은 피부와 자기 아빠의 퉁방울만 하면서도 졸린 듯한 눈, 진한 눈썹을 물려받았는데 에스페란사는 언젠가는 그 눈썹이 하나로 붙어 버릴 거라고 생각했다. 미구엘이 그 누구보다도 농장의 구석구석까지를 잘 알고 있다는 데에는 의심의 여지가 없었다. 아빠는 미구엘이 어린 소년이었을 때부터 에스페란사나 엄마도 가 본 적이 없는 소유지 이곳저곳을 데리고 다녔다.

"왜 항상 나 말고 그 애가 가야 하는 건데?"

어린 에스페란사가 불만을 터뜨리면 그때마다 아빠는 이렇게 대답했다.

"미구엘은 일을 어떻게 처리해야 할지 알고 있기 때문이지. 그리고 지금 일을 배우고 있는 중이거든."

미구엘은 가끔씩 그녀를 물끄러미 바라보곤 했다. 어떤 때는 아빠와 함께 말에서 내리기 전에 놀리듯이 짓궂은 미소를 보내기도 했다. 그러나 아빠가 말한 것은 사실이었다. 미구엘은 인내심과 함께 묵묵히 뭔가를 해내는 힘을 가지고 있어서 무엇이든, 가령 쟁기나 트랙터, 특히 모터가 달린 물건이라면 뭐든지 뚝딱뚝딱 잘도 고쳐 냈다.

몇 년 전 에스페란사가 아직 어린아이였을 때 아빠와 엄마는 에스페란사의 짝으로 누가 좋을지 얘기를 나눈 적이 있었다. 물론 '좋은 가문' 출신의 소년들을 염두에 둔 것이었다. 에스페란사는 한 번도 만난 적이 없는 사람과 짝을 이룬다는 것은 상상조차 해 본 적이 없었다. 그래서 대뜸 선언해 버렸다.

"저는 미구엘과 결혼할 거예요!"

엄마는 재미있다는 듯 소리 내어 웃으며 말했다.

"좀 더 나이가 들면 생각이 달라질걸!"

"아니, 난 달라지지 않아."

에스페란사는 완강하게 말했다.

그러나 소녀가 된 지금에 와서는 가정부의 아들인 미구엘과 대농장주의 딸인 자기 사이에는 깊은 강이 가로놓여 있다는 사실을 이해하고 있었다. 자신은 강 이쪽 편에, 미구엘은 저쪽 편에 서 있었고 그 강은 결코 건널 수 없는 강이었다. 언젠가 자존심을 내세우느라고 미구엘에게 이런 생각을 말해 버린 적이 있었다. 그때 이후로 미구엘은 에스페란사에게 입을 닫아 버렸다. 가끔씩 그저 몇 마디 말을 불쑥 던지는 것이 고작이었다. 서로 얼굴을 마주 보며 지나치는 일이 있어도 "나의 여왕님!" 하며 공손을 떠는 것으로 그만이었다. 집적거리는 일도, 웃는 일도, 잡다한 일을 두고 수다를 떠는 일도 없었다. 에스페란사의 속마음에는 강 어쩌고 하는 얘기는 하지 않았더라면 좋았을걸 하는 후회가 없지 않았지만 겉으로는 태연한 체했다.

마음이 산란해진 엄마는 창가를 서성댔다. 엄마가 발걸음을 옮길 때마다 타일 바닥에서 또각거리는 소리가 공허하게 울렸다.

오르텐시아가 램프를 밝혔다.

몇 분이 더 흘렀다.

"말발굽 소리가 들려요."

엄마가 문 쪽으로 달려가며 외쳤다.

그러나 실망스럽게도 아빠의 배다른 두 형, 루이스와 마르코 삼촌이었다. 루이스 삼촌은 은행장이었고 마르코 삼촌은 시장이었다. 에스페란사는 삼촌들을 좋아하지 않았기 때문에 그들이 은행장이건 시장이건 신경 쓰지 않았다. 두 사람은 언제나 심각한 얼굴에 음산한 표정을 하고서 턱 끝을 바짝 치켜들고 다녔다. 루이스가 큰삼촌이었고 마르코는 몇 살 아래였는데 영리하지 못한 생김새대로 항상 형 뒤를 당나귀처럼 졸졸 따라다녔다. 게다가 시장이나 되는 주제에 형의 말이라면 죽는 시늉이라도 했다. 두 사람 모두 큰 키에 깡마른 체구였는데 채신머리 없는 콧수염과 턱 끝에 달린 흰 수염 때문에 간신 같은 인상을 풍겼다. 에스페란사는 엄마가 두 사람을 몹시 싫어하면서도 공손히 대하는 것은 그들이 아빠의 가족이기 때문이라고 생각했다. 엄마는 마르코 삼촌이 시장 선거에 출마했을 때는 여러 차례 파티를 열어 주기도 했다. 루이스와 마르코 삼촌 둘 다 결혼을 하지 않았다. 아빠는 그들이 사람보다 돈과 권력을 더 사랑하기 때문이라고 말했다. 하지만 에스페란사는 그들이 못 먹고 자란 숫염소처럼 생겼기 때문이라고 생각했다.

"라모나, 아무쪼록 나쁜 소식이 아니길 빌지만, 목부 한 사람이 우리에게 이걸 가져왔소."

루이스 삼촌이 엄마에게 은으로 만든 아빠의 허리띠 버클을 건넸다. 그건 장미 농장의 문양이 새겨진 것으로 이 세상에 단 하나밖에 없는 것이었다.

엄마의 안색이 창백해졌다. 엄마는 버클을 들고 몇 번이나 뒤집어 보며 꼼꼼히 살폈다.

"아무 일도 아닐 거예요."

이렇게 말한 엄마는 두 사람을 무시하고 창가로 가서는 다시금 서성거리기 시작했다. 버클을 손에 꽉 움켜쥔 채였다.

"필요하다면 우리가 곁에 있어 주겠소."

루이스 삼촌이 에스페란사에게로 눈길을 돌리더니 그녀의 어깨를 다독거렸다.

에스페란사는 삼촌을 빤히 올려다보았다. 지금까지 살아오면서 루이스 삼촌이 자기 몸에 손을 댔던 기억이 없었기 때문이었다. 그녀의 삼촌들은 친구들의 삼촌과는 달랐다. 그들은 에스페란사에게 말을 걸거나 놀아 주지 않았다. 짓궂은 장난을 친 적도 없었다. 정확히 말하자면 그들은 에스페란사를 아예 없는 사람 취급했다. 바로 그런 이유 때문에 루이스 삼촌의 갑작스런 친절은 아빠에게 뭔가 나쁜 일이 벌어졌을지도 모른다는 두려움을 불러일으켰다. 에스페란사의 몸이 부르르 떨렸다.

할머니와 오르텐시아는 초에 불을 붙이고 남자들이 무사히 돌아오기를 기도하기 시작했다. 엄마는 두 팔로 앞가슴을 부여안고 창가를 정신없이 서성댔다. 두 눈은 어둠 속에 붙박은 채였다. 사람들은 이런저런 얘기로 애써 시간을 보내려 했지만 대화는 번번이 침묵 속으로 잦아들었다. 집 안에서 나는 모든 소리가 확대되어 들리는 듯했다. 똑딱거리는 시계 소리, 누군가의 기침 소리, 찻잔 달그락거리는 소리가 마치 천둥소리처럼 크게 울려 퍼졌다.

에스페란사는 뜨개질에 정신을 집중하려고 안간힘을 썼다. 내일 받게 될 선물들을 하나하나 떠올리며 오로지 축제만을 생각하고자 했다. 탁자마다 놓일 장미 꽃다발과 포도 바구니들, 마리솔과 여러 친구들이 함께 모인 자리에서 낄낄거리며 나눌 이야기를 떠올리려 애썼다. 하지만 그런 생각들은 그야말로 한순간 스쳐 지나갈 뿐 머릿속은 이내 근심으로 가득 찼다. 장미 가시가 불길한 흔적을 남긴 엄지손가락의 상처가 욱신거려 도저히 생각을 집중할 수 없었기 때문이다. 가지 달린 촛대에 손톱만큼 남은 양초가 사위어 갈 즈음 마침내 엄마가 침묵을 깨뜨렸다.

"횃불이 보여. 누군가가 오고 있어!"

사람들이 서둘러 안뜰로 달려 나가 멀리서 가물거리는 빛을 지켜보았다. 그것은 어둠 속에서 흔들리는 희망의 작은 불씨였다.

마차가 시야에 들어왔다. 알폰소가 고삐를 잡고 미구엘이 횃불을 들고 있었다. 마차가 멈춰 서자 뒤쪽에 머리부터 발끝까지 담요로 덮인 사람 형체가 보였다.

"아빠는 어디 계세요?"

미구엘이 고개를 떨구었다. 알폰소도 입을 열지 않았다. 하지만 그의 둥근 뺨을 따라 흘러내리는 눈물은 이미 최악의 상황이 닥쳤음을 확인시켜 주고 있었다.

엄마가 정신을 잃고 쓰러졌다.

할머니와 오르텐시아가 엄마 곁으로 달려갔다.

에스페란사는 쿵 하며 심장이 멎는 느낌을 받았다. 그녀가 뭔가 소리를 내는 듯싶었다. 그 소리는 천천히 슬픔으로 막혀 있던 숨을 토해 낸 뒤 가슴을 쥐어짜는 듯한 울부짖음으로 변해 갔다. 에스페란사는 털썩 무릎을 꺾은 채 절망과 의혹의 어두운 수렁으로 빠져 들어 가고 있었다.

파파야 | 슬픈 열세 번째 생일 |

아침의 노래가 있었네.

다윗 왕이 모든 어여쁜 소녀들에게 불러 주던 노래.

그 노래 여기 우리가 너에게 불러 주노니.

창밖에서 아빠와 여러 사람들이 함께 부르는 노랫소리가 들려왔다. 노래는 낭랑하고도 감미로웠다. 잠에서 아직 덜 깬 에스페란사는 오늘이 자기 생일이라는 생각을 맨 먼저 떠올리며 슬며시 미소 지었다.

'일어나 아빠에게 키스 세례를 퍼부어야지.'

그러나 눈을 뜨자 자기가 아빠 엄마의 침대에 누워 있음을 깨달았다. 침대 위 아빠 자리에선 여전히 아빠 냄새가 났다. 노래는 꿈

속의 일이었다.

'내가 왜 아빠 방에서 자고 있는 거지?'

그 순간 간밤의 일들이 현실로 떠오르면서 에스페란사의 마음은 고통스럽게 뒤틀리기 시작했다. 얼굴에서 미소가 사라지고 가슴이 답답해지더니 격통이 무겁게 밀려와 모든 기쁨을 송두리째 앗아가 버렸다.

아빠와 목부들은 농장 외딴 지역의 울타리를 손보던 중 매복 공격을 받고 살해되었다. 산적들은 그들의 장화며 안장이며 말들을 훔친 것도 모자라 아빠가 에스페란사를 위해 호주머니에 감춰 둔 쇠고기 육포까지 털어 갔다.

에스페란사는 침대에서 내려와 어깨에 솔을 둘렀다. 솔이 평소보다 무겁게 느껴졌다.

'뜨개실이 무거워 그런가? 아니면 마음이 몸을 짓누르고 있는 것일까?'

그녀는 아래층으로 내려가 넓은 현관 마루에 섰다. 집은 텅 비어 있어 적요했다.

'모두 어디를 간 것일까?'

순간 할머니와 알폰소가 오늘 아침 엄마와 함께 신부님을 만나러 간다고 했던 것이 기억났다. 그녀가 막 오르텐시아를 부르려는 찰나에 현관을 노크하는 소리가 들렸다.

"누구세요?"

현관문을 사이에 두고 에스페란사가 물었다.

"로드리게스 아저씨야. 파파야를 가져왔단다."

현관문을 여니 마리솔의 아버지가 모자를 손에 들고 서 있었다. 그 곁에는 커다란 파파야 상자가 놓여 있었다.

"네 아버지께서 오늘 있을 축제에 쓴다며 이것들을 주문하셨단다. 부엌에 사람이 있으면 전하고 가려 했는데 아무도 대답이 없구나."

에스페란사는 소년 시절부터 아빠와 알고 지낸 그 남자를 빤히 쳐다보았다. 그러다가 고개를 떨구고 노랗게 익어 가는 초록빛 파파야를 내려다보았다. 그녀는 아빠가 왜 그것들을 주문했는지 알고 있었다. 파파야, 코코넛, 라임 열매 샐러드는 에스페란사가 가장 좋아하는 음식이어서 오르텐시아는 생일 때마다 그 샐러드를 만들어 주었다.

에스페란사의 얼굴이 일그러졌다.

"아저씨, 소식 못 들으셨어요? 저희……, 저희 아빠가 돌아가셨어요."

눈물을 애써 삼키며 에스페란사가 말했다.

"뭐라고?"

로드리게스 아저씨가 멍한 눈으로 한참을 쳐다보다 말했다.

에스페란사의 숨소리가 떨렸다. 그녀가 간밤에 있었던 일들을 말하자 로드리게스 아저씨의 얼굴이 비탄으로 일그러졌다. 아저씨는 머리를 세차게 흔들며 안뜰 벤치에 털썩 주저앉았다. 거의 제정신이 아닌 듯 보였다. 에스페란사는 마치 자기 몸이 딴 사람 몸이나 된 양 멍하니 그 슬픈 광경을 바라볼 수밖에 없었다.

오르텐시아가 문밖으로 나와 로드리게스 아저씨를 향해 고개를 끄덕이고는 에스페란사를 감싸 안고 이층 침실로 데려갔다. 에스페란사가 흐느끼며 말했다.

"아빠가 파……, 파파야를 주문하셨대요."

"알아요."

오르텐시아가 침대 위에 에스페란사를 앉히고 곁에 앉아 몸을 부드럽게 흔들며 위로했다.

"알고 있어요."

아빠의 영혼을 위한 기도와 미사를 올리고 장례식을 치르는 데는 꼬박 사흘이 걸렸다. 에스페란사가 전혀 본 적이 없는 사람들까지 농장으로 몰려왔다. 아빠에 대한 애정과 존경을 표하기 위해서였다. 사람들은 매일 열 가족이 먹고도 남을 음식들을 가져왔다. 또 어찌나 많은 꽃들을 보내왔던지 온 집 안이 꽃향기로 가득 차 골치가 아플 지경이었다. 결국 오르텐시아가 화환들을 집 밖으로 치워 버렸다.

　마리솔도 로드리게스 아저씨, 아주머니와 함께 여러 차례 방문했다. 마리솔의 애도를 받은 에스페란사는 엄마처럼 세련된 태도로 응대했다. 그러다 어른들 앞을 벗어날 기회가 생기자 얼른 양해를 구하고 에스페란사의 방으로 달려갔다. 두 소녀는 침대에 걸터앉아 손을 마주 잡고 하나가 되어 목 놓아 울었다.

　낮에는 집 안이 문상객들과 그들이 조용조용 웅얼거리는 속삭임으로 가득 찼다. 엄마는 모든 사람들을 진심으로 정중히 대했다. 마치 그들을 환대하는 일이 살아 있는 목적인 것 같았다. 하지만 밤이 되자 집 안은 텅 비어 버렸다. 아빠의 목소리가 들리지 않는 방들은 너무 커 보였다. 방 안을 메아리쳐 울리는 발걸음 소리는 가족들을 더욱더 큰 슬픔에 빠져 들게 했다. 아부엘리타 할머니는 매일 밤 엄마의 침대 곁에 앉아 잠들 때까지 머리를 쓰다듬어주었다. 그리고 침대를 돌아 반대편으로 와서 에스페란사를 위해 같은 일을 되풀이했다. 에스페란사는 종종 엄마가 숨죽여 흐느끼는 소리를 들었다. 어떤 때는 할머니와 에스페란사의 흐느끼는 소리에 엄마가 잠을 못 이루는 경우도 있었다. 그럴 때면 모른 체 내버려 두지 않고 먼동이 틀 때까지 서로 의지가 되어 주었다.

　에스페란사는 생일 선물 상자를 열지 않으려고 했다. 선물 꾸러미를 볼 때마다 아빠의 죽음이 아니었으면 열렸을 행복한 축제가 떠올랐다. 어느 날 아침 엄마가 고집을 피웠다.

"아빠는 선물 상자를 여는 쪽을 원하셨을 거야."

에스페란사는 할머니가 건네주는 선물 상자를 기계적으로 열어 탁자 위에 올려놓았다. 마리솔은 주일날 사용하라고 하얀 손지갑에 묵주를 넣어 선물했다. 치타는 푸른빛 도는 구슬 목걸이를 선물했다. 할머니의 선물은 『돈키호테』 책이었다. 엄마는 그 언젠가를 위해 아름답게 수놓은 멋쟁이 스카프를 선물했다. 마지막 상자를 열 차례였다. 열어 보지 않아도 거기엔 인형이 들어 있다는 것을 이미 알고 있었다. 아무리 도리질을 쳐도 그것이 아빠의 마지막 선물이라는 사실을 돌이킬 수는 없었다.

에스페란사는 떨리는 손으로 뚜껑을 들어 올리고 상자 안을 들여다보았다. 올이 고운 하얀 무명 드레스를 입은 인형이었다. 검은 머리에 흰색 레이스 베일을 쓴 도자기 인형은 커다란 눈으로 뭔가를 동경하는 듯 에스페란사를 바라보고 있었다.

"오, 마치 천사 같구나!"

할머니가 소매에서 손수건을 꺼내 고인 눈물을 찍어 내며 말했다. 엄마는 아무 말 없이 손을 뻗어 인형의 얼굴을 어루만졌다.

에스페란사 역시 아무 말도 할 수 없었다. 너무나 가슴이 아파서 목소리가 나오지 않았다. 에스페란사는 인형을 가슴에 꼭 껴안고 방을 걸어 나왔다. 다른 것들은 아무래도 상관없었다.

삼촌들은 하루도 빠짐없이 집에 들러 '집안일을 처리한다'며 아빠의 서재로 향했다. 처음에는 그저 몇 시간 머물더니 얼마 안 가 알폰소의 정원에 있는 호박 같은 존재가 되어 버렸다. 정원의 호박은 거대한 잎사귀를 마구 뻗어 자기보다 작은 식물들의 자리까지 빼앗는 것이 영 밉상이었다. 삼촌들은 한술 더 떠 매일 날이 어두워질 때까지 에스페란사의 집에 머물며 식사도 농장에서 해결했다. 엄마는 삼촌들과 끊임없이 마주치는 것을 불편해했다.

마침내 변호사가 유산 문제를 처리하기 위해 농장을 방문했다. 두 삼촌이 서재로 들어서자 검은 옷을 입은 엄마와 에스페란사, 할머니가 자리를 잡고 앉았다.

루이스 삼촌이 약간 과장되다 싶을 정도로 목청을 높여 말했다.

"라모나, 슬퍼하는 모습은 당신에게 어울리지 않아요. 이제 그만 검은 상복을 벗어 버리는 게 어떻겠소!"

엄마는 기가 막혀 대꾸를 할 수 없었지만 여전히 평정을 유지하고 있었다.

삼촌들은 할머니에게 고개를 숙여 인사를 하고는 에스페란사는 안중에도 없다는 듯 무시했다.

그들은 은행 대출과 투자 얘기로 말문을 열었다. 그들의 입에서 나오는 말들은 너무 복잡했다. 에스페란사는 자연히 산만해져 주변을 두리번거리기 시작했다. 아빠가 돌아가신 후 서재에 들어오기는 이번이 처음이었다. 아빠가 사용하던 책상과 책들을 둘러보았다. 아빠가 엄마를 위해 과달라하라에서 사다 준 은색 뜨개질바늘과 바구니, 장미용 전정가위가 들어 있는 탁자가 눈에 들어왔다. 창문 너머로는 아빠의 정원이 보였다. 책상 위에는 삼촌들이 가져온 서류들이 널브러져 있었다. 아빠는 책상을 이런 식으로 방치해 두지는 않았었다.

루이스 삼촌이 마치 자기 것인 양 아빠 의자에 앉았다. 바로 그때 이상한 것이 에스페란사의 눈에 띄었다. 삼촌 허리띠에 아빠의 버클이 버젓이 달려 있었던 것이다.

'이건 아니야. 뭔가 잘못 돼 가고 있어.'

루이스 삼촌이 아빠 의자에 앉는다는 건 있을 수 없는 일이었다. 농장 문양이 새겨진 아빠의 버클이 삼촌 허리에 채워져 있다는 건 더더욱 있을 수 없는 일이었다! 에스페란사는 얼굴을 타고 흘러내리는 눈물을 훔쳤다. 아빠가 돌아가신 후 지금까지 숱하게 눈물을 흘렸다. 그러나 이 눈물은 분노의 눈물이었다. 엄마와 할머니의 얼굴에도 분노의 표정이 떠올랐다.

'엄마와 할머니도 같은 느낌이신 걸까?'

변호사가 끼어들었다.

"라모나 부인. 남편 식스토 오르테가 씨는 당신과 따님에게 이집과 그에 딸린 부속물 일체를 남겼습니다. 또한 부인은 해마다 포도 농장에서 나오는 수입을 받으실 수 있습니다. 하지만 부인도 아시다시피 여성에게 토지를 상속한다는 것은 관습에 어긋나기도 하고 또 루이스 씨가 농장의 대출 문제와 관련이 있기도 해서 고인께서는 그에게 토지를 상속했습니다."

그러자 루이스 삼촌이 말을 이었다.

"그런데 그게 여러모로 문제를 어렵게 만들고 있소. 나는 은행장으로서 늘 모든 일을 순리대로 풀어야 한다고 생각해 왔소. 내가 이 아름다운 땅을 소유하게 된 지금 상황에서는 당신에게 이 집을 사는 것이 마땅할 것 같소. 조건은 이런 정도면 될 것 같은데."

루이스 삼촌이 엄마에게 종이쪽지 한 장을 건넸다. 엄마가 종이쪽지를 보고 나서 말했다.

"이건 우리 집이에요. 이곳에서 계속 살라는 게 남편의 뜻이고요. 이 집은 여기 적힌 것보다는 몇십 배의 가치를 지니고 있어요. 나는 이 집을 팔지 않겠어요. 게다가 이 집을 팔면 우리는 대체 어디서 살란 말이죠?"

그러자 루이스 삼촌이 말을 잘랐다.

"라모나, 당신이 거절하리라 짐작하고 있었소. 그래서 당신이 살아갈 수 있는 방책을 한 가지 가져왔소. 뭐 방책이라기보다는 일종의 제안이랄 수 있는 것이긴 하지만. 그건 결혼이오."

'대체 누구에 대해 말하고 있는 거야? 누구와 누가 결혼을 한다는 거야?' 에스페란사는 이해할 수가 없었다.

루이스 삼촌은 큼큼거리며 목청을 가다듬었다.

"물론 우리는 동생의 죽음에 조의를 표하는 의미에서 일정 기간을 기다릴 수 있을 거요. 관례에 따르면 아마 일 년이지요? 그리고 당신도 이런 정도는 알고 있을 것 같은데. 말하자면 당신의 미모와 평판, 그리고 은행장이라는 내 지위가 함께 어우러지면 매우 강력한 커플이 될 수 있을 거라는 사실 말이오. 내가 지금까지 정치에 발을 들여놓을 기회를 엿봐 왔다는 건 당신도 알고 있잖소? 나는 곧 도지사 선거에 출마할 거요. 도지사 부인이 되고 싶지 않을 여자가 세상에 어디 있겠소?"

에스페란사는 자신의 귀를 의심하지 않을 수 없었다.

'엄마가 루이스 삼촌과 결혼한다고? 저 염소같이 생긴 악당과 결혼을 한다고?'

에스페란사는 눈이 동그래져 그와 엄마를 번갈아 쳐다봤다.

엄마는 끔찍스런 고통을 당하는 표정이었다. 엄마가 일어서더니 전혀 서두르는 기색 없이 신중히 입을 열었다.

"나는 지금이나 앞으로나 루이스 당신과 결혼할 의향이 없어요. 솔직히 당신 제안에 화가 나는군요."

루이스 삼촌의 표정이 바위처럼 딱딱하게 굳어지면서 가늘고 볼품없는 목 근육이 경련을 일으켰다.

"지금의 결정을 후회할 날이 올 거요, 라모나. 이 집과 저기 포도밭이 내 처분에 달려 있다는 사실을 명심해야 할 거요. 나는 일을 어렵게 만들 수도 있소. 그것도 매우 어렵게 말이오. 좀 더 생각할 수 있게 하루의 여유를 더 주겠소. 그 정도면 무척 배려한 거요."

두 삼촌은 모자를 집어 들고 서재를 나가 버렸다.

변호사는 불편한 표정으로 서류들을 주섬주섬 챙기기 시작했다.

"순 사기꾼 같으니라고!"

아부엘리타 할머니가 목청을 높였다.

"그가 실제로 그렇게 할 수 있을까요?"

엄마가 변호사에게 물었다.

"물론입니다. 이제 법적으로는 그가 이 땅의 주인이니까요."

"하지만 그는 자기 땅 어디에든 더 거창하고 더 화려한 집을 지을 수 있잖아요."

엄마가 말하자 할머니가 말을 받았다.

"그가 원하는 건 집이 아니야. 바로 네가 가진 영향력이지. 이 땅에 살고 있는 사람들은 식스토를 사랑했고 너를 존경해 왔어. 네가 그의 아내가 된다면 그는 어떤 선거에서든 이길 수 있거든."

엄마는 뭔가 결심한 듯 굳은 얼굴로 변호사에게 말했다.

"이 메시지를 루이스에게 공식적으로 전해 주세요. 내 마음은 언제까지나 결코 변하지 않을 거라고 말이에요."

"그렇게 전하지요, 라모나 부인. 하지만 조심하십시오. 그 사람은 의뭉스러운 데다 위험하기까지 한 인물이니까요."

변호사가 나가자 엄마는 의자에 맥없이 주저앉더니 손으로 얼굴을 가리고 흐느끼기 시작했다.

에스페란사가 엄마에게 달려갔다.

"울지 마세요, 엄마. 다 잘 될 거예요."

그러나 말은 그렇게 했지만 스스로도 확신이 서지 않았다. 그 순간 머릿속을 맴돌고 있는 것은 오로지 루이스 삼촌이 한 말, 즉 엄마가 자신의 결정을 후회하게 될 것이라는 말뿐이었다.

그날 저녁 오르텐시아와 알폰소가 그 문제를 논의하기 위해 엄마, 할머니와 머리를 맞대고 앉았다. 에스페란사는 그 주위를 서성대고 미구엘은 말없이 네 사람의 대화를 지켜보고 있었다.

"포도밭에서 나오는 수입으로 집과 하인들을 꾸려 갈 수 있을까요?"

엄마가 걱정스러운 듯 묻자 알폰소가 대답했다.

"아마도 가능할 겁니다."

"그렇다면 나는 이 집에서 꼼짝도 하지 않겠어요."

엄마가 단호하게 말하자 알폰소가 물었다.

"따로 마련해 둔 돈은 있으신가요?"

"내가 은행에 맡겨 둔 돈이 있지."

할머니가 큰 소리로 말하고 나서 조용히 덧붙였다.

"루이스의 은행에 말이야."

그러자 오르텐시아가 말했다.

"그가 돈을 인출하지 못하도록 농간을 부릴 거예요."

그때 에스페란사가 끼어들었다.

"도움이 필요하다면 친구들에게서 돈을 빌릴 수도 있을 거예요. 로드리게스 아저씨 같은 분들요."

알폰소가 에스페란사에게 말했다.

"아가씨 삼촌들은 여기저기서 행세깨나 할뿐더러 악독하기까지 한 사람들이랍니다. 그들은 마님과 아가씨를 돕는 사람들을 곤경에 빠뜨릴 능력이 있어요. 그들이 은행가이고 시장이라는 사실을 잊어서는 안 되지요."

대화는 계속 제자리를 맴돌았다. 에스페란사는 양해를 구하고 먼저 자리를 떴다. 그녀는 아빠의 정원으로 나와 돌 벤치에 앉았다. 장미들은 포도처럼 생긴 푸른 열매와 줄기만을 남긴 채 이미 꽃잎을 떨군 상태였다. 장미 열매에는 장미의 추억이 간직돼 있어서 그것을 차로 만들어 달여 마시면 장미가 알고 있던 모든 아름다운 것들을 몸속에 간직할 수 있다고 할머니가 말한 적이 있었다.

순간 이 장미들이 아빠를 알고 있었다는 데 생각이 미쳤다. 그녀는 내일 오르텐시아에게 장미 열매로 차를 만들어 달래야겠다고 생각했다.

미구엘이 정원에 있는 에스페란사를 발견하고 다가와 곁에 앉았다. 아빠가 돌아가신 후 미구엘은 예의를 갖춰 대하긴 했지만 그녀에게 말을 건 적은 없었다.

"안사."

미구엘이 에스페란사의 어릴 적 이름을 부르며 말했다.

"어느 게 네 장미니?"

미구엘의 목소리는 최근 몇 년 사이에 깊은 울림을 지닌 소리로 변해 있었다. 에스페란사는 순간 자신이 여태껏 그 목소리를 참으로 그리워했음을 깨달았다. 두 눈에 까닭 모를 눈물이 고였다. 에스페란사는 재빨리 눈을 깜빡거려 눈물을 털어 냈다. 그리고 가냘픈 줄기로 격자 울타리를 기어오르고 있는 앙증맞은 분홍 장미를 가리켰다.

"그럼 내 장미는?"

미구엘이 그녀의 옆구리를 팔꿈치로 쿡 찌르며 물었다. 두 사람이 서로에게 모든 것을 털어놓던 어린 시절에 미구엘은 이런 식으로 말을 걸곤 했었다.

에스페란사의 얼굴에 미소가 스쳐 지나갔다. 그녀는 자기 장미

바로 옆에 활짝 피어 있는 오렌지색 장미를 가리켰다. 아빠가 그들이 어릴 적에 에스페란사와 미구엘을 위해 장미 한 그루씩을 심었던 것이다.

"도대체 일이 어떻게 돌아가고 있는 건지 알 수가 없어, 미구엘."

"루이스 씨가 어떻게 해서든 이 농장을 손아귀에 넣으려 하고 있다는 소문이 시내에 파다해. 그 소문이 사실인 것 같아. 그리고 우리 식구들은 아마도 일을 찾아 미국으로 떠나게 될 것 같아."

에스페란사는 그럴 순 없다는 표정으로 고개를 가로저었다. 오르텐시아, 알폰소 그리고 미구엘 없이 산다는 것은 상상조차 할 수 없는 일이었다.

"아버지와 나는 이제 이 나라에 아무런 미련도 없어. 우리는 태어날 때부터 하인이었고 여기선 아무리 뼈 빠지게 일해도 그놈의 하인 신세를 면할 길이 없을 거야. 네 아버지는 참 좋은 분이셨지. 우리에게 작으나마 땅과 오두막도 주시고. 하지만 네 삼촌들은……. 너도 그 양반들의 평판을 들어 알고 있겠지만…… 분명 그 땅과 오두막을 도로 빼앗고 우리를 짐승 취급하겠지. 그런 작자들을 위해 일할 수는 없어. 미국에서도 일은 고되겠지만 그곳이라면 적어도 하인 신세를 면할 기회는 있을 거야."

"하지만 엄마와 할머니…… 두 분에겐 없어선 안 돼. ……우리에겐 네 부모님과 네가 필요해."

"아버지는 정말 어쩔 수 없이 떠나야 할 때가 아니면 이곳을 떠나지 않을 거라고 말씀하셨어."

미구엘이 팔을 뻗어 에스페란사의 손을 잡았다.

"네 아빠 일은 정말 안 됐어."

그 따스한 손길에 에스페란사의 가슴이 쿵쾅거렸다. 그녀는 미구엘의 손에 붙잡혀 있는 자기 손을 바라보며 얼굴이 달아오르는 것을 느꼈다. 깜짝 놀란 에스페란사는 황급히 손을 빼내고는 자리를 박차고 일어나 애꿎은 장미만 물끄러미 바라보았다. 어색한 침묵이 둘 사이를 벽처럼 가로막았다. 에스페란사가 미구엘을 힐끔 내려다봤다.

미구엘은 여전히 그녀에게서 눈을 돌리지 않고 있었다. 크나큰 상처를 입은 두 눈이 거기에 있었다. 그가 정원을 떠나면서 나직한 목소리로 말했다.

"네 말이 맞아, 에스페란사. 우리는 멕시코에서는 강 양쪽에서 서로를 망연히 바라보고 있어야 하는 존재일 수밖에 없어."

에스페란사는 모든 것이 엉망진창이라고 생각하며 자기 방으로 올라갔다. 천천히 침대로 다가가 멋진 무늬가 새겨진 침대 기둥들을 손으로 어루만졌다. 그러고는 화장대 위에 나란히 세워진 인형들을 세어 보았다. 생일 때마다 하나씩, 모두 열셋. 아빠가 살아 계실 적에는 모든 게 정돈되어 있었다. 줄을 맞춰 나란히 서 있는 저 인형들처럼.

그녀는 수제 레이스가 달린 기다란 잠옷을 입은 뒤 새 인형을 집어 들고 열려 있는 창문 쪽으로 걸어갔다. 창문 너머로 골짜기를 내다보면서 생각에 잠겼다.

'우리 가족이 이곳을 떠나야 한다면 도대체 어디로 가야 하는 걸까?'

그들에겐 할머니의 자매들, 그러니까 수녀원에 있는 이모할머니들 말고는 가족이 없었다.

"난 영원히 이곳을 떠나지 않을 거야."

에스페란사는 다짐하듯 중얼거렸다.

갑자기 산들바람이 불어오더니 코끝에 강렬하면서도 익숙한 향기가 스쳤다. 안마당을 내려다보니 나무 상자가 보였다. 아빠가 로드리게스 아저씨에게 주문했던 파파야 상자였다. 아빠가 돌아가시지 않았더라면 생일날 썼을 파파야였다. 바람이 불 때마다 농익은 파파야 향기가 대기에 흩어지고 있었다.

에스페란사는 레이스가 달린 리넨 이불 아래로 기어들어 갔다. 인형을 가슴에 꼭 품은 채 잠을 청했지만 생각은 계속해서 루이스 삼촌에게로 달려갔다. 엄마가 그와 결혼할지도 모른다는 생각에 기분이 언짢아졌다. 물론 엄마는 삼촌 앞에서 아니라고 얘기했다! 에스페란사는 깊이 숨을 들이켰다. 여전히 파파야 향기가 콧속으로 밀려들어 왔다. 그 향기는 아빠의 애틋한 사랑이었다.

'아빠, 왜 그렇게 훌쩍 떠나셨어요? 왜 저와 엄마만 남겨 두고 그렇게 돌아가신 거예요?'

에스페란사는 두 눈을 꼭 감고 매일 밤 그랬듯이 꿈속으로 빠져들어 가려 애썼다. 그건 아빠가 생일 노래를 불러 주는 꿈이었다.

무화과 | 장미 농장이 불타다 |

그날 밤은 바람이 몹시도 불어 댔다. 집 건물은 신음하듯 연신 휘익 소리를 질러 댔다. 에스페란사의 꿈은 생일 노래는커녕 악몽으로 가득 찼다. 거대한 몸집의 곰이 그녀를 쫓아왔다. 거리가 점점 좁혀지더니 급기야 곰이 그녀를 덮쳐 눌렀다. 곰의 털이 입을 막는 통에 숨을 쉬기가 어려웠다. 누군가 그녀에게서 곰을 떼어 놓으려고 안간힘을 썼지만 아무 소용이 없었다. 곰이 점점 더 세게 몸을 죄어 와서 이러다간 꼼짝없이 질식사하고 말 것 같았다. 바로 그때 곰이 어깨를 움켜쥐더니 머리가 앞뒤로 마구 흐느적거리도록 흔들어 댔다.

에스페란사는 눈을 번쩍 떴다가 도로 감았다. 꿈을 꾸고 있다고 깨닫는 순간 안도의 한숨이 절로 나왔다. 그런데 누군가 또다시 그녀를 흔들어 대기 시작했다. 이번엔 흔드는 강도가 훨씬 거셌다.

누군가 그녀를 부르고 있었다.

"에스페란사!"

그녀는 눈을 떴다.

"에스페란사! 일어나!"

엄마가 비명에 가깝게 외쳐 대고 있었다.

"집에 불이 났어!"

연기가 방 안으로 스멀스멀 기어들어 오고 있었다.

"엄마, 무슨 일이에요?"

"어서 일어나, 에스페란사! 할머니를 찾아보자꾸나!"

아래층 어디에선가 다급히 외쳐 대는 알폰소의 깊고 굵은 목소리가 들렸다.

"오르테가 마님! 에스페란사!"

"여기예요! 우린 여기 있어요!"

엄마가 대답했다. 그러고는 세숫대야에서 축축한 수건을 집어들어 입과 코를 막도록 에스페란사에게 건넸다. 에스페란사는 무엇이든 구해야겠다는 생각에 두리번거리며 주위를 맴돌다 인형을 움켜쥐었다. 그리고 엄마와 함께 할머니 방으로 가기 위해 허둥지둥 홀 쪽으로 달려갔다. 하지만 거긴 텅 비어 있었다. 엄마가 비명처럼 외쳤다.

"알폰소! 아부엘리타가 여기에 없어요!"

"저희가 찾아볼게요. 머뭇거릴 시간이 없어요. 불이 계단으로 옮겨 붙고 있어요. 어서요!"

에스페란사는 얼굴에 수건을 덮은 채 계단 쪽을 내려다보았다. 커튼에 붙은 불길이 벽을 타고 올라가고 있었다. 연기가 집 안을 가득 채우며 천정을 향해 뭉게뭉게 피어오르고 있었다. 엄마와 에스페란사는 잔뜩 웅크린 채 계단을 내려왔다. 거기서 알폰소가 기다리고 있었다. 두 사람은 알폰소가 이끄는 대로 부엌을 통해 밖으로 빠져나왔다.

안마당에 나오니 나무 대문은 활짝 열려져 있었다. 마구간 근처에서는 목부들이 말들을 풀어 주고 있었다. 하인들이 여기저기서 잰걸음으로 달려가고 있었다. 저 사람들은 어디로 가고 있는 거지?

"아부엘리타, 어디 있어요? 아부엘리타!"

엄마가 울부짖었다.

에스페란사는 머리가 빙빙 도는 것 같았다. 모든 게 비현실적으로 느껴졌다.

'내가 아직도 꿈을 꾸고 있는 것일까? 내 미친 상상력이 꾸며 낸 얘길까?'

미구엘이 그녀를 덥석 붙잡았다.

"엄마는 어디 계시니? 할머니는?"

에스페란사는 울먹이며 엄마 쪽을 바라다봤다. 미구엘이 엄마 쪽으로 가 잠시 멈춰 서더니 집으로 달려갔다.

불티가 바람을 타고 날아가 불이 마구간까지 옮겨 붙었다. 에스페란사는 밤하늘을 배경으로 화염 속에서 그 윤곽만을 드러내고 있는 집을 멍하니 바라보며 서 있었다. 그 아수라장의 한복판에서 누군가가 그녀의 어깨에 담요를 둘러 주었다. '내가 지금 추운 것일까?' 머릿속이 텅 비어 아무 생각도 떠오르지 않았다.

미구엘이 할머니를 그러안고 화염에 휩싸인 집에서 뛰쳐나왔다. 그가 할머니를 내려놓는 순간 오르텐시아가 비명을 질렀다. 미구엘의 등 쪽에 불이 붙어 있었다. 알폰소가 그에게 달려들어 넘어뜨리더니 땅바닥에 정신없이 굴려 댄 뒤에야 가까스로 불이 꺼졌다. 미구엘이 검게 탄 셔츠를 조심스럽게 벗었다. 다행히도 화상은 그리 심하지 않았다.

엄마는 할머니를 두 팔로 싸안고 진정시켰다.

"엄마, 할머니는……?"

"걱정 말아라, 살아 계신다. 그런데 기진맥진하신 데다 발목을 삐신 모양이야. 아무래도 걷기는 힘드실 것 같구나."

에스페란사는 무릎을 꿇어 몸을 낮추고 할머니에게 말했다.

"할머니, 어디 계셨어요?"

할머니는 뜨개질감이 담긴 천 가방을 들어 올렸다. 그러고는 잠시 터져 나오는 기침을 진정시킨 뒤 속삭이듯 말했다.

"우리가 기다릴 동안 뭔가 할 일이 필요하지 않겠니?"

성난 불길은 쉽사리 잡히지 않았다. 불길이 급기야 포도밭으로 번지기 시작했다. 줄지어 가지런히 심어진 포도나무를 따라 퍼져 나간 불길은 마치 지평선을 향해 굽이쳐 뻗은 기다란 손가락 형상을 띠었다.

에스페란사는 넋이 빠진 듯 멍하니 서서 불길에 휩싸인 엘 란초 데 라스 로사스를 지켜보았다.

엄마와 할머니, 에스페란사는 일꾼들의 오두막에서 잠을 청했다. 세 사람 다 잠을 이루지는 못했지만 그렇다고 울부짖으며 밤을 샌 것도 아니었다. 그들은 마치 그 무엇도 뚫을 수 없는 두꺼운 껍질에 싸인 듯 무감각한 채로 망연자실해 있었다. 이 모든 사태가 어떻게 일어났는지 말하는 건 의미가 없었다. 이번 화재에 두 삼촌이 관련되어 있다는 건 누구나 알기 때문이었다.

새벽 무렵 에스페란사는 잠옷을 입은 채 잿더미 사이로 빠져나왔다. 행여 뭔가 남아 있는 게 없을까 하는 생각에 아직 연기를 피워 올리고 있는 잔해들을 피해 가며 검게 탄 나무들 사이를 헤쳤다. 그녀는 어제만 해도 현관이었던 곳 근처의 벽돌 위에 주저앉아서 아빠의 장미 정원을 물끄러미 넘어다보았다. 꽃이 떨어진 장미

가지들이 새까맣게 그을려 있었다. 에스페란사는 상심에 젖어 몸을 잔뜩 웅크린 채 화마의 제물들을 살펴보았다. 철제 의자들은 불에 타 보기 흉하게 뒤틀린 모습이었지만 무쇠 냄비들은 불길을 비껴갔다. 화산암으로 만들어진 부엌의 절구와 절굿공이도 건재했다. 잔해들 사이에서 언제나 침대 발치에 놓여 있던 트렁크가 보였다. 트렁크의 금속 장식들은 손상되지 않은 것 같았다. 제발 기적이 일어나기를 빌면서 서둘러 트렁크 쪽으로 달려가 이리저리 꼼꼼히 살펴보았지만 남아 있는 것이라곤 새까만 재뿐이었다.

이제 미래의 그 어느 날을 위해 소중히 간직했던 것들은 아무것도 남아 있지 않았다.

말을 타고 자기 쪽으로 다가오고 있는 삼촌들을 본 에스페란사는 그 사실을 알리기 위해 오두막으로 달려갔다. 엄마는 팔짱을 낀 채 오두막 계단에 서서 그들을 기다렸다. 그 모습은 마치 화가 잔뜩 난 조각상처럼 보였다. 알폰소와 오르텐시아, 미구엘도 엄마 곁에 섰다.

마르코 삼촌이 말에서 내리지도 않은 채 말문을 열었다.

"라모나. 큰일을 당한 지 얼마 되지도 않아 또 이렇게 슬픈 일을 겪었구려. 참으로 유감이오."

그러자 루이스 삼촌이 끼어들었다.

"오늘은 당신에게 다시 한 번 기회를 주기 위해 온 것이오. 만일 내 제안을 재고한다면 전보다 훨씬 크고 아름다운 집을 새로 짓고 포도나무며 여러 작물들도 다시 심을 생각이오. 물론 당신이 원한다면 그냥 여기서 일꾼들과 함께 눌러 살 수도 있을 거요. 하지만 그들에게 또 다른 비극이 발생하지 않으리라는 보장이 없으니 참 난감한 일이오. 더구나 이제는 그들이 일할 밭이나 주인집도 없질 않소? 당신도 알다시피 많은 사람들이 일하며 먹고사는 문제를 당신에게 의지하고 있소. 그리고 에스페란사를 위해서도 현명한 선택을 할 거라 믿는데, 어떻소?"

엄마는 꽤 오랫동안 아무 말도 하지 않은 채 주변에 모인 하인들을 죽 둘러보았다. 엄마의 얼굴에서 불쾌한 표정이 사라지는 대신 두 눈이 촉촉이 젖어 들었다. 에스페란사는 엄마가 루이스 삼촌의 제안을 거절하면 하인들은 정처 없이 이곳을 떠나야 할 거라고 생각했다.

엄마가 에스페란사를 지그시 바라보았다. 그 눈은 '나를 용서해 다오'라고 말하고 있었다. 엄마는 고개를 푹 꺾고 땅바닥을 응시했다.

"당신의 제안을 고려해 보겠어요."

루이스 삼촌의 입가에 미소가 번졌다.

"참으로 반가운 일이오. 당신이 올바른 결정을 하리라 믿소. 며칠 내로 대답을 들으러 다시 오겠소."

"엄마, 안 돼요!"

에스페란사의 입에서 외마디 소리가 터져 나왔다. 그러고는 루이스 삼촌 쪽으로 몸을 돌려 말했다.

"난 당신을 증오해요!"

루이스 삼촌은 이번에도 에스페란사를 아예 무시했다.

"그리고 참, 라모나. 모든 일이 잘되면 에스페란사가 내 딸이 될 텐데, 아무래도 예절을 좀 더 가르쳐야겠소. 그렇지 않아도 오늘 저 아이를 요조숙녀답게 행동하도록 가르칠 기숙학교를 알아볼 참이었소."

그는 이 말을 끝으로 말 머리를 돌린 뒤 말의 뱃가죽에 박차를 가했다. 그들의 모습은 곧 시야에서 사라졌다.

에스페란사가 엄마의 팔을 부여잡고 울먹였다.

"왜? 왜 그 사람에게 그런 말을 했어요?"

그러나 엄마는 딸의 물음에 귀를 기울이지 않았다. 엄마는 천사들에게 하소연이라도 하듯 하늘을 올려다보았다. 마침내 엄마가 입을 열었다.

"알폰소, 오르텐시아! 아부엘리타와 함께 할 얘기가 있어요. 에스페란사하고 미구엘도 안으로 들어오너라. 이제 너희들도 이런 얘기를 나누는 자리에 낄 만한 나이가 되었어."

"하지만 엄마……."

엄마는 에스페란사의 어깨에 팔을 얹고 눈을 들여다보았다.

"애야, 걱정할 것 없다. 엄마에게도 다 생각이 있어."

모두들 오르텐시아와 알폰소가 침실로 쓰고 있는 비좁은 방에서 얼굴을 맞댔다. 할머니는 부어오른 발목을 베개에 받치고 쉬고 있었다. 에스페란사만 할머니 옆 침대에 앉고 엄마와 나머지 사람들은 선 채로 이야기를 나눴다.

"알폰소, 내 판단에 대해 어떻게 생각해요?"

"마님, 만일 그와 결혼할 작정이 아니시라면 이곳에 머물 생각은 마셔야 할 거예요. 다음에는 하인들 숙소에 불을 지르고도 남을 사람이에요. 포도나무들이 다 불타 버린 마당에 수입도 없을 거고요. 그렇게 되면 다른 사람들의 자비를 구할 수밖에 없는 처지가 되실 텐데요, 아마도 그들은 돕기를 두려워할 겁니다. 멕시코의 다른 지방으로 옮겨 가 사실 수도 있지만 가난한 생활을 면키는 어려우실 거예요. 루이스 씨의 위세는 꽤 멀리까지 미칠 테니까요."

방 안에 정적이 감돌았다. 엄마는 창밖을 내다보며 나무로 된 창문턱을 톡톡 두드리고 있었다.

오르텐시아가 엄마 곁으로 가서 팔을 잡으며 말했다.

"마님도 알고 계셨으면 해요. 우리는 미국으로 건너가기로 했어요. 우리 서방님이, 알폰소의 동생말이에요, 누차 편지를 보내 지금 일하는 캘리포니아의 대농장에 대해 얘기해 줬거든요. 그 서방님이 일자리하고 오두막도 마련해 주기로 했고요. 그래서 내일 편지를 띄울까 해요."

엄마가 돌아서서 할머니를 바라보았다. 할머니는 아무 말 없이 고개를 끄덕였다.

"혹시 에스페란사와 내가 자네들과 함께 간다면 어떨까? 미국으로 말이야."

"엄마, 어떻게 할머니를 두고 떠나요?"

할머니는 에스페란사의 손등에 자신의 손을 포갰다.

"나도 몸을 추스르는 대로 곧 뒤따라가마."

"친구들과 학교는요? 절대 못 떠나요. 그리고 아빠, 아빠는 또 어떻게 생각하시겠어요?"

"어느 쪽이 옳을까, 에스페란사? 아빠가 루이스 삼촌과 엄마가 결혼하기를 바라실까? 또 삼촌이 너를 다른 도시에 있는 학교로 보내겠다고 했는데, 그게 아빠가 원하시는 걸까?"

에스페란사는 갈피를 잡을 수가 없었다. 루이스 삼촌은 모든 것을 원래대로 되돌려 놓겠다고 약속했다. 하지만 엄마가 아빠 이외의 사람과 결혼하는 건 상상조차 할 수 없는 일이었다. 에스페란사가 엄마 얼굴을 쳐다보니 슬픔과 근심과 고통이 깃들어 있었다. 엄마는 에스페란사를 위해서라면 그 어떤 일도 마다하지 않을 것이다. 하지만 만에 하나 엄마가 루이스 삼촌과 결혼을 한다 해도 모든 게 예전대로 되돌아갈 수는 없을 것이다. 루이스 삼촌은 자기를 멀리 떠나보낼 것이고 결국 자신과 엄마는 함께 지낼 수조차 없게 될 터였다.

"아니요."

에스페란사는 기어들어 가는 목소리로 대답했다.

"그래요, 아가씨도 우리와 함께 가고 싶죠?"

오르텐시아가 반색을 했다.

"분명 그럴 거야."

엄마의 목소리에는 아까보다 힘이 실려 있었다.

"하지만 요즘 들어 국경을 넘는 게 더 힘들어졌어. 자네들이야 신분 증명서가 있지만 우리는 불난리 통에 증명서가 재가 돼 버렸단 말이야. 비자 없이는 국경을 넘는 게 어림도 없을 텐데."

그때 할머니가 말을 가로막았다.

"내가 어떻게 해 보마. 수녀원에 있는 네 이모들이라면 감쪽같이 증명서 사본을 마련해 줄 수 있을 거야."

"이 얘기가 새어 나가서는 절대로 안 됩니다, 마님."

알폰소가 다짐을 두었다.

"마님이 함께 가는 거라면 우리 모두 그 사실을 철저히 비밀에 부쳐야 할 거예요. 이 일은 루이스 씨에게는 엄청난 모욕일 테니까요. 그 사람이 낌새라도 채는 날이면 어떻게 해서든 마님이 이 땅을 떠나지 못하도록 막을 게 분명해요."

피곤이 깊게 밴 엄마의 얼굴에 언뜻 미소가 스쳐 지나갔다.

"맞아. 이건 그에게 엄청난 모욕일 거야, 그렇지?"

그때 잠자코 있던 미구엘이 불쑥 끼어들었다.

"캘리포니아에는 밭일밖에 없을 텐데요."

"난 네가 생각하는 것보다 훨씬 강한 사람이야."

"그리고 우리 모두 서로서로 도울 거고요."

오르텐시아가 엄마의 어깨를 팔로 감싸며 말했다.

할머니는 에스페란사의 손을 꼭 쥐며 말했다.

"처음부터 다시 시작하는 걸 두려워하지 마라. 이 할미도 바로 네 나이 때 어머니, 아버지, 언니들과 함께 스페인을 떠났지. 어떤 멕시코 관리가 우리 아버지한테 멕시코에서 일을 할 수 있도록 주선을 해 주었던 거야. 그래서 이곳으로 오게 됐지. 여기까지 오는데 배를 몇 번이나 갈아탔는지 모른단다. 하여간 몇 달이 걸렸으니까. 그러나 도착하고 나서도 우리에게 약속된 건 아무것도 없었단다. 어려운 고비도 많았지. 하지만 인생이란 역시나 짜릿한 거야. 그리고 우리에겐 서로가 있지 않니? 에스페란사, 불사조 얘기 기억하니? 스스로 타 죽은 재 속에서 다시 태어나는 그 사랑스런 어린 새 말이다."

에스페란사는 고개를 끄덕였다. 할머니는 신화 책에서 그 얘기를 수없이 읽어 주었던 것이다.

할머니가 다시 말했다.

"우린 불사조와 같단다. 우리 앞에 새롭게 펼쳐질 삶과 함께 다시 일어서는 그런 불사조 말이야."

그제야 에스페란사는 자기가 울고 있다는 사실을 깨닫고 숄 자락으로 눈물을 닦았다.

'맞아. 캘리포니아에서도 가정을 꾸릴 수 있을 거야. 그것도 단란한 가정을. 알폰소와 오르텐시아, 미구엘도 우릴 돌봐 줄 거고. 또 거기라면 삼촌들의 손아귀에서 벗어날 수 있을 거야. 할머니도 몸만 좋아지면 금세 그리로 건너오실 테고.'

에스페란사는 그 자리에 모인 사람들의 사랑과 설득에 감동한 나머지 여전히 코를 훌쩍거리며 불쑥 이렇게 말해 버렸다.

"그리고, 음, 나도 일할 수 있다고요."

사람들의 시선이 그녀에게로 집중되었다. 아빠가 돌아가신 뒤 처음으로 모두들 소리 내어 웃었다.

이튿날 이모할머니들이 마차를 타고 할머니를 데리러 왔다. 검은색 수녀복을 입은 두 할머니 수녀들은 아부엘리타 할머니를 부드럽게 안아 올려 마차에 태운 다음 담요를 턱까지 끌어당겨 덮어 주었다. 에스페란사는 할머니에게 다가가 손을 잡았다. 그녀는 알폰소와 미구엘이 아빠의 시신을 싣고 집으로 돌아온 그날 밤을 떠올렸다. 도대체 그게 언제 적 일인가? 불과 몇 주 전에 일어난 일인데도 불구하고 지금 이 순간에는 수백 년도 더 지난 아득히 먼 옛날 일처럼 느껴졌다.

에스페란사는 할머니를 부드럽게 껴안고 입을 맞췄다.

"내 손녀딸 에스페란사, 우린 소식을 주고받을 수 없을 게다. 우편물이 제대로 배달될지 장담할 수 없을 뿐 아니라 네 삼촌들이 내 편지를 일일이 감시할 게 틀림없거든. 하지만 이 할미는 반드시 너에게로 갈 거야. 그것만큼은 믿어도 좋아. 날 기다리는 동안 할미를 위해 이걸 완성해 주겠니?"

할머니는 크로셰 뜨개질감 한 보따리를 건넸다.

"자, 담요의 이 지그재그 무늬를 보거라. 산봉우리도 있고 골짜기도 있잖니? 지금 너는 이 골짜기 제일 깊숙한 곳에 추락해 있지. 그래서 네 앞에 닥친 문제들이 더 크게 보일 거야. 하지만 너는 다시금 산 정상에 서게 될 게다. 그리고 네가 많은 산봉우리와 골짜기를 경험하고 나면 그때 다시 모여 살 수 있을 거야."

에스페란사는 눈물을 흘리며 말했다.

"할머니, 꼭 빨리 나아서 오셔야 해요."

"내 약속하마. 그리고 너도 할미하고 약속 하나 하자. 나 대신 엄마를 잘 보살펴 다오."

다음은 엄마 차례였다. 에스페란사는 두 사람의 작별 모습을 차마 지켜볼 수 없어서 마차가 움직이는 소리가 들려올 때까지 오르텐시아의 어깨에 얼굴을 파묻고 있었다. 마차가 떠나자 에스페란사는 엄마에게 다가가 두 팔로 껴안았다. 두 사람은 마차가 오솔길 멀리 작은 점이 되어 사라지고 나서도 먼지가 걷힐 때까지 한참이나 자리를 뜨지 않았다.

에스페란사가 가죽끈이 달린 낡은 트렁크에 눈길을 준 것은 할머니와 이모할머니들이 막 그곳을 떠난 뒤였다.

"저 트렁크에는 뭐가 들어 있어요?"

"우리의 여행 증명서. 그리고 수녀원의 구호품 상자에서 가져온 옷가지들이란다."

"구호품 상자요?"

"돈이 없어 옷을 살 수 없는 가난한 사람들을 위해 사람들이 기증한 것들이지."

"엄마, 우리가 이런 상황인데도 옷이 필요한 가난한 사람들을 걱정해야 하는 거예요?"

"에스페란사, 우리는 돈이 거의 바닥났고 오르텐시아와 알폰소, 미구엘은 더 이상 우리 하인이 아니란다. 더구나 우린 그들에게 생활비와 우리의 미래까지 신세를 지고 있어. 그러니까 가난한 사람들을 위한 옷가지가 든 저 트렁크? 저건 바로 우리를 위해 가져온 거란다, 에스페란사.”

믿을 사람은 로드리게스 아저씨뿐이었다. 아저씨는 날이 어두워진 뒤에 찾아와 어른들과 비밀스런 모임을 갖곤 했다. 올 때면 항상 무화과 열매를 한 바구니 들고 왔다. 깊은 슬픔에 빠진 에스페란사네 가족을 위로하기 위해서라고 했지만 사실은 찾아온 진짜 이유를 감추기 위한 위장술이었다. 에스페란사는 매일 밤 마룻바닥에 담요를 깔고 누워 어른들이 목소리를 잔뜩 낮춰 소곤거리는 소리와 알쏭달쏭한 계획들을 들으며 잠들었다. 산더미처럼 쌓인 무화과 열매에서 풍기는 향기가 코끝을 간지럽혔지만 그걸 먹을 사람은 아무도 없다는 걸 알고 있었다.

그 주말에 에스페란사는 오르텐시아와 알폰소의 오두막으로 가는 조그만 계단에 앉아 있었다. 그때 루이스 삼촌이 말을 타고 오두막 쪽으로 왔다. 그는 말안장에 앉은 채로 엄마를 부르러 알폰소를 보냈다.

얼마 안 있어 엄마가 손에 남아 있는 물기를 앞치마에 닦으며 그들 쪽으로 걸어왔다. 머리를 높이 쳐들고 오만하게 걸어오는 엄마의 모습은 구호품 상자에서 꺼낸 남루한 옷을 입고 있었음에도 불구하고 여전히 아름다웠다.

"루이스, 당신의 제안을 깊이 생각해 봤어요. 하인들과 에스페란사를 위해 당신과 결혼하기로 마음먹었어요. 대신에 지체 없이 포도나무를 다시 심고 집도 다시 짓는다는 조건이에요. 일꾼들이 당장 일을 해야 하니까요."

에스페란사는 입을 꾹 다물고 터져 나오려 하는 웃음을 참으며 엄마가 둘러대는 말을 듣고 있었다.

루이스 삼촌은 만족감을 감추지 못하고 이빨을 드러내며 히죽 웃었다. 그는 말 잔등 위에서 몸을 더욱 곧추세웠다.

"그렇듯 분별 있는 판단을 내릴 줄 내 진작 알았소, 라모나. 즉시 우리가 서로에게 한 약속을 발표하리다."

엄마가 고개를 끄덕이는 모습이 마치 머리를 조아리며 감사의 인사를 하는 것처럼 보였다. 엄마가 재빨리 덧붙였다.

"한 가지 더 있어요. 아부엘리타를 찾아뵈려면 마차가 한 대 필요해요. 라 푸리시마에 있는 수녀원에 가 계시거든요. 앞으로 몇 주일에 한 번씩은 찾아뵈어야 할 것 같아요."

루이스 삼촌이 헤벌쭉 웃으며 말했다.

"오늘 오후에 한 대 보내겠소, 새 마차로. 그리고 지금 입고 있는 옷 말이오. 당신 키에 맞지 않는구려. 에스페란사는 꼭 집 없는 떠돌이 같고. 다음 주에 옷감과 양재사를 보내겠소."

에스페란사는 삼촌을 올려다보며 가능한 예의를 갖춰 말했다.

"고맙습니다, 루이스 삼촌. 이렇게 우리를 돌봐 주시니 행복하기 그지없어요."

"물론 그렇겠지."

루이스 삼촌은 에스페란사에게는 눈길도 주지 않고 내뱉듯 말했다.

어쨌든 에스페란사는 그 앞에서 웃을 수 있었다. 한집에서 그와 함께 밤을 보내는 일도, 그가 자기 의붓아버지가 되는 일도 없을 거라는 사실을 알고 있었기 때문이다. 에스페란사는 엄마와 자기가 이 땅을 탈출했다는 사실을 알게 되었을 때 그가 어떤 얼굴을 할지 두 눈으로 똑똑히 보고 싶다는 생각까지 했다. 그때도 저 거만한 삼촌이 이빨을 드러내며 히죽 웃을 수 있을지 궁금하기 짝이 없었다.

양재사가 오기로 한 전날 밤 엄마가 한밤중에 에스페란사를 깨웠다. 그들은 각자 손에 들 수 있을 만큼의 짐만을 챙겨서 그곳을 떠났다. 에스페란사는 옷가지를 가득 담은 여행용 손가방과 옥수수 타말리를 담은 자그마한 꾸러미, 그리고 아빠가 주신 인형을 들었다. 그녀와 엄마, 오르텐시아는 어둠 속에서 눈에 띄지 않도록 검은 숄을 어깨에 둘렀다.

큰길을 따라가는 위험을 무릅쓸 필요는 없었다. 그래서 미구엘과 알폰소는 로드리게스 아저씨 농장 쪽으로 나 있는 포도나무 사이로 그들을 인도했다. 달빛은 불에 타 숯이 된 비틀린 포도나무 줄기와 덩굴들이 산 쪽으로 평행선을 그리며 굽이치는 윤곽을 알아볼 수 있을 정도로 밝았다. 그 풍경은 마치 어마어마하게 큰 얼레빗을 검은 물감에 담갔다가 거대한 캔버스에 부드럽게 휘두른 듯한 형상이었다.

일행은 아빠의 농장과 로드리게스 아저씨 농장의 경계를 이루는 무화과 과수원에 당도했다. 알폰소와 오르텐시아, 미구엘은 내처 앞으로 걸어 나갔지만 에스페란사는 뒤로 처져 엄마의 손을 잡아끌었다. 이곳에서 잠시 멈추자는 뜻이었다. 두 사람은 몸을 돌려 멀리 엘 란초 데 라스 로사스의 옛 모습을 떠올리며 바라보았다.

슬픔과 분노가 에스페란사의 가슴에서 뒤엉켜 치밀어 올랐다. 그것은 자신이 지금 작별하고 있는 모든 것, 한때 자신의 삶 그 자체였던 친구들과 학교, 그리고 할머니 아부엘리타를 생각하며 느끼는 슬픔이요 분노였다. 그리고 아빠도. 그녀는 마치 아빠를 떠나는 듯한 느낌이 들었다.

그런 마음을 읽기라도 한 듯 엄마가 말했다.

"우리가 어딜 가든 아빠의 사랑은 늘 우리와 함께 있을 거야."

이윽고 엄마는 결연히 숨을 들이쉬고는 가지들이 뒤엉켜 있는 나무들 쪽으로 향했다.

　에스페란사도 엄마 뒤를 따르기는 했지만 몇 발짝 뗄 때마다 뒤를 돌아보며 머뭇거렸다. 그녀는 이곳을 떠나기 싫었다. 하지만 어떻게 여기 머물 수 있단 말인가?

　한 걸음, 한 걸음 앞으로 걸을 때마다 아빠의 땅은 점점 작아져 갔다. 그녀는 서둘러 엄마 뒤를 따랐다. 다시는 고향에 돌아올 수 없을지도 모른다 생각하니 루이스 삼촌에 대한 원망이 끓어올랐다. 마침내 마지막으로 뒤를 돌아보았을 때, 에스페란사 뒤로는 그녀가 분노를 삭이지 못해 땅바닥으로 내동댕이치는 바람에 으깨진 무화과들이 무수히 깔려 있었다.

구아바 | 아빠의 땅을 뒤로하고 |

무화과 과수원을 빠져나온 일행은 계속해서 배 밭을 통과했다. 마침내 공터에 이르자 헛간 옆에서 호롱불을 들고 기다리고 있는 로드리게스 아저씨가 보였다. 그들은 서둘러 안으로 들어갔다. 서까래에서 비둘기들이 푸드덕 날아올랐다. 안에는 그들이 타고 갈 마차가 준비되어 있었다. 마차 주변에는 초록색 구아바를 담은 대바구니들이 빙 둘러 있었다.

"마리솔은 어디 있어요?"

에스페란사가 헛간을 이리저리 훑어보며 물었다. 로드리게스 아저씨가 안타까운 표정으로 말했다.

"네가 떠난다는 얘기를 아무에게도 할 수 없었단다. 때가 되면 네가 마리솔을 찾으며 작별 인사를 전하더라고 말하마. 이제 서둘러야 되겠다. 새벽이 오기 전에 이곳을 빠져나가야 해."

남자들이 마차 짐칸에 본래의 바닥보다 조금 더 높고 뒤가 트인 판자를 하나 더 깔았다. 판자와 마차 바닥 사이에 엄마와 에스페란사, 오르텐시아가 가까스로 몸을 눕힐 정도의 공간이 생겼다. 오르텐시아가 아래쪽 바닥에 담요를 깔았다.

에스페란사도 이미 계획을 알고 있었다. 하지만 막상 그 비좁은 공간을 보자 망설여졌다.

"알폰소랑 미구엘과 함께 밖에 앉으면 안 될까요?"

"에스페란사, 이럴 수밖엔 없단다."

엄마의 말을 알폰소가 이어 받았다.

"산적들이 들끓어서 여자들이 밤길을 가는 건 너무 위험해요. 게다가 아가씨 삼촌들이 여기저기 염탐꾼들을 심어 놓았어요. 아가씨도 기억하고 있죠? 우리가 아과스칼리엔테스에서 기차를 타지 않고 굳이 자카테카스까지 가서 기차를 타려는 것도 다 그 때문이라는 걸요."

이번에는 오르텐시아가 거들었다.

"루이스 씨는 만나는 사람마다 엄마와 약혼했다고 자랑스레 떠벌리고 다녔어요. 그런데 두 분이 사라졌다는 걸 알면 얼마나 화를 내겠는지 생각해 봐요. 그러니 아가씨를 버젓이 드러내 놓는 위험을 무릅쓸 수가 없는 거예요."

엄마와 오르텐시아가 로드리게스 아저씨에게 감사와 함께 작별
인사를 하고는 두 바닥 사이의 공간으로 미끄러져 들어갔다.

에스페란사도 마지못해 바닥에 등을 대고 누운 채로 두 사람 사
이에 끼어들었다.

"언제 밖으로 나갈 수 있는 거예요?"

"두어 시간마다 한 번씩 마차를 세워서 팔다리를 펼 수 있도록
할 거야."

에스페란사는 얼굴에서 불과 몇 인치밖에 안 떨어져 있는 나무
판자를 응시했다. 남자들이 대바구니에 담긴 구아바들을 위쪽 바
닥에 들이붓자 다 익기 직전의 과일들이 쏟아져 구르는 소리가 요
란했다. 구아바에서는 배와 오렌지를 한데 섞은 듯 달콤하고도 신
선한 향기가 풍겼다. 알폰소와 미구엘이 구아바를 다 싣고 벌어진
틈을 덮자 에스페란사의 발 쪽에서 구아바 열매들이 제자리를 찾
아 우르르 구르는 것이 느껴졌다. 가는 길에 누군가가 마차를 보더
라도 영락없이 농부와 그 아들이 시장에 과일을 내다 팔러 가는 것
처럼 보일 터였다.

"어때요?"

알폰소의 목소리가 먼 데서 나는 소리처럼 들렸다. 오르텐시아
가 대답했다.

"우린 견딜 만해요."

마차가 헛간을 나서자 구아바 열매들이 이리저리 구르다 마침내 제자리를 잡았다. 내부는 어두웠다. 누군가 그들을 요람에 태워 앞 뒤 좌우로 거칠게 흔들어 대는 것처럼 느껴졌다. 에스페란사는 갑자기 두려워지기 시작했다. 발길질만 몇 번 하면 밖으로 나갈 수 있다는 걸 아는 데도 자꾸만 덫에 걸려 옴짝달싹 못하고 있다는 생각이 들었다. 갑자기 에스페란사는 숨을 쉴 수 없다는 착각에 빠졌다. 그녀는 숨을 헐떡이며 외쳤다.

"엄마!"

"그래, 엄마 여기 있다, 에스페란사. 모든 게 제대로 돼 가고 있어."

그때 오르텐시아가 손을 잡으며 말했다.

"아가씨, 다섯 살 때 일 기억하세요? 집에 도둑이 들어 몸을 숨긴 적이 있잖아요. 그때 아가씨는 조그만 여자 아이라고 하기에는 너무도 용감했었죠. 아빠, 엄마와 알폰소 그리고 다른 하인들은 모두 시내에 가고 아가씨하고 나, 미구엘만 남아서 집을 지키고 있더랬죠. 우리는 아가씨 침실에 모여 있었지요. 그때 나는 아가씨의 멋진 푸른색 실크 드레스의 단을 감침질하고 있었고요. 그 드레스 기억나죠? 그런데 아가씨는 새로 산 구두가 보여야 한다고 단을 조금 올려 달라고 고집을 피웠어요."

두 눈이 어둠에 익숙해지자 서서히 마차의 덜컹거림에도 적응이 되기 시작했다.

"미구엘이 산적들을 보고서는 부리나케 집으로 달려왔었어요."

에스페란사가 깊은 숨을 내뱉으며 말했다. 그녀는 오르텐시아가 드레스의 단을 시치는 동안 의자 위에 올라가 마치 날아오르려는 새처럼 양팔을 쭉 펴고 서 있던 것을 기억했다. 반짝거리던 새 깜장 구두도 눈에 선했다.

오르텐시아가 맞장구를 쳤다.

"맞아요. 그때 창밖을 내다보니까 모두 여섯 명의 남자가 있었어요. 손수건으로 복면을 하고 라이플총을 들고 있었지요. 그들은 부자들에게 물건을 강탈해서 가난한 사람들에게 나누어 주는 임무를 받은 사람인 양 행동하는 배교자들이었어요. 그렇지만 훔친 물건을 항상 가난한 사람들에게 나눠 주지도 않았고 때로는 무고한 양민들을 죽이기도 했지요."

"우리는 침대 밑에 들어가 침대보를 끌어당겨 몸을 숨겼어요."

에스페란사가 말을 받고는 침대 아래에서 베드보드를 똑바로 응시하고 있던 당시의 상황을 떠올렸다. 그 모습은 마차 바닥과 널판 사이에 갇혀 있는 지금의 상황과 너무도 흡사했다. 에스페란사는 다시 한 번 깊은 숨을 몰아쉬었다.

"그런데 그때 미구엘이 호주머니에 큼지막한 들쥐 한 마리를 넣어 두고 있었다는 걸 우리는 몰랐지요."

"맞아요. 그걸로 날 놀래 주려고 했대요."

마차가 삐걱거리며 요동쳤다. 알폰소와 미구엘이 위쪽에서 뭐라고 투덜거리는 소리가 들렸다. 구아바 향기가 여전히 콧속을 파고들었다. 에스페란사는 약간 긴장이 풀리는 것을 느꼈다.

오르텐시아가 말을 이었다.

"그 작자들이 집으로 들어와 찬장을 열고 은그릇들을 훔치는 소리가 들렸지요. 그러고는 계단 오르는 소리가 들렸어요. 두 남자가 침실로 들어서자 침대보 틈으로 큼지막한 장화들이 보였어요. 우리는 숨을 죽이고 입도 달싹하지 않았지요."

"그런데 내가 핀에 찔리면서 다리를 움직이는 바람에 소리를 내고 말았죠?"

"도둑들이 우리를 찾아낼까 봐 정말 간이 콩알만 해졌지요."

오르텐시아가 약간 호들갑을 떨며 말했다.

"바로 그때 미구엘이 들쥐를 침대 밖으로 내보냈잖아요. 들쥐가 방 안을 온통 들쑤시고 다녔죠. 산적들이 화들짝 놀라더니 한바탕 웃어 대던 거 기억나죠? 그러더니 그중 한 사람이 '뭐야, 쥐새끼잖아. 챙길 만큼 챙겼으니 이제 그만 가자'고 하며 침실을 나갔죠."

에스페란사가 말하자 엄마가 끼어들었다.

"그 사람들이 우리 집에 있던 은그릇이란 은그릇은 깡그리 다 쓸어 갔었지. 하지만 아빠와 내 관심사는 오직 하나였단다. 세 사람 모두 무사한 게 얼마나 다행스럽던지. 미구엘은 아주 멋지고 용감한 녀석이라고 아빠가 입에 침이 마르도록 칭찬하던 것 기억나니? 그러고는 미구엘에게 물었지. 아빠의 가장 소중한 재산인 에스페란사를 지켜 줘서 상을 주고 싶은데 무얼 원하느냐고."

"미구엘은 기차를 타고 싶다고 말했었죠."

에스페란사는 그때를 기억해 냈다. 오르텐시아가 부드럽게 콧노래를 흥얼거리기 시작했다. 엄마는 에스페란사의 손을 꼬옥 쥐어 주었다.

미구엘이 받은 상, 그러니까 하루 동안의 기차 여행이 바로 엊그제 일처럼 떠올랐다. 미구엘은 여덟 살, 에스페란사는 다섯 살 때의 일이었다. 그녀는 예쁜 파란색 비단 드레스를 입고 있었는데, 나비넥타이를 매고 기차역에 서 있던 미구엘의 모습이 지금도 눈에 선했다. 그때 미구엘의 모습은 진짜로 눈부셨다. 오르텐시아가 그의 몸을 구석구석 씻긴 다음 빳빳하게 풀을 먹인 듯했다. 곱게 매만져져 부드럽게 흘러내리던 머리칼, 흥분으로 빛나던 두 눈동자. 그는 플랫폼으로 들어서는 기관차의 위용에 넋이 빠져 있었다. 에스페란사 역시 흥분을 억누르지 못했다.

기차가 쉭쉭 증기를 세차게 뿜어 대며 도착하자 짐꾼들이 서둘러 그들을 객차로 안내했다. 아빠는 에스페란사와 미구엘의 손을 잡고 열차에 올라탔다. 그들은 배웅 나온 알폰소와 오르텐시아를 향해 손을 흔들었다. 칸막이 객실 좌석은 부드러운 가죽으로 되어 있어서 에스페란사와 미구엘은 좌석 위로 올라가 발을 굴러 대며 마냥 행복해했었다.

얼마 뒤 식당차로 건너가 작은 테이블에서 식사를 했는데 멋진 식탁보가 깔린 테이블 위에는 은제와 크리스탈제 식기류가 마련되어 있었다. 웨이터가 다가와 필요한 것이 없느냐고 묻자 에스페란사가 말했다.

"네. 지금 바로 점심 식사를 가져다주세요."

멋진 모자에 화려한 옷을 걸친 신사들과 부인들이 미소를 지으며 귀여워 죽겠다는 듯 손짓을 해 댔다. 아마도 그들을 자식이라면 끔찍이 여기는 상류층 아빠와 그 아이들 쯤으로 여겼을 터였다. 열차가 자카테카스에 도착하자 울긋불긋한 숄을 두른 여자가 기차에 올라타더니 막대기에 꽂은 망고를 팔았다. 껍질이 벗겨진 망고들은 이국적인 꽃 모양으로 조각되어 있었다. 아빠는 망고를 두 개 사서 에스페란사와 미구엘에게 하나씩 나눠 주었다. 돌아오는 길에 두 아이들은 창문에 납작 돼지코를 만들어 가면서 사람들이 보일 때마다 설익은 망고를 만져 끈적끈적해진 손을 흔들어 댔다.

마차가 웅덩이를 지나는지 몸이 한쪽으로 확 쏠렸다. 에스페란사는 이렇듯 느려 터진 마차 밑에 숨어 시골길을 털털거리며 가는 대신 기차를 타고 여행했던 그날처럼 순식간에 자카테카스에 닿을 수 있다면 얼마나 좋을까 생각했다. 그러나 지금은 산더미처럼 쌓인 구아바 아래 파묻혀 있었고 그 누구에게도 손을 흔들어 줄 수 없었다. 안락함과는 완전히 거리가 먼 여행이었다. 그리고 무엇보다도 지금 이곳엔 아빠가 없었다.

에스페란사는 몸에 맞지 않는 헌옷을 이리저리 잡아당기며 자카테카스 역에 서 있었다. 그건 정말 끔찍스런 노랑색 드레스였다. 마차 밖으로 나온 지 몇 시간이 지났는데도 여전히 몸에서 구아바 냄새가 났다.

자카테카스에 도착하는 데는 꼬박 이틀이 걸렸다. 도착한 날 아침 그들은 관목과 교목이 어우러진 수풀에 마차를 숨기고 시내로 걸어 들어왔다. 에스페란사는 마차에서 너무 불편했던 터라 기차에 대한 기대가 그만큼 컸다.

기관차가 여러 량의 객차를 끌고 쉭쉭 증기를 내뿜으며 플랫폼으로 들어섰다. 그러나 그들이 탄 객차는 칸막이와 가죽 시트를 갖춘 화려한 객차도, 하얀 리넨 천으로 장식된 식당차도 아니었다. 알폰소는 긴 나무 의자를 교회 좌석처럼 서로 마주 보도록 배치한 객차로 그들을 데리고 갔다.

객차는 이미 농부들로 만원이었다. 바닥은 온갖 잡동사니들로 지저분했고 과일 썩는 냄새와 지린내가 진동하고 있었다. 무릎에 새끼 염소를 올려놓고 있던 한 남자가 이빨이 하나도 남아 있지 않은 입을 벌리며 히죽 웃었다. 맨발의 사내아이 둘과 계집아이 하나가 자기네들 엄마를 향해 밀치락달치락하며 달려들었다. 아이들의 다리는 때로 얼룩지고 머리칼은 지저분하기 짝이 없었으며 옷이라고 걸친 것은 누더기나 다름없었다. 아이들이 엄마에게 달려들며 한 거렁뱅이 여인을 객차 뒤쪽으로 밀쳤다. 늙고 연약해 보이는 거렁뱅이 여인은 과달루페의 성모상을 움켜쥐고 팔을 내밀어 자비를 구하고 있었다.

에스페란사는 일찍이 이렇듯 많은 농부들을, 그것도 이토록 가까이서 본 적이 없었다. 학교에서 만난 친구들은 모두 그녀와 비슷한 신분의 아이들이었다. 시내를 나가도 항상 누군가와 함께였고 거렁뱅이 곁을 지나치기라도 할 때면 걸음을 재촉하곤 했다. 농부들 쪽에서도 항상 그들과 일정한 거리를 두고 있었다. 그리고 모두들 그런 모습을 당연히 여겼다. 에스페란사는 그들이 혹시 자기 물건을 훔치지나 않을까 하는 걱정을 떨쳐 버릴 수가 없었다.

에스페란사가 객실 입구에 멈춰 서서 말했다.

"엄마. 우린 이 객차를 타고 갈 수 없어요. 여기는…… 너무 지저분하고, 사람들도 미더워 보이지 않아요."

에스페란사는 그녀가 앉을 수 있도록 주변을 헤치고 있던 미구엘이 눈살을 찌푸리는 것을 보았다.

엄마가 에스페란사의 손을 잡고 빈 좌석으로 데리고 갔다. 에스페란사는 창가 쪽 좌석에 주춤거리며 앉았다. 그리고 단호하게 말했다.

"아빠라면 우리가 여기에 앉도록 하지는 않았을 거야. 할머니도 찬성하지 않았을 테고요."

"에스페란사, 우리가 할 수 있는 거라곤 이게 전부야. 어떤 식으로든 견뎌 낼 수밖에 없어. 엄마한테도 쉽지 않은 일이지만 말이다. 우리가 지금 찾아가는 곳에서의 삶이 루이스 삼촌과 함께 사는 것보다는 나을 거라는 사실을 잊지 말아야 돼. 우리가 서로 헤어지지 않고 살 수 있는 것만 해도 얼마나 다행스런 일이니?"

역을 빠져나간 기차가 본격적으로 달리기 시작하자 오르텐시아와 엄마는 뜨개질감을 꺼내 들었다. 엄마는 작은 코바늘과 흰 면실을 이용해 램프나 꽃병 따위를 올려놓을 레이스를 떴다. 엄마는 뜨개질감을 에스페란사 쪽으로 치켜 올리더니 얼굴에 미소를 띠며 말했다.

"배워 보지 않으련?"

에스페란사는 고개를 가로저었다.

'엄마는 뭐 하러 레이스를 뜬다고 야단이람. 이제는 올려놓을 꽃병이나 램프도 없는데.'

에스페란사는 차창에 머리를 기댔다. 그녀는 자신이 이곳에 어울리지 않는다고 생각했다. 누가 뭐래도 엘 란초 데 라스 로사스의 외동딸 에스페란사 오르테가가 아닌가. 그녀는 팔짱을 끼고 창밖을 뚫어져라 내다보았다.

에스페란사는 몇 시간 동안이나 차창 밖으로 지나가는 풍경을 지켜보았다. 스쳐 가는 풍경마다 자신이 두고 떠나온 것들을 생각나게 했다. 선인장을 보면 얇게 저며 식초나 오일에 절인 가시배선인장을 좋아했던 할머니 아부엘리타가 생각났다. 개들이 작은 마을에서 뛰쳐나와 컹컹 짖어 대며 기차를 따라오는 광경을 보면 마리솔이 떠올랐다. 선장이란 뜻의 이름을 가진 마리솔의 개 카피탄도 꼭 그렇게 기차를 쫓아다녔다. 기차가 지나는 길목마다 늘어선 묘지들은 십자가와 꽃과 작은 성상들로 치장되어 있었다. 에스페란사는 누군가의 아버지가 철도 사고로 죽어 저곳에 묻혀 있는 것은 아닐까, 그리고 자기처럼 죽은 아빠를 그리워하는 소녀가 어딘가에 살고 있는 것은 아닐까 하는 생각을 떨쳐 버릴 수 없었다.

불현듯 아빠의 인형이 생각났다. 에스페란사는 손가방에서 인형을 꺼내 인형 옷을 가지런히 정돈했다. 그때 맨발의 꼬마 소녀가 쪼르르 달려왔다.

"인형!"

아이가 인형을 만지려고 손을 뻗었다. 에스페란사는 재빨리 인형을 잡아채서 가방에 다시 집어넣고 헌 옷가지들로 덮었다.

"인형! 인형!"

꼬마 소녀가 소리를 지르며 자기 엄마에게로 달려가더니 급기야 울기 시작했다.

엄마와 오르텐시아 모두 뜨개질을 멈추고 에스페란사를 뚫어지게 바라보았다. 엄마가 소녀의 엄마를 건너다보며 말했다.

"제 딸아이가 못된 짓을 했군요. 미안합니다."

에스페란사가 똥그래진 눈으로 엄마를 쳐다보았다.

'도대체 엄마가 저 사람들에게 사과할 일이 뭐람? 엄마와 나는 애초부터 이 객차에 타지 말았어야 했어.'

오르텐시아는 엄마와 에스페란사를 번갈아 바라보다가 변명하듯 말하며 자리를 떴다.

"알폰소와 미구엘을 찾아봐야겠어요. 혹시 역에서 점심으로 먹을 토르티야를 샀을지 몰라요."

엄마가 에스페란사를 쳐다보며 말했다.

"저 아이가 잠시 인형을 가지고 논다고 해서 인형이 망가질 것 같지는 않은데."

"엄마, 저 애는 가난하고 지저분하고⋯⋯."

엄마가 에스페란사의 말을 가로막았다.

"네가 저 사람들을 비웃으면 결국 미구엘, 오르텐시아, 알폰소를 비웃는 것이나 마찬가지야. 너는 이 엄마뿐 아니라 너 자신도 난처하게 만들었구나. 받아들이기 어렵겠지만 이제 우리 처지는 예전과 달라졌단다."

여자 아이는 계속 울어 댔다. 아이의 얼굴이 얼마나 더러웠던지 뺨 위로 흘러내리는 눈물자국을 따라 하얀 피부가 드러났다. 에스페란사는 갑자기 부끄러움과 함께 얼굴이 달아오르는 것을 느꼈다. 하지만 발로는 여전히 좌석 밑에 있는 손가방을 멀찌감치 밀어 놓고 있었다. 그러고는 엄마에게서 떨어져 앉았다.

에스페란사는 여자 애 쪽을 돌아보지 않으려 애를 썼지만 쉬운 일이 아니었다. 아이 엄마에게 자기가 항상 헌 장난감들을 고아들에게 주어 왔지만 이 인형은 특별한 것이라고 말하고 싶었다. 게다가 그 아이가 만지면 인형이 더럽혀질 게 뻔했다.

엄마가 가방으로 손을 뻗어 뜨개실 뭉치를 꺼냈다.

"에스페란사, 손을 내밀어 보거라."

엄마는 그 소녀를 향해 눈썹을 치켜 올리더니 고개를 끄덕였다. 에스페란사는 엄마가 무엇을 하려는지 알고 있었다. 두 사람이 전에도 여러 번 해 봤던 일이었다.

엄마는 뜨개실이 에스페란사의 손을 거의 가릴 때까지 쉰 번 정도 감았다. 그러고는 고리 모양의 실타래 한중간을 실 한 가닥으로 단단히 매듭 지어 묶은 다음 에스페란사의 손을 뺐다. 그리고 매듭 몇 인치 아래에 실타래 전체를 묶는 아담한 매듭 하나를 더 만들었다. 그 부분은 인형의 얼굴이 될 터였다. 그 다음 실타래 아래쪽을 잘라 실 가닥들을 몇 개로 나눈 뒤 각 부분을 꼬아 팔 다리를 만들었다. 엄마는 그 뜨개실 인형을 높이 치켜들더니 꼬마 소녀를 향해 흔들었다. 꼬마가 엄마에게 쪼르르 달려와 인형을 받아 들고는 자기 엄마 쪽으로 되돌아갔다.

꼬마 아이의 엄마가 딸의 귀에 대고 뭐라고 속삭이자 아이가 수줍은 듯 몸을 꼬며 말했다.

"고맙습니다."

"천만에요, 꼬마 아가씨."

꼬마 아이 일행은 다음 정거장에서 내렸다. 에스페란사는 그 꼬마가 차창 밖에 멈춰 서서 엄마에게 손을 흔들며 빙그레 웃는 모습을 지켜보았다. 꼬마는 그곳을 떠나기 전 다시 한 번 실타래 인형을 흔들어 작별 인사를 했다.

에스페란사는 꼬마가 기차를 내려 다행이라고 생각했다. 그 시시껄렁한 실타래 인형을 가지고 내린 것도 다행이었다. 만약 그러지 않았더라면 기차를 타고 가는 내내 자신이 이기적인 아이라는 생각과 엄마의 꾸중에 시달렸을 터였다.

칙칙폭폭, 칙칙폭폭, 칙칙폭폭.

북으로, 북으로 달리는 기관차의 소음은 단조롭기 그지없었다.

시간은 그들 앞에서 끝없이 풀리고 있는 뜨개실 뭉치 같았다. 태양은 매일 아침 시에라마드레 산맥의 어느 등성이를 살짝 엿보다가 때로는 소나무 숲 사이로 찬란히 쏟아지기도 했다. 저녁이면 해는 왼쪽으로 기울어 또 다른 봉우리 뒤로 가라앉으면서 어두워 가는 하늘을 배경으로 핑크빛 구름과 자줏빛 산들을 그려 놓았다. 사람들이 기차를 타고 내릴 때마다 승객들은 좌석을 이동해야 했다. 에스페란사도 객차가 만원일 때에는 간혹 서서 가야 했다. 객차가 그다지 붐비지 않을 때는 긴 좌석 위에서 손가방을 베개 삼아 잠을 청하기도 했다.

기차가 역에 도착할 때마다 미구엘과 알폰소는 꾸러미 하나를 들고 서둘러 기차를 내렸다. 에스페란사가 창밖을 통해 보니 급수통 쪽으로 가서 방수포를 끄르고는 그 안에 있는 무언가를 축축이 적신 다음 다시 방수포로 쌌다. 그리고 기차에 올라서는 그것을 조심스레 알폰소의 가방에 집어넣었다.

"그 안에 뭐가 있는데요?"

기차가 어느 역에선가 막 움직이기 시작했을 때 에스페란사가 궁금증을 참지 못하고 알폰소에게 물었다.

"목적지에 닿으면 알게 될 거예요."

알폰소가 빙긋 웃으며 대답했다. 자기들끼리만 뭔가 알고 있다는 듯 알폰소와 미구엘 사이에 의미 있는 눈짓이 오갔다.

에스페란사는 안에 무엇이 있는지 말해 주지도 않은 채 기차역마다 꾸러미를 들고 오르내리는 알폰소에게 약이 올랐다. 이제는 오르텐시아의 콧노래에도 질렸고 엄마의 뜨개질을 지켜보는 것도 지겨웠다. 그 상황에선 눈이 번쩍 뜨이는 일이란 아예 일어날 성싶지 않았다. 하지만 무엇보다 지겨웠던 것은 미구엘이었다. 그는 입만 떼면 기차 얘기를 지껄였다. 그는 차장들과 수다를 떠느라 시간 가는 줄 몰랐고 기차역마다 내려 기관사들이 하는 일을 요모조모 관찰했다. 심지어 기차 시간표를 연구하기도 했는데 그 모든 것들을 에스페란사에게 말하고 싶어 했다. 그는 에스페란사의 신경질이 늘어가는 만큼 행복해하는 것 같았다.

"캘리포니아에 가면 철도와 관련된 일을 찾을 거야."

미구엘이 지평선을 바라보며 말했다. 두 사람은 무릎 위에 갈색 신문지 쪼가리를 펼쳐 놓고 소금과 칠리 가루를 뿌린 오이를 먹고 있었다.

"나 목말라. 다른 칸에서 주스를 팔고 있을까?"

"멕시코에서 철도 일을 할 수도 있었는데."

화제를 바꾸고 싶어 하는 에스페란사의 마음은 아랑곳없이 미구엘이 말을 이었다.

"하지만 멕시코에서는 일자리 구하기가 쉽지 않아. 철도 일을 하려면 연줄이 필요한데 우리한테 무슨 연줄이 있겠어. 하지만 네 아버지는 연줄을 가지고 계셨지. 내가 꼬마 때부터 항상 도와주겠다고 약속하셨는데. 그리고 그분이라면 약속을 지키셨을 텐데. 그분……, 그분은 항상 내게 한 약속을 지키셨어."

아빠 말이 나오자 에스페란사는 다시 기분이 울적해졌다. 그녀가 미구엘을 쳐다보았다. 미구엘은 재빨리 고개를 돌려 창밖을 뚫어져라 바라보고 있었다. 하지만 에스페란사는 그의 두 눈이 축축이 젖어 들고 있는 것을 보았다. 에스페란사는 아빠가 미구엘에게 어떤 의미를 지닌 존재인지 생각해 본 적이 없었다. 그런데 불현듯 어쩌면 아빠는 비록 하인이기는 하지만 미구엘을 자기에게는 없는 아들로 여겨 왔을지도 모른다는 생각이 뇌리를 스쳤다. 하지만 지금 아빠의 영향력은 사라지고 없었다. 이제 미구엘의 꿈은 어떻게 될까?

에스페란사가 나지막이 물었다.

"그러면 미국에서는?"

"미국에서는 연줄 따위는 필요 없대. 찢어지게 가난한 사람도 열심히 일만 하면 부자가 될 수 있대."

한 여인이 붉은 암탉이 여섯 마리나 든 닭장을 들고 기차에 탄 것은 그들이 북쪽으로 나흘 밤낮을 달렸을 때였다. 암탉들이 요란스럽게 날개를 퍼덕거리는 바람에 적갈색 깃털들이 객차 안을 붕 붕 떠다녔다. 그 여인은 엄마와 오르텐시아의 반대편에 앉았다. 얼마 지나지 않아 그녀는 엄마와 오르텐시아에게 자기 이름은 카르멘이며 남편을 여의고 슬하에 여덟 자식을 두고 있다고 말했다. 그녀는 지금까지 오빠 집에서 그 집 갓난아기를 돌보며 더부살이를 했다고 말했다.

"얘야, 사탕 좋아하니?"

그녀가 가방을 열어 에스페란사 앞으로 내밀며 물었다. 에스페란사는 엄마를 쳐다보았다. 엄마는 미소를 지으며 승낙의 뜻으로 고개를 끄덕였다. 에스페란사는 쭈뼛거리며 코코넛 사탕 하나를 꺼내 들었다. 엄마는 모르는 사람, 특히 가난한 사람이 주는 사탕을 받도록 허락한 적이 없었다.

"부인, 어떻게 암탉들을 데리고 여행을 하세요?"

"가족들을 먹여 살리려면 달걀이라도 팔아야지요. 오빠가 닭을 기르는데 요 녀석들을 내게 주었답니다."

"달걀을 팔아서 그 많은 식구를 부양할 수 있으세요?"

카르멘은 빙그레 웃었다.

"전 가난하지만 또한 부자이기도 해요. 제겐 아이들이 있고요, 장미 정원도 있답니다. 그리고 신앙도 있고 또 나보다 앞서 간 사람들에 대한 추억도 있지요. 그 이상 뭐가 더 필요하겠어요."

오르텐시아와 엄마는 고개를 끄덕이며 미소를 지었다. 잠시 생각에 잠겨 있는 듯하던 엄마는 느닷없이 흘러내리는 눈물을 닦아 냈다.

세 여자는 옥수수가 자라는 들판과 오렌지 과수원, 소가 풀을 뜯고 있는 완만한 구릉을 지나도록 이야기꽃을 피우고 있었다. 기차가 작은 마을을 지나고 있었다. 마을에 사는 농부의 아이들이 기차 꽁무니를 하염없이 뒤쫓아 왔다. 세 사람의 대화는 여전히 계속되고 있었다. 만난 지 얼마 되지도 않았는데 아빠와 루이스 삼촌에 관한 이야기를 하는 것을 보면 엄마는 카르멘을 신뢰하고 있었다. 카르멘은 엄마 얘기에 귀를 기울이며 가끔씩 엄마와 오르텐시아에게 닥친 문제를 이해할 수 있다는 듯 혀를 끌끌 차기도 했다. 그 모습이 언뜻 자기가 들고 온 암탉을 닮아 있었다.

에스페란사는 엄마와 카르멘, 오르텐시아를 번갈아 쳐다보았다. 그녀는 카르멘이 자신을 몰입시켜 마치 오랜 친구라도 된 양 대화에 빠져 드는 모습을 보고 감탄하지 않을 수 없었다. 그건 그다지 온당해 보이지 않았다. 엄마는 언제나 예의 바르게 할 말, 안 할 말을 엄격히 따졌다. 그리고 어떤 사람이 하는 말과 그 이면에 있는 것에 대해 긴장을 늦추지 않았다. 아과스칼리엔테스에서라면 저 아줌마에게 우리 문제를 얘기하는 건 '부적절한 일'이라고 생각했을 텐데. 하지만 지금 엄마는 망설이는 기색이 전혀 없었다.

"엄마, 농부에게 개인적인 일을 털어놓는 게 현명하다고 생각하세요?"

에스페란사는 자신이 엄마에게서 수도 없이 들어 왔던 말투로 속삭였다. 엄마는 정색을 하며 속삭이는 투로 대답했다.

"그렇고말고. 에스페란사, 이젠 우리도 농부니까."

에스페란사는 엄마의 말을 귓전으로 흘려들었다.

'엄마가 왜 저러시지? 기차를 탄 이후로 엄마의 습관이 깡그리 바뀌기라도 했나?'

기차가 카르멘이 사는 마을로 들어서자 엄마는 손수 뜬 아름다운 레이스 깔개 석 장을 주며 말했다.

"당신의 가정을 위해."

그러자 카르멘이 닭 두 마리를 낡은 쇼핑백에 담아 끈으로 묶은 뒤 엄마에게 건넸다.

"당신의 미래를 위해."

엄마와 오르텐시아, 카르멘은 마치 오래전부터 친구 사이였던 것처럼 서로를 부둥켜안았다. 그리고 서로에게 진심을 담아 말했다.

"행운을 빌어요."

알폰소와 미구엘은 카르멘이 닭장과 짐을 들고 내리는 것을 도왔다. 기차로 돌아온 미구엘은 차창 쪽으로 에스페란사 옆에 앉았다. 그들은 카르멘이 마중 나온 아이들과 인사를 주고받는 모습을 지켜보았다. 꼬마 녀석들 대여섯이 엄마 품에 서로 먼저 안기려 앞을 다투고 있었다.

역 앞에서는 불구의 인디언 여자가 무릎으로 기어 다니며 신사, 숙녀들에게 손을 벌리고 있었다. 바로 얼마 전까지만 해도 에스페란사와 엄마의 옷장에 걸려 있던 그런 화려한 옷들로 치장한 사람들이었다. 그들은 구걸하는 여자를 못 본 체하며 싸늘하게 등을 돌렸다. 하지만 카르멘은 그 거지에게 일부러 다가가 동전 한 닢과 함께 가방에서 토르티야 몇 장을 꺼내 주었다. 그 여자는 성호를 그으며 카르멘에게 신의 은총을 빌었다. 카르멘은 아이들의 손을 잡고 멀어져 갔다.

"카르멘은 여덟 명의 아이를 기르며 먹고살기 위해 달걀을 팔고 있어. 하지만 자기도 그렇듯 빠듯하게 살면서 네 엄마에게 암탉을 주기도 하고 저 불구의 여자에게 적선을 하기도 하는구나. 부자는 부자를 돌보지만 가난한 자는 자기보다 덜 가진 자를 돌본다."

미구엘이 말하자 에스페란사가 대들 듯 말했다.

"하지만 저 거지를 왜 카르멘이 돌봐야 하느냐고. 봐, 바로 코앞에 신선한 먹거리가 가득 찬 농산물 시장이 있잖아."

미구엘은 미간을 찌푸리고 에스페란사를 쳐다보더니 고개를 가로저었다.

"'부른 배와 스페인 피는 한통속이다'라는 멕시코 속담이 있지."

에스페란사는 미구엘을 쳐다보며 놀란 듯 눈썹을 추켜세웠다.
미구엘이 뜻밖이라는 듯 말했다.

"생전 처음 듣는 얘기야? 이 땅에서는 가장 흰 피부를 가진 사
람들, 그러니까 스페인 혈통을 가진 사람들이 가장 부자다 그런 얘
기야."

에스페란사는 갑자기 죄책감을 느꼈다. 그런 얘기를 처음 듣는
다는 것도, 또 그 말이 사실이라는 것도 인정하고 싶지 않았다. 더
구나 그들은 미국으로 가는 중이었고 거기에서라면 분명 그것은
사실이 아닐 터였다.

"나이 든 부인들이 하는 얘기겠지."

에스페란사가 어깨를 으쓱하며 말하자 미구엘이 기다렸다는 듯
말했다.

"아니, 가난한 사람들이 하는 얘기야."

멜론 | 드디어 미국으로 |

에스페란사 일행이 국경 도시 메히칼리에 도착한 것은 이른 아침이었다. 마침내 기차가 종착역에서 멈춰 서자 승객들이 모두 기차에서 내렸다. 대추야자나무와 선인장, 그리고 이따금씩 다람쥐나 땅 위를 빨리 달리는 새 로드러너를 제외하면 땅은 메말랐고 주변은 황량했다. 차장이 승객들을 한 건물로 집합시켰다. 사람들이 입국 심사를 밟으려고 길게 줄을 서서 기다리고 있었다. 에스페란사는 일등석 승객들이 짧은 줄 쪽으로 따로 안내를 받아 신속하게 입국 수속장을 빠져나가는 모습을 바라보았다.

사람들이 풍기는 체취 때문에 건물 내부의 공기는 답답하고 탁했다. 에스페란사와 엄마도 때와 땀에 푹 전 모습으로 줄 가운데 서 있었다. 너무 지쳐서 그다지 무겁지 않은 손가방조차 들고 있기

힘들어 보였다. 에스페란사는 줄이 줄어들수록 초조해졌다. 그녀
는 서류들을 바라보며 그것들이 제대로 되어 있기를 바랐다.

'출입국 관리들이 뭔가 잘못된 것을 집어내기라도 하면 어떻게
하지?'

'그들이 삼촌에게로 다시 돌려보내는 것은 아닐까?'

'혹시 날 체포해서 감옥에 집어넣는 것은 아닐까?'

마침내 심사대 앞에 선 에스페란사가 가지고 있던 서류를 건넸다.

출입국 관리는 괜스레 화가 나 있는 듯 보였다.

"어디서 오는 길이냐?"

그녀는 뒤에 서 있는 엄마를 돌아다보았다.

"아과스칼리엔테스에서 오는 길입니다."

엄마가 앞으로 한 발짝 나오며 대답했다.

"미국에는 뭣 하러 가는 게야?"

에스페란사는 겁이 나 입술이 떨어지지 않았다.

'혹시나 대답을 잘못하면 어쩌지?'

그러자 엄마가 자신의 서류까지 함께 밀어 넣으며 말했다.

"일하러 갑니다."

"무슨 일?"

남자가 재차 물었다.

그러자 엄마의 태도가 돌변했다. 엄마는 어깨와 허리를 똑바로

펴더니 손수건으로 느긋하게 얼굴을 닦은 다음 관리의 두 눈을 뚫어지게 응시하면서 마치 하인에게 지시하듯 단호히 말했다.

"서류에 하자가 없다는 건 당신도 알 겁니다. 우리를 고용할 사람의 이름도 거기 적혀 있고요. 지금쯤 우리가 오길 눈이 빠지게 기다리고 있을 겁니다."

관리가 엄마를 찬찬히 바라다보았다. 그리고 에스페란사와 엄마의 얼굴을 번갈아 보다가 서류로 눈을 내리깔더니 다시 두 사람의 얼굴로 시선을 옮겼다.

엄마는 가슴을 쭉 펴고 서서 남자의 시선을 맞받았다.

'왜 이렇게 시간을 질질 끄는 걸까?'

마침내 관리가 검인 도장을 들더니 '멕시코 국민'이란 글자를 두 사람의 서류에 쾅쾅 눌러 찍었다. 그러고는 서류를 밀어 놓으며 손을 흔들어 가도 좋다는 표시를 했다. 엄마는 에스페란사의 손을 잡고 서둘러 대기하고 있던 다른 기차로 향했다.

두 사람은 기차에 올라탔다. 승객들이 전부 입국 수속을 끝낼 때까지 한 시간이 넘게 걸렸다. 에스페란사는 차창 밖을 바라보았다. 건너편 선로에서는 몇 무리의 사람들이 멕시코로 되돌아가는 다른 기차로 몰아세워지고 있었다.

"저 사람들을 보니 가슴이 아프구나. 그 먼 길을 왔다가 저렇게 속절없이 돌아가야 하다니."

"왜 그러는 거예요?"

"이유는 여러 가지지. 서류가 아예 없거나 잘못 되었을 수도 있고 또 노동 증명서가 없을 수도 있겠지. 아니면 가족 중 누군가 문제가 있어서 가족 모두가 되돌아가는 쪽을 선택했는지도 모르고. 서로 헤어지지 않으려고 말이야."

에스페란사는 엄마와 서로 헤어져야 하는 상황을 머릿속에 그려 보았다. 그녀는 감사하는 마음으로 엄마의 손을 꽉 쥐었다.

미구엘네 가족만 빼고 거의 모든 사람들이 기차에 올라탔다. 에스페란사는 세 사람을 찾아 눈동자를 바삐 굴렸다. 시간이 자꾸만 흘러가고 있었다. 그녀는 점점 초조해지기 시작했다.

"엄마, 세 사람은 어디 있는 거예요?"

엄마는 아무 말도 하지 않았지만 눈에는 걱정이 가득 차 있었다.

마침내 오르텐시아가 기차에 올라탔다. 기관차가 엔진 소리를 높이기 시작했다. 에스페란사는 잔뜩 긴장된 목소리로 말했다.

"알폰소와 미구엘은요?"

"물을 찾느라 늦었어요."

오르텐시아가 차창 밖을 가리키며 말했다. 알폰소가 기차를 향해 달려오고 그 뒤를 미구엘이 바짝 뒤쫓고 있었다. 알폰소는 그 비밀 꾸러미를 흔들며 만족스러운 듯 씨익 웃고 있었다. 기차가 서서히 움직이기 시작했고 두 사람은 간발의 차로 기차에 올라탔다.

에스페란사는 속을 태운 두 사람에게 화가 치밀어 올랐다. 보나
마나 시시껄렁할 게 뻔한 꾸러미에 물을 적시자고 기차가 출발하
는 마지막 순간까지 기다리게 만든 두 사람을 마구 야단치고 싶은
심정이었다. 하지만 두 사람을 번갈아 째려보는 동안 안도감으로
힘이 쭉 빠져 등받이에 털썩 몸을 기댔다. 모두 무사히 기차에 올
라타서 다시 한자리에 모인 것에 그토록 행복해하고 기뻐할 수 있
는 자신이 놀라웠다.

"안사, 다 왔다. 어서 일어나거라!"
에스페란사는 떨어지지 않는 두 눈을 가까스로 뜨며 잠에 취한
목소리로 물었다.
"오늘이 무슨 요일이에요?"
"벌써 몇 시간째 잠에 곯아떨어져서는. 정신 좀 차려. 오늘은 목
요일이야. 드디어 로스앤젤레스라고!"
알폰소가 차창 밖을 가리키며 말했다.
"보세요. 저기 나와 있네요. 내 동생 후안과 제수 호세피나, 그리
고 아이들도 있죠? 이사벨과 쌍둥이 녀석들까지 다 왔어요."
농부 차림의 가족이 그들에게 손을 흔들고 있었다. 후안과 호세
피나는 팔에 한 살 남짓한 갓난아기를 하나씩 안고 있었다. 창밖의
남자는 콧수염은 기르지 않았지만 알폰소의 동생이란 걸 한눈에

알 수 있었다. 호세피나는 에스페란사보다도 더 흰 피부에 둥근 얼굴을 한 오동통한 여자였다. 그녀는 얼굴에 웃음을 머금고서 아기를 안고 있지 않은 쪽 손을 흔들었다.

그 옆에는 여덟 살쯤 돼 보이는 여자 아이가 서 있었는데 몸집에 비해 너무 큰 드레스를 입고 양말도 신지 않은 채 구두를 신고 있었다. 민감하고 연약해 보이는 커다란 갈색 눈동자, 길게 땋아 내린 머리, 가냘파 보이는 다리가 한 마리 어린 사슴을 연상시켰다. 에스페란사는 그 아이가 아빠가 선물했던 인형을 쏙 빼닮았다는 생각을 지울 길이 없었다.

가족들은 서로 일일이 얼싸안으며 오랜만에 만난 기쁨을 나눴다.

"이분이 오르테가 마님이시고, 이쪽은 에스페란사 아가씨."

"알폰소, 제발 그냥 라모나라고 불러 줘요."

"알겠습니다. 그러지요, 마님. 지난 몇 년간 편지를 주고받을 때마다 마님 이야기를 해 왔기 때문에 우리 가족은 전부 마님을 잘 알고 있는 것처럼 느끼고 있지요."

엄마는 후안과 호세피나를 끌어안으며 말했다.

"감사해요. 여러분 모두 이미 우리에게 많은 일을 해 주셨어요."

미구엘이 사촌 여동생의 땋은 머리를 짓궂게 잡아당기며 말했다.

"에스페란사, 얘가 이사벨이야."

이사벨은 경이롭다는 듯 눈을 크게 뜨고 에스페란사를 쳐다보면서 속삭이는 듯한 목소리로 말했다.

"언니네는 정말로 그렇게 부자야? 맘만 먹으면 원하는 건 뭐든 가질 수 있다며? 그러면 언니가 갖고 싶었던 인형이랑 멋진 드레스들도 모두 가지고 있겠네?"

에스페란사는 화가 나서 입술을 꾹 다물었다. 미구엘이 편지에 무슨 내용을 적었는지 대충 짐작이 갔다.

'미구엘이 이사벨에게 말했을까? 멕시코에서는 우리가 강 양쪽에 서서 그저 서로를 바라볼 수밖에 없는 사이였다고.'

"이쪽으로 가시죠. 트럭이 기다리고 있어요. 갈 길이 멉니다."

후안이 길을 안내했다.

에스페란사는 가방을 들고 이사벨의 아버지를 따라갔다. 주변을 둘러본 에스페란사는 무성한 야자나무 숲과 푸른 목초지가 어우러진 풍광에 적이 안도했다. 이미 9월이었음에도 꽃밭에는 장미들이 흐드러지게 피어 있었다. 그녀는 숨을 깊게 들이마셨다. 근처 과수원에서 날아온 오렌지 향기가 친숙하게 느껴지면서 마음이 푸근해졌다. 여기라고 해서 크게 다를 것도 없을 것 같다는 생각이 들었다.

후안, 호세피나, 엄마 그리고 오르텐시아까지 모두 네 명이 고물 트럭 앞좌석에 끼어 타고 이사벨과 에스페란사, 알폰소, 미구엘은 쌍둥이 갓난아이와 붉은 암탉 두 마리를 데리고 짐칸에 올라탔다. 트럭은 사람이 아니라 가축을 운반해야 제격일 듯싶었다. 하지만 에스페란사는 엄마에게 아무 말도 하지 않았다. 몇 날 며칠을 기차에서 고생을 한 터라 다리를 쭉 펼 수 있는 것만으로도 감지덕지였다.

고물 트럭은 말라비틀어진 관목들로 뒤덮인 샌페르난도 계곡을 벗어나는 동안 좌우로 요동치고 들썩이면서 온통 야단이었다. 에스페란사는 트럭 난간에 등을 기대고 앉았다. 뜨거운 바람이 그녀의 흐트러진 머리칼을 들쑤시고 지나갔다. 알폰소가 나무 널판에 담요를 쳐서 그늘을 만들었다.

쌍둥이의 이름은 루페와 페페였는데 루페는 여자 아이고 페페는 남자 아이였다. 둘 다 숱 많은 검은 더벅머리에 검은 눈동자를 한 천사같이 귀여운 아이들이었다. 에스페란사는 두 아이가 너무도 닮아 깜짝 놀랐다. 루페의 양 귓불에 앙증맞은 금 귀걸이가 달려 있다는 것만 달랐다. 에스페란사와 이사벨은 쌍둥이들을 하나씩 무릎에 앉혔다. 페페는 에스페란사에게 기대어 잠이 들었는데 땀이 비 오듯 흐르면서 아이 머리가 팔에서 미끄러져 내렸다.

"여기는 항상 이렇게 덥니?"

에스페란사가 이사벨에게 물었다.

"아빠가 그러는데 이렇게 더운 건 건조한 날씨 때문이래. 이보다 더 더울 때도 있는걸. 하지만 엘센트로에서 살던 때보다는 지금이 좋아. 지금은 천막에서 살지 않아도 되니까."

"천막?"

"작년에는 다른 농장에서 일했거든. 그 농장은 임페리얼 계곡의 엘센트로에 있었는데 국경에서 얼마 떨어지지 않은 곳이야. 멜론을 따는 동안 거기 있었는데 우리가 살던 천막은 맨바닥인데다 물도 길어다 먹어야 했어. 요리도 밖에서 하고. 그러다가 좀 더 북쪽 어빈으로 이사했어. 지금 우리가 가는 데가 거기야. 거기 막사는 우리 게 아니고 회사 거야. 한 달에 7달러씩 내는데 아빠 말씀은 수돗물과 전기료 하고 집 안에 있는 부엌을 사용하는 값이래. 농장이 얼마나 넓은 줄 알아? 아빠 말씀이 6천 에이커나 된대."

이사벨은 에스페란사에게 몸을 기울이며 마치 엄청난 비밀이라도 털어놓는 양 씩 웃었다.

"그리고 학교도 있거든. 다음 주부터 나도 학교에 갈 건데, 그럼 글자도 읽을 수 있을 거야. 언니는 책 읽을 수 있어?"

"그럼."

"언니도 학교 갈 거야?"

"난 네 살 때부터 사립학교에 다녀서 벌써 8학년을 마쳤어. 우리 할머니가 오시면 아마도 중학교에 가게 될 거야."

"그런데 난 학교 가면 영어를 배울 거야."

에스페란사는 고개를 끄덕이며 애써 웃음을 지어 보였다. 그런 사소한 일로 행복해하는 이사벨이 쉽게 이해가 가지 않았다.

갈색의 메마른 산들이 더 높이 솟아오르고 있었다. 붉은꼬리말
똥가리 한 마리가 몇 마일 동안 계속 그들 뒤를 쫓아오고 있었다.
황량한 협곡들을 지난 트럭이 가파른 비탈을 올라가느라 용을 썼
다. 에스페란사의 두 귀가 갑자기 꽉 막힌 듯 멍해져 왔다.

"얼마나 더 가야 하는 거야?"

"조금 있으면 잠시 쉬면서 점심을 먹을 거야."

황금빛 언덕들은 누군가 조각을 해 놓은 것처럼 둥근 봉우리를
머리에 이고 있었다. 후안은 그 언덕들을 굽이굽이 돈 후에 트럭의
속도를 줄여 옆길로 들어섰다. 나무 한 그루가 그늘을 드리우고 있
는 곳을 발견한 그들은 누가 먼저랄 것도 없이 우르르 트럭에서 내
렸다. 호세피나가 땅바닥에 담요를 깔고 토르티야에 콩과 고기를
넣은 부리토, 아보카도, 포도 등이 든 꾸러미를 풀었다. 그늘 아래
에서 점심을 먹는 동안 엄마, 오르텐시아, 호세피나는 도란도란 얘
기를 나누기도 하고 갓난아기들을 돌보기도 했다. 이사벨은 알폰소
와 후안 사이에 드러눕더니 이내 세상모르고 잠에 빠져 들었다.

에스페란사는 트럭이나 기차에서처럼 몸이 요동치지 않는다는
데 감사하며 근처를 거닐다가 전망 좋은 곳을 발견했다. 깊은 협곡
들이 깎아지른 절벽을 이루며 내달리고 있었고, 미지의 강으로부
터 갈라져 나온 개천은 한 줄기 은빛 띠를 이루고 있었다. 사방이
고즈넉하고 평화로웠다. 그 달콤한 정적을 깨는 것은 마른풀들이

바람에 일렁이며 서걱대는 소리뿐이었다.

참으로 오랜만에 두 발을 땅에 단단히 딛고 선 에스페란사의 머릿속에 어릴 적 아빠가 가르쳐 주었던 이야기가 스치고 지나갔다.

'대지 위에 드러누워 숨을 죽이고 조용히 기다리면, 골짜기의 심장이 고동치는 소리를 들을 수 있단다.'

"여기서도 그 소리를 들을 수 있을까요, 아빠?"

에스페란사는 몸을 길게 펴 땅에 엎드린 뒤 양팔을 옆으로 뻗어 대지를 싸안았다. 그리고 정적이 사뿐히 내려앉기를 기다리며 귀를 기울였다.

아무 소리도 들을 수 없었다.

'기다릴지어다. 그리하면 열매가 떨어질지니.'

에스페란사는 스스로를 타이르며 다시금 귀를 기울였다. 하지만 심장 박동 소리는 들리지 않았다. 소리를 듣고자 간절히 원하면서 한 번 더 땅바닥에 귀를 갖다 댔다. 하지만 그녀에게 한 가닥 위안이 되어 줄 대지의 박동 소리는 들려오지 않았다. 아빠의 심장 박동 소리도 들려오지 않았다. 야속하게도 마른 풀잎 소리만 들려올 뿐이었다.

에스페란사는 마음을 굳게 먹고 대지에 귀를 더 바싹 붙였다.

"안 들린단 말이야!"

그녀는 땅바닥을 쾅쾅 두드리며 외쳤다.

"어서 듣게 해 달라고, 어서!"

너무 익어 물컹한 오렌지를 쥐어짠 듯 눈물이 쏟아졌다. 혼돈과 미래에 대한 불안이 불현듯 앞을 가로막더니 스스로 넘쳐흘러 내를 이루었다.

에스페란사 몸을 돌려 하늘을 올려다보았다. 눈물이 관자놀이를 타고 귓속으로 흘러내렸다. 갑자기 현기증이 나더니 하늘이 푸른색과 흰색의 광대한 소용돌이로 보였다. 온통 드넓은 하늘만이 눈앞에 펼쳐져 있을 뿐이었다. 갑자기 몸이 공중에 붕 떠오르는 느낌이 들기 시작했다. 몸은 점점 더 높이 떠올랐다. 한편으로는 그런 느낌이 좋으면서도 다른 한편으로는 허공을 허우적대고 있다는 생각에 섬뜩해지기도 했다. 그녀는 몸을 내려놓을 곳을 찾으려 안간힘을 썼다. 하지만 마음뿐이었다. 그래서 눈을 질끈 감고는 손바닥을 짚어 땅을 잡아 보려 했다. 그러자 몸이 뜨거운 대기 속으로 한없이 꺼져 들어가는 듯 느껴졌다. 땀이 비 오듯 쏟아졌다. 오싹한 한기가 들면서 몸이 부르르 떨렸다. 에스페란사는 밭은 숨을 내쉬며 헐떡이기 시작했다.

갑자기 세상이 칠흑으로 변했다.

누군가 그녀 위로 몸을 구부렸다.

에스페란사는 재빨리 일어나 앉았다.

'얼마나 오랫동안 어둠 속을 헤매고 있었던 것일까?'

그녀는 마구 쿵쾅거리는 가슴을 부여잡고 위를 올려다보았다. 미구엘이었다.

"안사, 괜찮아?"

에스페란사는 깊은 한숨을 내쉬고는 옷을 털었다.

'내가 진짜로 허공에 붕 떠 있었던 것일까? 미구엘이 그런 나를 보았을까?'

에스페란사는 얼굴이 붉게 상기된 데다 눈물로 얼룩져 있음을 느꼈다. 그녀는 재빨리 눈물을 훔치며 말했다.

"아무 일 없어. 엄마한테는 말하지 마. 알았지? 괜히 걱정하실 테니까……."

미구엘은 고개를 끄덕여 에스페란사를 안심시키고는 그녀 곁에 바짝 다가앉았다. 그러고는 아무것도 묻지 않은 채 그녀의 손을 지그시 잡고 한참을 앉아 있었다. 단발적으로 터져 나오는 에스페란사의 숨소리만이 그들 사이의 침묵을 깨뜨릴 뿐이었다.

미구엘이 그녀의 손을 꽉 쥐며 속삭였다.

"나도 네 아빠가 그리워. 농장과 멕시코와 아부엘리타 할머니, 그 모든 것이 그리워. 아까 이사벨이 네게 한 말, 미안해. 별 의미는 없었어."

에스페란사는 저 멀리 겹겹이 드리우고 있는, 차라리 자줏빛에 가까운 짙은 갈색의 산마루들을 응시하며 굵은 눈물방울들이 뺨

위를 한없이 흘러내리도록 내버려 두었다. 이번에는 미구엘에게
잡힌 손을 **빼내지** 않았다.

　99번 도로의 가파른 비탈을 내려가고 있을 때 이사벨이 소리쳤다.
"저길 봐!"
　에스페란사는 트럭 난간 쪽으로 상체를 내밀었다. 트럭이 커브
를 돌자 산들이 무대의 커튼이 열리듯 서로 앞 다투어 저 멀리로
달아났다. 그리고 저 편에 샌와킨 골짜기가 펼쳐졌다. 마치 헝겊
조각을 기워 만든 커다란 담요처럼 광활하게 툭 트인 들판이었다.
노란색과 갈색을 띤 밭들과 푸른 그림자들은 그 끝이 보이지 않았
다. 길은 골짜기 마루에 이르러 평탄해졌다. 에스페란사는 그들이
지나온 산들을 뒤돌아보았다. 그것들은 산마루 가장자리에 드러누
워 있는 거대한 사자의 발톱들처럼 보였다.
　큰 트럭 한 대가 경적을 울리자 후안은 그 트럭이 지나가도록 차
를 길가에 붙였다. 트럭의 짐칸에는 멜론이 가득 실려 있었다. 트
럭들이 줄지어 오며 연달아 경적을 울려 댔다. 트럭마다 동그란 멜
론을 산더미처럼 싣고 있었다.
　큰길 한쪽 편으로는 수 에이커의 포도밭이 사열 받는 군인들처
럼 **뻗어** 나가 융단처럼 나무 그늘을 드리우고 있었다. 다른 한쪽은
짙푸른 목화밭이 끝없이 펼쳐져 우윳빛 솜털 바다를 이루고 있었

다. 아과스칼리엔테스의 부드럽게 굽이치는 풍경과는 사뭇 달랐
다. 지평선 끝까지 야트막한 구릉 하나 보이지 않았다. 끝없이 되
풀이되는 일직선의 포도밭 행렬을 보니 현기증이 나 그만 고개를
돌리고 말았다.

마침내 일행을 태운 트럭이 한길을 벗어나 동쪽으로 방향을 틀
었다. 트럭이 속도를 늦추자 들판에서 일하는 일꾼들의 모습을 볼
수 있었다. 후안은 손을 흔들며 아는 체를 하는 사람들에게 경적을
울려 화답했다. 후안은 트럭을 길옆에 세운 뒤 추수가 끝난 들판을
가리켰다. 제멋대로 뻗어 나간 마른 덩굴들이 수 에이커를 뒤덮고
있었고 수확하지 않고 버려진 멜론들이 군데군데 눈에 띄었다.

"수확이 다 끝난 모양이야. 실을 수 있는 만큼 실어 가자고."

후안이 뒤를 향해 말하자 알폰소가 트럭에서 뛰어내려 열두어
개의 멜론을 미구엘에게 던져 주고는 트럭의 발판 위로 홀쩍 뛰어
올랐다. 알폰소가 운전석 지붕을 손바닥으로 탕탕 치자 후안이 다
시 트럭을 출발시켰다. 골짜기에 내리쮠 햇볕을 받아 미지근해진
멜론은 트럭이 덜컹거릴 때마다 이리저리 굴러다니며 공중제비를
돌았다.

길을 따라 걷고 있던 여자 아이 둘이 손을 흔들자 후안이 트럭을
멈췄다. 그중 미구엘 또래의 소녀가 트럭에 올라탔다. 선이 날카롭
고 예리한 얼굴에 곱슬곱슬한 검은 머리를 짧게 자르고 있었다. 소

녀는 트럭 난간에 등을 기대더니 손을 머리 뒤로 깍지 낀 채 에스페란사를 찬찬히 살펴보았다. 간간이 미구엘에게도 눈길을 주었다.

이사벨이 소녀를 소개했다.

"이쪽은 마르타야. 목화를 따는 다른 회사 막사에서 살고 있는데, 삼촌하고 숙모가 우리 막사에 살고 있어서 가끔씩 그들과 함께 지내기도 해."

"넌 어디서 오는 길이니?"

"아과스칼리엔테스에 있는 엘 란초 데 라스 로사스."

"엘 란초 데 라스 로사스라고는 한 번도 들어 본 적이 없는데?"

"언니네 식구들이 살던 농장 이름이야."

이사벨이 동그래진 눈을 반짝반짝 빛내며 자랑스럽게 말했다.

"에스페란사 언니네 농장이었는데 땅이 수천 에이커나 됐대. 하인들이랑 예쁜 옷도 무지 많고 사립학교도 다녔어. 미구엘은 내 사촌 오빤데 오빠하고 오빠 부모님이 언니네 농장에서 일했어."

"그러니까 농부 신세가 된 공주로구나. 그 예쁜 옷들은 죄다 어떡하고?"

에스페란사는 아무 대꾸도 하지 않고 그녀를 째려보았다.

"어째, 꿀 먹은 벙어리야?"

매섭고 날카로운 목소리가 날아와 꽂혔다. 미구엘이 대신 대답했다.

"불이 나 모든 것을 집어삼키고 말았어. 저 애와 저 애 어머니는 우리와 마찬가지로 여기 일하러 왔어."

"에스페란사 언니는 지금 많이 힘들어. 아빠가 돌아가셨거든."

이사벨이 당황해서 덧붙였다. 그러자 마르타가 되받았다.

"그래? 우리 아빠도 돌아가셨단 말이야! 아빠는 이 나라로 오기 전에 멕시코 혁명에 가담해서 싸웠거든. 근데 누구하고 싸운 줄 알아? 바로 쟤 아빠처럼 땅을 송두리째 거머쥐고 있던 사람들이야."

에스페란사는 고개를 돌려 눈을 부릅뜨고 마르타를 노려보았다.

'도대체 내가 뭣 때문에 저 아이에게 이런 모욕을 당해야 하지.'

에스페란사가 이빨을 갈며 말했다.

"네가 우리 아빠에 대해서 뭘 알아. 우리 아빠는 친절하고 좋은 사람이었어. 일꾼들에게 재산도 많이 나눠 줬다구."

"그랬을지도 모르지. 하지만 그렇지 않은 부자가 훨씬 더 많아."

"그건 우리 아빠 잘못이 아냐."

화제를 바꾸려는 듯 이사벨이 들판을 가리키며 끼어들었다.

"저기, 저 사람들은 필리핀 사람들이야. 저 사람들은 자기들 막사가 따로 있어. 그리고 저 너머도 보여?"

이사벨은 길 아래쪽 들판을 가리켰다.

"저 사람들은 오클라호마에서 온 사람들이야. 제8막사에서 살고 있지. 일본인 막사도 있어. 우리 모두 따로따로 살고 따로따로 일해. 함께 섞여 살도록 내버려 두지 않거든."

"그러면 힘을 합쳐서 임금을 올려 달라거나 더 좋은 숙소를 달라고 할까 봐 걱정인 거지. 농장 주인들은 우리가 다른 사람들도 온수를 쓰고 있지 않다고 생각하는 한 우리 멕시코 사람들에게 뜨거운 물을 주지 않아도 문제 삼지 않을 거라고 생각하는 거지. 그래서 오클라호마에서 온 이주 노동자든 누구든 간에 우리가 말을 걸지 않았으면 하는 거야. 그들이 온수를 쓰고 있는 것을 행여나 우리가 알까 봐서. 알겠어?"

미구엘이 마르타에게 물었다.

"이주 노동자들은 온수를 쓰고 있니?"

"아직은 아닌데, 만에 하나 그들이 온수를 얻게 된다면 우린 파업을 할 거야."

"파업? 일손을 놓는다 그 말이야? 일거리가 필요치 않아?"

"물론 일거리야 필요하지. 하지만 일꾼들이 모두 힘을 합쳐 일하기를 거부한다면 우리 모두 좀 더 나은 조건들을 얻어 낼 수 있어."

"대우가 그렇게 나빠?"

"썩 나쁘지 않은 곳도 있지. 너희들이 가는 곳은 그래도 괜찮은 축에 들어. 거기선 축제도 열리는걸. 이번 토요일 밤만 해도 '자메이카'라는 축제가 열려."

이사벨이 에스페란사를 돌아보며 말했다.

"언니도 자메이카 축제를 좋아하게 될 거야. 여름 내내 매주 토요일 밤에 열리는데 음악도 있고 음식도 마련하고 춤도 춰. 이번 토요일이 올해의 마지막 축제야. 좀 있으면 너무 추워지거든."

에스페란사는 고개를 끄덕이며 이사벨의 말에 귀를 기울이려 애썼다. 마르타와 미구엘은 서로 대화를 나누며 싱글거리는 둥 야단이었다. 낯선 감정이 에스페란사의 마음속으로부터 피어 올랐다. 마르타를 달리는 트럭 밖으로 내동댕이치고 싶은 마음이 굴뚝 같았다. 미구엘에게도 그 애와는 얘기도 나누지 말라고 고래고래 고함을 지르고 싶었다. 그 애의 무례함을 눈으로 똑똑히 보지 않았느냐고.

누군가 경계 표시로 심어 놓은 듯 보이는 능수버들이 수 마일 이어지고 있었다. 에스페란사는 골똘히 생각에 잠겼다.

"여기 이 나무들 너머가 멕시코 사람들 막사야. 우리가 사는 곳."

이사벨이 말했다. 마르타는 얼굴 가득 능글맞은 웃음을 띠고 에스페란사를 바라보며 말했다.

"이것만은 꼭 알아 둬. 여기는 멕시코가 아니야. 여기엔 널 기다리고 있는 사람은 아무도 없어."

그리고 에스페란사에게 거짓 미소를 건네고는 멕시코 말에 영어까지 덧붙여 말했다.

"엔티엔데스? 이해하겠어?"

에스페란사는 아무 말 없이 고개를 돌려 그녀를 노려보았다. 에스페란사가 이해한 것은 단 한 가지, 자신이 마르타를 좋아하지 않는다는 것이었다.

양파 | 새로운 둥지 |

"다 왔어. 여기야."

트럭이 속도를 늦춰 막사로 들어서자 이사벨이 말했다. 에스페란사는 일어서서 운전석 너머를 바라보았다.

그들은 포도밭으로 둘러싸인 드넓은 개간지 안에 들어와 있었다. 나무로 지은 하얀 오두막들이 노동자 합숙소처럼 서로 연결된 채 대오를 갖춰 긴 줄을 형성하고 있었다. 각 오두막에는 작은 창문 하나와 문으로 이어지는 두 단으로 된 나무 층계가 있었다. 에스페란사는 아과스칼리엔테스의 일꾼들 오두막도 이보다는 나을 것이라는 생각을 떨칠 수 없었다. 오두막들은 사람이 사는 곳이라기보다는 차라리 마구간을 연상시켰다. 동쪽으로 골짜기의 한쪽을 이루는 거대한 산이 어렴풋하게 보였다.

마르타는 트럭에서 홀쩍 뛰어내리더니 오두막들 근처에 옹기종기 모여 있는 여자 애들에게로 달려갔다. 에스페란사는 그들이 영어로 대화하는 소리를 들었다. 에스페란사로서는 영어라는 게 마치 입에 나무토막을 물고 말하는 듯해서 어렵기도 하거니와 도무지 종잡을 수가 없었다. 여자 아이들이 일제히 그녀를 쳐다보며 웃어 댔다. 에스페란사는 이사벨이 영어를 배우면 언젠가는 자신도 영어를 배울 수 있을 거라고 생각하며 그들에게서 고개를 돌렸다.

트럭 행렬이 개간지에 멈춰 서더니 농장 노동자들을 쏟아 냈다. 밭에서 귀가하는 사람들이었다. 사람들이 저마다 이름들을 불러 댔다. 아이들이 "아빠, 아빠!"를 외치며 아버지에게로 달려갔다. 에스페란사는 비통한 심정으로 그 광경을 지켜보았다. 자신이 이 세계와 어떻게 어울려 살아야 할지 걱정스럽지 않을 수 없었다.

이사벨이 한쪽 옆에 떨어져 있는 나무 건물을 가리켰다.

"저기가 공중변소야."

사생활이 없는 생활을 머릿속에 그리자니 저절로 몸이 움츠러들었다.

"그래도 우린 운이 좋은 편이야. 어떤 막사에서는 그냥 도랑에서 일을 봐야 하거든."

이사벨의 얼굴은 사뭇 진지했다. 그녀를 내려다보던 에스페란사는 그만해도 감사하다는 생각이 들어 고개를 끄덕였다.

십장 하나가 다가오더니 후안, 알폰소와 악수를 한 뒤 트럭 바로 앞 오두막을 가리켰다. 여자들이 트럭에서 내려 아이들을 받아 안고는 가방 옮기는 일을 거들었다.

엄마와 에스페란사는 오두막 안으로 들어갔다. 오두막에는 자그마한 방이 두 개 있었다. 앞쪽 방의 반은 화덕과 개수통, 조리대를 갖춘 부엌과 식탁이 차지하고 있고 화덕 옆에는 장작이 쌓여 있었다. 그리고 방 반대편에는 맨방바닥에 매트리스가 깔려 있었다. 뒷 방에는 두 사람이 넉넉히 누울 만한 매트리스와 자그마한 간이침대가 마련되어 있고 그 사이에는 침실용 소탁자로 사용될 나무 상자가 놓여 있었다. 상자와 양쪽 침대는 거의 맞닿아 있었다. 위쪽으로 작은 창문 하나가 보였다.

엄마가 방 안을 휘둘러보고는 에스페란사에게 희미한 미소를 보냈다.

"이게 우리 오두막이에요, 아니면 오르텐시아와 알폰소네 오두막이에요?"

자신과 엄마가 살 오두막은 이보다 좀 낫기를 바라며 에스페란사가 물었다.

"우리 모두 함께 이 오두막에서 살 거란다."

"엄마, 여기서 다 함께 지낼 수는 없어요."

"에스페란사, 여기서는 가족이 딸린 남자에게만 오두막 한 채씩을 주는 게 규칙이란다. 그러니까 결혼 안 한 여자는 오두막을 가질 수 없는 거지. 이곳은 가족 막사고 우리가 여기서 살면서 일을 하려면 남자 가장을 둬야 해. 그 남자 가장이 바로 알폰소야."

엄마는 침대에 풀썩 주저앉았다. 엄마의 목소리에서 진한 피곤이 묻어 나왔다.

"알폰소가 저 사람들에게 우리가 가까운 친척이라고 말했단다. 그러니까 누가 묻거든 그렇다고 말해야 해. 행여 다른 말을 하는 날엔 이곳에서 쫓겨날 수밖에 없어. 우리 바로 옆 오두막이 후안과 호세피나가 사는 오두막이야. 그래서 다행히도 잠자리를 조정할 수 있게 됐단다. 미구엘은 옆집에서 그들과 함께 잘 거야. 물론 아기들도 함께지. 그리고 이사벨은 여기서 알폰소, 오르텐시아, 우리와 함께 자게 될 거고."

미구엘이 들어와 짐을 내려놓은 뒤 곧바로 방을 나갔다. 알폰소와 오르텐시아가 옆방에서 막사 사무실과 관련한 얘기들을 나누는 소리가 들렸다.

엄마는 짐을 풀려고 침대에서 일어나 노래를 흥얼거리기 시작했다. 에스페란사는 목구멍 깊숙이에서 화가 치밀어 오르는 걸 느꼈다.

"엄마, 이렇게 사는 게 말과 다를 게 뭐야! 지금 노래 부를 기분이 나요? 어떻게 행복할 수 있냐고요. 우리 것이라고 할 방 하나 없는 처지에 말이에요."

옆방에서 두런두런 들리던 소리가 갑자기 그쳤다. 엄마는 에스페란사를 엄한 눈길로 한참 동안 바라보았다. 그러고는 조용히 걸어가 작은 방 쪽으로 난 문을 닫았다.

"앉거라."

에스페란사는 자그마한 간이침대에 걸터앉았다. 침대의 용수철이 삐걱거리는 소리를 냈다. 엄마가 맞은편 침대에 앉자 두 사람의 무릎이 거의 맞닿았다.

"에스페란사, 만에 하나 우리가 멕시코에 머물러서 내가 루이스 삼촌과 결혼했다면 우리가 선택할 수 있는 길은 한 가지뿐이었을 거야. 서로 헤어져서 비참한 생활을 하는 것. 그런데 여기서는 두 가지 중 하나를 선택할 수 있지. 함께 살면서 비참하게 사느냐 아니면 함께 살면서 행복하게 사느냐야. 에스페란사, 지금 우리는 서로 함께 있고, 곧 할머니도 오실 거야. 할머니라면 네가 어떻게 하기를 바라실 것 같니? 나는 행복한 쪽이다. 넌 어느 쪽을 선택하겠니?"

엄마가 무슨 말을 듣고 싶어 하는지 알고 있는 에스페란사는 조용히 말했다.

"행복한 쪽."

"우리가 얼마나 운이 좋은지 알고 있니, 에스페란사? 이 골짜기에 오는 사람들은 대부분 일자리를 얻으려고 몇 달을 기다린단다.

우리가 이곳에 도착하자마자 이 오두막에서 살 수 있게 하려고 후안이 얼마나 고생을 한지 아니? 제발 우리에게 내려진 이 은혜에 감사하자꾸나."

엄마는 몸을 숙여 에스페란사에게 입을 맞추고는 방을 나갔다. 에스페란사는 간이침대 위에 드러누워 버렸다.

얼마 안 있어 이사벨이 들어와 침대에 걸터앉았다.

"그렇게 엄청난 부자들은 어떻게 사는지 얘기 좀 해 줘."

에스페란사는 이사벨을 바라보았다. 이사벨의 두 눈은 뭔가 놀라운 이야기를 들을 수 있을 거라는 기대감으로 가득 차 있었다.

에스페란사는 한동안 입을 다물고 있었다. 한 가지 그럴듯한 이야기가 머릿속을 맴돌았다. 마침내 에스페란사가 말문을 열었다.

"우린 아직도 부자야, 이사벨. 우린 아부엘리타 할머니가 여행을 할 만큼 건강이 좋아질 때까지만 여기 있을 거야. 할머니가 돈을 가지고 오실 거거든. 그러면 큰 집을 살 거야. 아빠도 자랑스럽게 여길 만한 그런 집. 혹시 집을 두 채 살지도 몰라. 그러면 오르텐시아, 알폰소, 미구엘이 그 집에서 살면서 다시 우리 일꾼으로 일할 수 있겠지. 너도 와도 돼. 명심해, 우리는 잠시 있다 떠날 거라는 거. 우린 여기서 오래 있지 않을 거야."

"진짜?"

"그럼, 진짜고말고. 아빠는 절대로 우리가 이런 곳에서 살기를 바라지 않으실 거야."

신문지와 마분지를 바른 천장을 응시하며 에스페란사가 말했다. 에스페란사는 눈을 감고 이사벨이 발소리를 죽여 방 밖으로 나간 다음 방문을 닫는 소리를 들었다.

오랜 여행 끝이라 피로가 밀려왔다. 사람들이 도랑에서 오줌을 누는 모습, 마르타의 무례함, 엘 란초 데 라스 로사스의 마구간이 번갈아 떠오르면서 머릿속이 온통 뒤죽박죽이 되어 버렸다.

'지금까지 살아오면서 이토록 비참한 적이 없었는데 어떻게 행복해하고 감사하란 말이야?'

에스페란사가 다시 눈을 떴을 때는 날이 거의 밝아 있었다. 엄마와 오르텐시아, 알폰소가 옆방에서 두런거리는 소리가 들렸다. 에스페란사는 저녁밥도 거르고 내처 잠에 빠져 있었던 것 같았다. 커피와 소시지 냄새가 코끝을 스쳤다. 갑자기 뱃속이 요동을 쳤다. 마지막으로 식사를 한 게 언젠지 기억이 가물가물했다. 이사벨은 옆 침대에서 잠들어 있었다. 에스페란사는 이사벨이 깨지 않게 조용히 구겨진 긴치마와 흰 블라우스를 입고 머리까지 단정하게 빗고는 옆방으로 갔다.

"잘 잤니? 이리 앉아 뭣 좀 먹어야지. 얼마나 배가 고프겠니."

엄마가 말을 마치자 식탁에 앉아 엄마의 손을 쓰다듬고 있던 오르텐시아가 말했다.

"아가씨도 지난밤 현장 주임 사무실에 갔어야 했는데 자는 바람에 그만……. 우린 여기서 거주하기 위한 서류에 서명했거든요. 그리고 벌써 일도 얻었어요."

엄마가 토르티야와 달걀, 소시지를 에스페란사 앞에 놓았다.

"이걸 다 누가 가져왔어요?"

"호세피나죠. 이번 주말까지는 우리가 가게에 갈 형편이 아니라서 호세피나가 이것저것 먹을거리를 가져왔어요."

"에스페란사, 너하고 이사벨은 우리가 일하고 있는 동안 아기들을 돌보거라. 알폰소와 후안은 포도 따는 일을 하고 오르텐시아와 호세피나, 엄마는 창고에서 포도를 포장하는 일을 하게 될 거야."

"하지만 저는 엄마하고 오르텐시아, 호세피나와 함께 일하고 싶단 말이에요!"

"너는 아직 창고에서 일할 나이가 아니야. 그리고 이사벨은 혼자서 아기들을 돌보기엔 너무 어리고. 네가 아기들을 돌봐야 호세피나가 일을 할 수 있을 것 아니니? 또 네가 일한 만큼 따로 계산해서 돈을 받기로 했단다. 우리 모두 자기가 맡은 역할을 잘 해내지 않으면 안 돼. 너에겐 막사 일도 주어질 거야. 매일 오후 나무 플랫폼을 청소하는 일인데 네가 일하는 대가로 월세를 조금 깎아 주기로 했단다. 좀 있으면 이사벨이 네가 할 일을 가르쳐 줄 거야."

"플랫폼이 뭐예요?"

"막사 한중간에 넓은 옥외 나무 마루가 있는데 후안의 얘기로는 모임이나 춤출 때 이용한다는구나."

에스페란사는 식탁에 놓인 아침 식사를 물끄러미 쳐다보았다. 아이들과 함께 이 막사에 틀어박혀 있고 싶지는 않았다.

"미구엘은 어디 있어요?"

"걔는 철도 일자리를 구하러 다른 사람들과 함께 진즉 베이커스 필드로 떠났어요."

알폰소가 대답했다.

그때 이사벨이 눈을 비비며 침실에서 나왔다. 오르텐시아가 이사벨을 얼싸안으며 말했다.

"우리 조카딸 일어났구나. 엄마, 아빠 일하러 가시기 전에 어서 아침 인사하러 가야지?"

이사벨은 큰엄마를 꼭 껴안아 주고는 곧장 옆 오두막으로 달려갔다.

에스페란사는 점심으로 강낭콩을 얹은 부리토를 만들고 얼룩무늬콩을 채운 말랑말랑한 토르티야를 종이에 싸고 있는 엄마의 모습을 물끄러미 쳐다보았다. 뭔가 달라 보였다. 긴 무명 드레스를 입고 허리에 꽃무늬가 있는 앞치마를 둘러서인가? 아니, 그 이상의 뭔가가 있었다.

"엄마, 엄마 머리!"

에스페란사가 낮게 소리쳤다.

한 줄로 땋아 내린 엄마의 머리는 등을 따라 거의 허리까지 닿고 있었다. 에스페란사는 엄마가 머리를 그런 식으로 만진 것을 단 한 번도 본 적이 없었다. 엄마는 잠자리에 들기 전에 머리를 빗질해서 찰랑찰랑 늘어뜨리는 경우를 제외하면 항상 곱게 땋아 틀어 올린 머리를 하고 있었다. 머리를 땋아 내리니까 키도 더 작아 보였고 어쨌든 엄마가 아닌 것 같았다. 에스페란사는 그게 싫었다.

엄마는 손을 뻗어 올려 에스페란사의 뒤통수를 부드럽게 어루만졌다. 당황한 듯 보였다.

"음……, 생각해 보니까 아무래도 그 머리로는 모자를 쓸 수 없을 것 같지 뭐니. 이게 훨씬 그럴듯해 보이지 않니? 아무튼 오늘은 일하러 가는 거지 축제에 가는 건 아니니까."

이렇게 말하며 엄마는 에스페란사를 꼭 껴안아 주었다.

"이제 가야 해. 우리를 창고로 데려갈 트럭이 6시 반에 출발하거든. 아이들 잘 돌보고 이사벨하고 함께 있어라. 그 앤 막사를 잘 아니까."

세 사람이 밖으로 나갔다. 에스페란사는 엄마가 그 와중에도 머뭇거리면서 머리를 재차 매만지는 것을 보았다.

아침 식사를 마친 에스페란사는 밖으로 나가 층계 앞에 섰다. 그들 막사가 속한 줄은 마지막 줄이라서 한쪽이 들판으로 활짝 열려 있었다. 비포장도로 건너 정면으로 멀구슬나무 몇 그루와 뽕나무 한 그루가 나무 탁자에 짙은 그늘을 드리우며 서 있었다. 줄지어 서 있는 나무들 너머는 짙푸른 포도밭이었다. 오른쪽으로는 목초지를 가로질러 큰 도로가 나 있었다. 트럭 한 대가 수확물을 산더미처럼 싣고 매연을 잔뜩 날리며 지나갔다.

트럭이 지나가자 맵싸한 냄새가 코끝을 찔렀다. 양파였다. 양파의 마른 겉껍질이 바람에 날리고 있었다. 또 다른 트럭이 양파 냄새를 풍기며 뒤따랐다.

이른 아침이라 대기는 여전히 서늘했지만 날씨는 맑았다. 머지않아 태양이 대지를 뜨겁게 달구어 놓을 게 분명했다. 암탉들이 문앞 층계 주위를 맴돌며 모이를 쪼고 있었다. 암탉들은 갑갑한 기차에서 놓여난 것만으로도 행복해 보였다. 에스페란사는 몸을 돌려 옆 오두막 쪽으로 걸으며 길을 가로막는 암탉들을 훠이훠이 쫓아냈다.

아기들은 여전히 잠옷 바람이었다. 이사벨은 오트밀을 먹이느라 루페와 씨름하고 있었다. 마룻바닥을 기어 다니고 있는 페페의 양쪽 뺨에 오트밀이 잔뜩 묻어 있었다. 페페는 에스페란사를 보자마자 그녀 쪽으로 손을 뻗었다.

"우선 아기들 목욕부터 시키고 나서 막사를 구경시켜 줄게."

이사벨이 맨 먼저 데려간 곳은 에스페란사가 청소하기로 되어 있는 플랫폼이었다. 이사벨은 빗자루가 보관되어 있는 곳도 안내했다. 플랫폼에서 나온 둘은 아기를 하나씩 등에 업고 줄지어 서 있는 오두막 사이를 걸어갔다. 문이 열린 오두막을 지나는데 벌써부터 저녁 준비를 하는지 강낭콩과 양파 삶는 냄새가 진동을 했다. 여자들이 커다란 양철 빨래 통을 나무 그늘 아래로 질질 끌고 있었고, 그 옆으로 한 무리의 아이들이 비포장도로의 부연 먼지 속에서 공을 차고 있었다. 남자 속옷을 긴 원피스처럼 걸친 작은 여자 애 하나가 이사벨 쪽으로 달려오더니 손을 잡았다.

"얘는 실비아야. 나하고 가장 친한 친군데 다음 주엔 함께 학교에 갈 거야."

실비아가 이사벨의 손을 놓더니 몸을 돌려 에스페란사의 손을 잡았다.

에스페란사는 실비아의 지저분하기 짝이 없는 손을 내려다보았다. 실비아가 이를 드러내며 싱긋 웃었지만 에스페란사는 어서 손을 빼내 씻고 싶은 생각뿐이었다. 그런데 불현듯 기차에서 엄마가 농부 소녀에게 친절을 베풀던 모습이 떠올랐다. 그때 엄마는 에스페란사에게 얼마나 실망했던가? 그녀는 자기가 손을 잡아당겨 뺐을 때 갑자기 실비아가 울기라도 한다면 낭패라고 생각했다. 먼지가 부옇게 앉은 막사 주변을 둘러보니 이런 곳에서 자기 혼자만 깨끗하게 살기란 그리 쉽지 않을 것 같았다. 에스페란사는 실비아의 손을 마주 잡으며 말했다.

"나한테도 아주 친한 친구가 한 명 있어. 이름은 마리솔인데 아과스칼리엔테스에 살고 있단다."

이사벨은 이레네와 멜리나에게도 에스페란사를 소개했다. 두 여자는 오두막과 나무 사이에 맨 빨랫줄에 세탁한 옷들을 널고 있었다. 이레네는 기다란 잿빛 머리칼을 머리 뒤에서 하나로 묶은 모습이었고, 멜리나는 미구엘과 비슷한 또래로 보였는데 벌써 아이가 하나 있는 아줌마였다.

"우린 네가 어쩌다가 아과스칼리엔테스에서 이곳으로 오게 되었는지 벌써 다 알고 있어. 내 남편이 그곳 출신이거든. 주로 로드리게스 씨 집에서 일하곤 했지."

멜리나의 이 말에 에스페란사의 얼굴이 환하게 밝아졌다.

"그분은 우리 아버지와 어릴 적부터 알고 지내셨어. 남편이 마리솔을 알까? 로드리게스 아저씨 딸인데."

멜리나가 웃음을 터뜨렸다.

"아니, 아니야. 알 리가 없지. 그는 일꾼이었는걸. 그러니까 그분 가족까지 알지는 못했을 거야."

에스페란사는 민망한 생각이 들었다. 멜리나의 남편이 일꾼이었음을 실토시키려는 뜻은 아니었기 때문이다. 하지만 멜리나는 개의치 않는 듯했다. 그녀는 남편이 아과스칼리엔테스의 다른 농장에서 일한 얘기를 하기 시작했다.

이사벨이 에스페란사의 팔을 잡아끌었다.

"애기들 기저귀 갈러 가야 해요."

오두막으로 돌아오는 길에 이사벨이 말했다.

"멜리나는 이레네 아주머니의 딸이야. 항상 우리 집에 놀러 와서 엄마와 수다를 떨거나 뜨개질을 하다 가곤 해."

"어떻게 벌써 우리 얘기를 다 알고 있을까?"

이사벨이 손을 들어 올리더니 입술이 달싹이는 것처럼 네 손가락과 엄지손가락을 연달아 맞부딪히면서 말했다.

"막사에 사는 사람들은 서로에 대해 모르는 게 없어."

"이사벨, 너 기저귀 갈 줄 아니?"

오두막으로 돌아오자 에스페란사가 물었다.

"그럼. 기저귀 가는 건 내가 할 테니까 언니는 기저귀를 헹궈 줘. 그것 말고도 빨래할 게 또 있어."

에스페란사는 그 어린 소녀가 두 아기를 단번에 내려놓더니 기저귀를 벗기고 엉덩이를 깨끗이 닦은 다음 다시 새 기저귀를 채우는 모습을 멍하니 지켜보았다.

이사벨이 냄새나는 기저귀 뭉치를 건네며 말했다.

"화장실로 가져가서 기저귀를 털어 줘. 내가 빨래 통에 물 받아 놓을게."

에스페란사는 팔을 최대한도로 뻗어 기저귀를 받아 든 다음 뛰다시피 화장실로 향했다. 양파를 실은 트럭이 몇 대 더 지나갔다. 양파 냄새도 기저귀에서 나는 냄새만큼이나 눈과 코를 자극했다. 그녀가 돌아오자 이사벨은 벌써 밖에 있는 수도에서 물을 길어 빨래 통 두 개를 채워 놓고 그중 한 통에 비누를 넣어 휘휘 젓고 있었다. 그런 다음 빨래 통 안에 빨래판을 걸쳤다.

에스페란사는 빨래 통 쪽으로 걸어가서는 거기 담긴 물을 바라보며 잠시 망설였다. 비누가 풀린 물 위에는 양파 껍질이 둥둥 떠다니고 있었다. 그녀는 기저귀 한쪽 끝을 두 손가락으로 집어 들고 손이 물에 닿지 않도록 조심하면서 가볍게 담갔다 뺐다 했다. 그런 다음 그야말로 몇 초나 되었을까, 조심스럽게 기저귀를 건져 올리며 말했다.

"이제 다음 할 일은 뭐야?"

"에스페란사 언니! 그게 뭐야. 북북 문질러 빨아야지! 이렇게 말이야."

이사벨이 다가와 기저귀들을 집어 들더니 팔꿈치가 잠기도록 물속에 푹 담갔다. 물이 금세 탁해졌다. 아이는 기저귀에 쓱쓱 비누질을 해서 빨래판 위에 대고 힘차게 문지른 다음 꽉 쥐어짰다. 그런 다음 옆에 있던 다른 물통으로 옮겨 헹구고는 다시 쥐어짰다. 이사벨은 깨끗해진 기저귀를 탈탈 털더니 빨랫줄에 내다 걸었다. 그러고는 이제 옷가지들을 빨기 시작했다. 에스페란사는 그저 입이 딱 벌어질 따름이었다. 지금까지 자신은 단 한 번도 뭔가를 빨아 본 적이 없었다. 그런데 이제 고작 여덟 살짜리 꼬마가 그 일을 너무도 손쉽게 해치우고 있는 것이다.

이사벨이 어리둥절하다는 표정으로 에스페란사를 쳐다봤다.

"언니는 빨래를 어떻게 하는지도 몰라?"

"글쎄, 오르텐시아가 빨래감을 전부 세탁실로 가져갔으니까. 그래서 하녀들이, 언제나 그들이……."

이사벨의 두 눈이 아까보다 훨씬 더 휘둥그레지며 걱정스럽다는 표정을 지었다.

"에스페란사 언니, 다음 주부터 내가 학교에 가게 되면 이제 여기엔 아기들 말고는 언니 혼자 있게 될 거야. 그러니까 빨래도 언니가 해야만 할 거야."

에스페란사는 깊은 한숨을 내쉬며 들릴 듯 말 듯 말했다.

"배우면 할 수 있어."

"그리고 이따가 플랫폼 청소도 해야 하는데……. 언니, 청소는 할 줄 알아?"

"물론이지."

청소하는 모습은 여러 번 본 적이 있었다. '여러 번, 그것도 아주 여러 번.' 에스페란사는 마음속으로 이렇게 되뇌며 스스로를 안심시켰다. 게다가 빨래 건으로 이미 충분히 무안을 당한 상태여서 이사벨에게 더는 뭔가를 못한다고 인정할 수 없는 처지였다.

에스페란사가 플랫폼을 청소하러 간 사이에 이사벨은 아기들과 함께 있었다. 꽤 늦은 시간이었지만 막사는 적막에 휩싸여 있었다. 햇볕이 잔인할 정도로 따갑게 내리쬐고 있었다. 에스페란사는 빗자루를 찾아 들고 나무 마루 위로 올라섰다. 바짝 마른 양파 껍질이 여기저기 널려 있었다.

지금까지 에스페란사는 빗자루를 들어 본 적이 한 번도 없었다. 하지만 오르텐시아가 청소하는 모습은 본 적이 있으므로 그 광경을 머릿속에 떠올리려고 안간힘을 썼다. 보기에는 그다지 어려울 게 없었다. 에스페란사는 빗자루 중간쯤을 두 손으로 잡고 앞뒤로 움직였다. 빗자루가 마구 휘둘렸다. 동작이 서툴러서인지 나무 널판 위의 미세한 먼지들이 구름처럼 부옇게 피어올랐다.

양파 껍질들이 오르텐시아가 할 때처럼 한곳에 수북이 모이질 않고 공중으로 흩어졌다. 팔꿈치를 어떻게 놀려야 할지, 팔을 어떻게 놀려야 할지 도무지 알 수가 없었다. 모든 게 제멋대로였다. 목으로 땀이 흘러내리는 것이 느껴졌다. 잠시 비질을 멈춘 에스페란사는 빗자루가 스스로 움직이기를 바라는 것처럼 빗자루를 물끄러미 내려다보았다.

에스페란사는 마음을 굳게 다잡고 다시 비질을 하기 시작했다. 하도 일에 열중한 나머지 트럭 대여섯 대가 도착해서 일을 마친 일꾼들이 내리고 있다는 걸 까마득히 모르고 있었다. 갑자기 귀가 열리면서 주변의 소리가 들려오기 시작했다. 그 소리는 처음에는 낮은 소리로 킥킥거리다가 점차 왁자지껄한 웃음소리로 바뀌어 가고 있었다. 에스페란사는 화들짝 놀라 주춤거리며 뒤로 물러났다. 한 무리의 여자들이 그녀를 보며 웃어 대고 있었다. 그 한가운데에 마르타가 있었다. 마르타가 손가락으로 에스페란사를 가리켰다.

"오호, 누구시라고. 신데렐라셨구먼!"

그녀는 비웃고 있었다. 창피스러움에 얼굴이 빨개진 에스페란사는 빗자루를 내팽개치고 도망치듯 오두막으로 되돌아왔다.

에스페란사는 자기 방으로 돌아와 간이침대에 털썩 주저앉았다. 사람들이 자신을 조롱하던 광경을 떠올리자 다시금 얼굴이 붉어졌다. 에스페란사는 이사벨이 그녀를 찾아낼 때까지 거기 그대로 앉아 벽만 응시하고 있었다.

"나도 일할 수 있다고 말했어. 나도 도울 수 있다고 엄마에게 말했어. 하지만 난 빨래는커녕 마룻바닥 청소 하나 제대로 못하잖아. 내가 그렇다는 것, 이제 모르는 사람이 없지?"

"맞아."

이사벨이 침대 옆에 나란히 앉아 등을 토닥거리며 말했다.

"이제 어떻게 얼굴을 들고 다니냐구."

에스페란사가 괴로워하며 두 손으로 얼굴을 감쌌다. 조금 뒤 누군가 방으로 들어오는 소리가 들렸다.

에스페란사가 고개를 쳐들자 미구엘이 빗자루와 쓰레받기를 들고 서 있었다. 에스페란사를 비웃는 것 같지는 않았다. 에스페란사는 눈을 내리깔고 입술을 지그시 깨물었다. 미구엘 앞에서는 울음을 보이고 싶지 않았다.

미구엘이 문을 닫더니 에스페란사 앞에 서서 말했다.

"바닥 청소하는 법을 네가 어떻게 알겠니? 네가 배운 거라곤 명령을 내리는 것밖엔 없었는데. 그건 네 잘못이 아냐, 안사. 자, 날 좀 봐."

에스페란사가 고개를 들었다. 미구엘이 진지한 표정으로 말했다.

"자, 똑바로 잘 봐. 빗자루를 이렇게 잡아 봐. 한 손은 여기, 그리고 또 한 손은 여기."

에스페란사는 미구엘의 손을 뚫어져라 바라보았다.

"그 다음에 이렇게 미는 거야. 또 이렇게 당기기도 하고. 자, 이제 직접 해 봐."

미구엘이 빗자루를 내밀었다.

잠시 머뭇거리다 일어선 에스페란사가 빗자루를 건네받았다. 미구엘은 에스페란사의 손을 붙잡아다 자루에 대고 그 위치를 정해 주었다. 에스페란사는 미구엘이 한 대로 따라 해 보려고 애썼다. 하지만 여전히 손동작이 너무 컸다.

"손놀림을 좀 더 짧게 끊듯이. 그래서 한 방향으로 모두 모아."

에스페란사는 미구엘이 가르쳐 주는 대로 했다.

"자, 이제 쓰레기들을 한곳에 모두 모았으면, 이렇게 손잡이 아래를 잡고 빗자루를 지그시 누른 다음 쓰레받기 쪽으로 쓰레기를 밀어 넣는 거야."

에스페란사가 쓰레기를 모았다.

"거 봐, 너도 할 수 있잖아. 언젠가는 아주 훌륭한 하인이 되겠는걸."

미구엘은 짙은 눈썹을 추켜올리며 싱긋 웃었다. 이사벨이 옆에서 낄낄거렸다.

에스페란사로서는 아직은 다른 사람의 유머를 받아들일 여유가 없었다.

"고마워, 미구엘."

미구엘이 이빨을 드러내며 씨익 웃고는 정중히 허리를 숙여 절을 하면서 말했다.

"언제든 분부만 내리십시오, 여왕님."

하지만 이번에 그의 입에서 흘러나온 목소리는 다정다감했다.

갑자기 그가 철도 일을 구하러 갔었다는 데 생각이 미쳤다.

"일은 구했어?"

미구엘의 얼굴에서 미소가 사라졌다. 그는 호주머니에 손을 깊이 찌르고 어깨를 한 번 으쓱하더니 대답했다.

"헛걸음했어. 내가 못 고치는 엔진이 어딨냐고. 한데 멕시코인들은 철로를 놓거나 배수구를 파는 일 따위에만 고용한다는 거야. 수리공으로 직장을 얻는다는 건 어림도 없다는 얘기지. 그래서 누군가가 내게 기회를 줄 만하다고 인정할 때까지 당분간은 밭에서 일하기로 작정했어."

에스페란사는 고개를 끄덕였다.

미구엘이 방을 떠나자마자 이사벨이 꾹 참고 있었다는 듯 물었다.

"와, 언니를 여왕님이라고 부르네. 도대체 어떻게 살았길래 여왕님 소리를 듣는 건데. 말 좀 해 줘, 응?"

에스페란사는 침대에 앉은 다음 자기 옆자리를 손바닥으로 툭툭 쳤다. 이사벨이 곁에 앉았다.

"이사벨, 내가 지금까지 살아온 얘기를 전부 들려줄게. 파티 얘기며, 사립학교 시절 얘기도 들려주고 예쁜 드레스에 대해서도 전부 다 얘기해 줄게. 거기다가 아빠가 내게 준 귀여운 인형도 보여줄게. 대신 내게 가르쳐 준다는 조건이야. 기저귀 채우는 법, 빨래

하는 법, 그리고 ……."

이사벨이 말을 가로챘다.

"하지만 그런 건 너무 쉬운 일이잖아!"

에스페란사는 자리에서 벌떡 일어나 조심스레 비질을 연습해 보
며 혼잣말처럼 말했다.

"내겐 쉬운 일이 아니야."

아몬드 | 자메이카 축제 |

"아유, 목이 아프네."

"저는 목이 아니라 팔이 아프네요."

엄마가 손으로 목덜미를 주무르며 말하자 오르텐시아도 한마디 했다. 그러자 호세피나가 나섰다.

"창고에서 처음 일하는 사람들은 누구나 한결같이 아픔을 호소 하곤 하죠. 처음엔 몸을 구부리지도 못한다니까요. 하지만 시간이 지나면 차차 몸에 익을 거예요."

그날 밤 식구들이 모두 파김치가 되어 집으로 돌아왔다. 저마다 쑤시고 아프다며 고통을 호소했다. 저녁밥을 먹기 위해 한 오두막 에 모인 까닭에 오두막은 비좁고 시끌벅적했다. 호세피나가 강낭 콩을 데우고 오르텐시아가 신선한 토르티야를 만드는 동안 후안과 알폰소는 밭에 관해 얘기를 나누었다. 한쪽에서는 미구엘과 이사벨이 아기들을 데리고 장난을 치다가 기어코 아기들을 울리고 말았다. 엄마는 아로스를 요리하고 있었다. 에스페란사는 엄마가 기름에 양파와 후추를 넣고 갈색으로 만드는 법을 어떻게 알고 있었을까 놀라울 따름이었다. 에스페란사는 낮에 청소하다가 있었던 일을 아무도 입에 담지 않았으면 하고 바라면서 샐러드에 넣을 토마토를 얇게 썰고 있었다. 오늘이 지나가는 것이 그렇게 다행일 수 없었다. 오늘 일은 그녀의 자존심에 갖가지 상처를 남겼다.

이사벨이 신선한 토르티야 하나를 집어 소금을 뿌려서는 시가처럼 돌돌 말더니 뭔가 신호를 보내는 듯 미구엘을 향해 흔들었다.

"오빠하고 큰아빠가 나를 오두막 뒤꼍으로 못 가게 하는 건 왜 그러는 건데?"

"쉬잇, 모두가 깜짝 놀랄 일이 있어."

미구엘이 목소리를 낮춰 대답하자 에스페란사가 끼어들었다.

"웬 비밀이 그렇게 많아?"

하지만 알폰소도 미구엘도 묵묵부답이었다. 두 사람은 식탁에 접시를 올려놓으면서 그저 한 번 싱긋 웃을 따름이었다.

저녁을 마친 뒤 디저트로 멜론을 내오기도 전에 알폰소와 미구엘이 따라오지 말라는 엄포를 놓고는 어디론가 사라져 버렸다.

"무슨 일이에요?"

이사벨이 물었지만 오르텐시아는 아무것도 모른다는 듯 어깨만 으쓱할 따름이었다. 미구엘은 해가 지기 직전에야 돌아왔다.

"마님, 그리고 에스페란사. 보여 드릴 게 있어요."

에스페란사는 엄마를 쳐다보았다. 어리둥절하기는 엄마도 마찬가지인 것 같았다. 집안사람들 모두가 미구엘을 따라 알폰소가 기다리고 있는 곳으로 갔다.

뒤꼍에는 한쪽 끝이 잘려져 나간 타원형의 낡은 빨래 통이 굴러다니고 있었다. 그런데 그 통이 잘려진 쪽을 밑으로 세워져 있었고 그 안에 플라스틱으로 된 과달루페의 성모상이 모셔져 있었다. 그리고 빨래 통 주변에 돌을 쌓아서 자그마한 동굴처럼 보이게 했다. 자그마하지만 그럴듯한 성소였다. 그 둘레로 꽤 넓은 땅에 막대기와 줄로 울타리가 쳐져 있고 그 안에는 가시 돋힌 엉성한 가지 같은 것이 심어져 있었다.

이사벨의 입이 딱 벌어졌다.

"너무 멋지다. 저거 우리 성모상이에요?"

"하지만 저 장미들은 아주 먼 데서 온 거란다."

호세피나가 고개를 끄덕이며 말했다. 미구엘의 안색을 살피던 에스페란사의 두 눈이 희망으로 빛났다.

"아빠 장미?"

"그래, 바로 네 아빠의 장미야."

미구엘이 웃음을 보내며 대답했다.

알폰소는 물이 깊이 스며들도록 장미 나무 둘레마다 둥글게 고랑을 팠다. 그건 마치 장미 하나하나가 보금자리를 하나씩 갖고 있는 듯한 모습이었다. 아과스칼리엔테스의 장미 정원 그대로였다. 에스페란사는 장미 정원이 숯덩이로 변해 마치 묘지처럼 보였던 것을 떠올리며 물었다.

"하지만 어떻게?"

"불이 꺼진 후 아버지와 내가 땅을 파 보니까 뿌리들은 대부분 불을 견뎌 내고 살아 있었어. 그 뿌리들을 잘 거둬서 아과스칼리엔테스에서 여기까지 날라 온 거야. 그러니 역마다 내려서 물을 적셔 주어야 했지. 아마 잘 자랄 거야. 걱정 마. 그리고 때가 되면 여기에 장미꽃들이 흐드러지게 필 거야."

에스페란사는 허리를 구부려 장미 나무들을 자세히 들여다보았다. 이파리도 없고 줄기도 뭉텅 잘려 나가 있었지만 정성스레 심은 흔적이 역력했다. 장미 정원에 불이 나기 전날 밤의 일이 뇌리를 스쳤다. 그때 장미차를 어떻게 만드는지 오르텐시아에게 물어봐야 겠다고 생각했었다. 하지만 안타깝게도 그럴 기회가 주어지지 않았다. 이제 장미가 다시 꽃을 피운다면 장미가 간직한 기억들을 마실 수 있을 터였다. 아빠를 기억하고 있는 그 장미들을. 눈을 깜빡거려 눈물을 털어 낸 에스페란사가 미구엘을 바라보며 물었다.

"네 건 어느 거야?"

미구엘이 장미 하나를 가리켰다.

"그럼 내 건?"

미구엘이 웃으며 오두막 벽에 가장 가까이 서 있는 장미를 가리켰다. 거기엔 벌써 격자 모양의 지지대가 세워져 있었다.

"이 장미처럼 너도 올라갈 수 있어."

미구엘이 힘주어 말했다.

장미 가지들을 정성스레 어루만지며 오르락내리락하던 엄마가 알폰소에게 다가가 손을 맞잡고 양 볼에 입을 맞추었다. 그러고는 미구엘의 볼에도 입을 맞추며 말했다.

"정말 고마워."

엄마는 에스페란사를 그윽한 눈으로 바라보며 말했다.

"엄마가 말했었지? 아빠의 마음은 우리가 어딜 가든 우리를 따라다닐 거라고."

이튿날 아침 오르텐시아는 천 조각으로 창문을 가리고는 알폰소와 미구엘, 후안, 갓난아기들까지 옆집으로 보냈다. 오르텐시아, 엄마 그리고 호세피나가 큰 물통을 안으로 들여와서는 물을 반쯤 채웠다. 그러고는 물 솥을 화덕 위에 올려놓고 불을 붙여 목욕물을 데웠다.

에스페란사는 통 속으로 들어갈 생각에 마음이 들떴다. 아과스 칼리엔테스를 떠난 이래로 목욕다운 목욕을 한 적이 없었다. 이곳에 도착한 다음에도 개수대에서 찬물로 얼굴과 팔을 씻은 게 고작이었다. 하지만 오늘은 토요일, 바로 '자메이카 축제'가 열리는 날이었다. 그래서 모두들 막사 전체를 청소하고, 저마다 목욕을 하고, 셔츠를 다리고, 머리를 감고 매만지느라 정신이 없었다.

오르텐시아는 에스페란사가 갓난아기 적부터 목욕을 시켜 주었다. 그 과정은 판에 박은 듯 일정했다. 에스페란사가 팔을 쭉 뻗고 목욕통 가까이 서면 오르텐시아가 옷을 벗긴다. 그러면 에스페란사는 통 안에 들어가서 오르텐시아가 씻기는 동안 몸을 가만히 내맡기려 애쓴다. 머리를 헹구는 동안에는 머리를 뒤로 비스듬히 기울이고 눈을 꼭 감는다. 오르텐시아가 일어서서 고개를 끄덕이는 건 몸에 타월을 두르라는 신호였다.

에스페란사는 물통 하나로 다가가 양팔을 벌리고 기다렸다. 호세피나가 오르텐시아를 바라보며 눈썹을 치켜 올렸다.

"에스페란사 언니, 뭐하고 있는 거야?"

엄마가 에스페란사 쪽으로 다가가 다정스런 목소리로 말했다.

"이 엄만 네가 혼자서도 목욕할 만한 나이가 되었다고 생각해 왔는데 네 생각은 어떠니?"

에스페란사는 재빨리 팔을 내렸다.

'여기서 널 기다리고 있는 사람은 아무도 없어.'

마르타가 비아냥거리던 목소리가 떠올랐다.

"예, 엄마."

그녀는 재빨리 대답했다. 여기 온 지 이틀밖에 안 되었는데 벌써 두 번이나 무안을 당한 셈이었다. 사람들이 자기를 빤히 쳐다보자 에스페란사의 얼굴이 다시금 붉게 달아올랐다.

오르텐시아가 다가와 에스페란사를 팔로 감싸 안으며 말했다.

"우리 두 사람은 우리끼리만 통하는 방식에 익숙해 있어요. 그렇죠, 에스페란사? 하지만 난 아직 젊으니까 그런 습관 정도는 바꿀 수 있다고 생각해요. 우린 서로에게 도움을 줄 수 있을 거예요. 아가씨 손이 닿지 않는 단추들은 내가 끌러 주고 아가씨는 이사벨을 돕고 말이죠, 어때요? 호세피나, 뜨거운 물이 좀 더 필요해요. 어서요."

오르텐시아가 블라우스 벗는 걸 도와주자 에스페란사는 기어드는 목소리로 속삭였다.

"고마워요."

이사벨과 에스페란사가 첫 번째였다. 두 사람은 먼저 통 속에 들어가 몸을 씻고 고개를 숙여 머리를 감았다. 엄마와 호세피나는 그들 머리에 여러 차례 물을 부어 비눗기를 가셔 냈다. 여자들은 물을 데우기 위해 서로 번갈아 가며 화덕과 물통 사이를 왔다 갔다

했다. 에스페란사는 조그만 방에 모두 함께 모여 수다를 떨고, 마음껏 웃어 대고, 서로의 머리를 헹궈 주며 복닥대는 것이 좋았다. 호세피나와 오르텐시아는 막사 안에서 일어난 갖가지 자질구레한 사건들을 화제 삼아 얘기를 나누고, 엄마는 속옷 차림으로 앉아 이사벨의 엉킨 머리칼을 곱게 빗질해 주고 있었다. 여자들이 차례로 목욕을 하고 마침내 오르텐시아 차례가 되어 뜨거운 물이 필요하자 에스페란사는 누구보다도 먼저 물을 가지러 달려갔다.

몸을 씻고 옷을 갈아입은 에스페란사와 이사벨은 채 마르지 않은 머리를 하고 밖으로 나와 나무 아래 탁자에 앉았다. 호세피나가 껍질을 까라며 아몬드가 가득 든 마대를 건넸다. 이사벨은 몸을 앞으로 숙여 머리를 빗으며 물었다.

"언니, 오늘 밤 자메이카 축제에 올 거야?"

에스페란사는 처음엔 아무런 대답도 하지 않았다. 어제 바보 같은 짓을 하고 난 후 아직까지 오두막 밖으로는 한 발짝도 나가지 않았다.

"모르겠어. 어쩌면."

"우리 엄마가 그러는데, 어제 일은 잊어버리고 사람들을 만나는 게 제일 좋은 방법이래. 그리고 혹시나 사람들이 언니를 놀리면 그저 웃어넘겨 버리래."

"알았어."

에스페란사는 거의 다 말라 가는 머리칼을 보풀리며 대답했다. 그리고 마대를 탁자 위에 쏟아 아몬드 하나를 집어 들었다. 아몬드 씨는 납작한 주머니 모양의 열매 안에 숨어 있었다. 잔털이 덮인 부드러운 껍질은 안에 든 무언가를 보호하기 위해 잔뜩 오므린 형상을 하고 있었다. 아몬드 열매를 힘주어 쪼개자 아몬드 씨가 보였다. 에스페란사는 겉껍질을 힘껏 열어젖혀 벌린 다음 그 견고한 요새로부터 알맹이를 꺼내 입에 쏙 넣었다.

"마르타도 오늘 밤 거기에 오겠지?"

"뻔할 뻔자지. 아마 친구들도 모두 데리고 올 걸."

"그런데 마르타는 영어를 어떻게 알아?"

"여기서 태어났거든. 그 언니 엄마도 그렇고. 두 사람은 미국 시민이야."

아몬드 껍질 벗기는 일을 거들며 이사벨이 말했다.

"아버지는 멕시코 혁명 때 멕시코 소노라 주에서 미국으로 건너온 사람이고. 그러니까 두 사람은 멕시코엔 가 본 적도 없어. 우리 막사에 살고 있는 아이들 중에는 멕시코에 가 보지 못한 애들도 많아. 하지만 우리 아빠가 마르타를 싫어하는 진짜 이유는 마르타가 자메이카 축제에 올 때마다 항상 파업에 대해 떠벌리기 때문이야. 아몬드를 수확할 때 거의 파업을 할 뻔했는데 일을 안 하는 데 찬성한 사람들이 그리 많지 않았어. 우리 엄마 얘기로는 만약에 파업이 일어났더라면 아몬드를 따기 위해 모두들 농장에 가서 나무들을 흔들었어야 할 판이었다는 거야."

"정말 다행이구나. 그런데 너희 엄마는 이 아몬드로 무얼 만드신다니?"

"아몬드 푸딩. 엄마는 오늘 밤 자메이카 축제에서 그 푸딩을 파실 거야."

에스페란사의 입에 침이 고였다. 아몬드 푸딩은 그녀가 무척이나 좋아하는 과자였다.

"그렇다면 결정했어. 나도 갈 거야."

커다란 등이 플랫폼을 대낮처럼 밝히고 있었다. 막사에서 온 남자들이 풀을 먹여 다린 셔츠에 카우보이모자를 쓴 채 의자에 앉아 기타와 바이올린을 조율하고 있었다. 밝은 테이블보가 덮인 탁자들이 길게 늘어서 있고 그 앞에서 여자들이 옥수수 타말리를 팔고 있었다. 갖가지 디저트와 붉은색의 히비스커스 꽃물 펀치 같은 특별식도 있었다. 한쪽에는 빙고 게임을 하는 나무 탁자가 있었고 댄스 플로어에는 구경꾼들을 위한 의자가 빙 둘러 놓여 있었다. 엄마와 오르텐시아도 거기에 앉아 다른 여자들과 담소를 나누고 있었다. 에스페란사는 그들 곁에서 사람들이 밀려드는 모습을 지켜보았다.

"이 많은 사람들이 모두 어디서 오는 거예요?"

지난밤에 후안이 그들 막사에 2백 명 가량의 사람이 살고 있다고 말하는 걸 들었는데 지금 보니 그보다 훨씬 많은 사람들이 모이는 것 같았다. 호세피나가 친절히 설명해 주었다.

"이 축제는 아주 인기가 있어서 다른 막사에서도 즐기러 온단다. 베이커스필드에서도 오는 걸."

음악이 연주되기 시작했다. 사람들이 플랫폼 주위에 빙 둘러서서 손뼉을 치며 노래를 불렀다. 그러더니 하나 둘 무대 앞 공간으로 나가 춤을 추기 시작했다. 아이들은 도처에서 쫓고 숨으며 천방지축으로 날뛰었다. 남자들은 조금 큰 아이들을 무동 태우고 여자들은 포대기에 갓난아이를 싸안은 채 저마다 악단이 연주하는 음악에 맞춰 흥겹게 몸을 흔들었다.

잠시 후 에스페란사는 엄마 곁을 떠나 시끌벅적한 인파에 몸을 내맡겼다. 그녀는 자신이 이토록 많은 사람들 틈에 끼어 있다는 게 신기했다. 하지만 더욱 이상한 것은 그 속에서도 여전히 혼자라고 느끼고 있다는 사실이었다. 그녀는 자기 나이 또래의 여자 애들이 모여 있는 것을 발견했다. 마리솔이 생각났다.

'아, 마리솔이 이 자리에 함께 있다면 얼마나 좋을까?'

이사벨이 그녀를 발견하고는 손을 잡아끌었다.

"에스페란사 언니, 이리 와 봐."

에스페란사는 이사벨이 이끄는 대로 인파를 헤집고 나아갔다. 어떤 사람이 갓 태어난 새끼 고양이 몇 마리를 가지고 왔는데 그 주변으로 어린 소녀들이 모여들고 있었다. 아이들은 새끼 고양이를 향해 혀를 쯧쯧거리며 말을 걸기도 하고 어르기도 했다. 이사벨이 간절히 원하는 것이 무엇인지는 뻔했다. 그중 한 마리를 갖고 싶었던 것이다.

에스페란사가 낮게 속삭였다.

"내가 가서 네 엄마에게 물어보고 올게."

군중들을 헤치고 가 호세피나에게 허락을 받은 에스페란사는 거의 달리다시피 이사벨이 있는 쪽으로 갔다. 하지만 그곳에 도착했을 때는 사람들이 훨씬 많아졌고 이미 다른 일이 벌어지고 있었다.

마르타와 그녀의 친구들 몇이 근처에 주차된 트럭의 짐칸에 올라가 있었다. 그들은 저마다 새끼 고양이 한 마리씩을 높이 쳐들고 있었다.

마르타가 큰 소리로 외쳤다.

"우리가 꼭 이런 꼴이에요. 말 잘 듣는 이 작은 짐승 꼴이란 말이죠. 우리가 입 꾹 닫고 있으니까 저들이 우리에게 하는 꼬락서니 좀 보세요. 우리가 당당하게 권리를 주장하지 않으면 그걸 얻기란 불가능해요! 우리가 살고자 원하는 모습이 고작 이겁니까?"

마르타가 새끼 고양이의 목덜미를 잡고 허공에 높이 흔들었다.

새끼 고양이는 군중 앞에 대롱대롱 매달려 있었다.

"변변한 집 한 채 없으면서 우리보다 부자인 사람들, 그 대단한 사람들의 자비나 기다리자고요?"

벌벌 떠는 이사벨의 두 눈이 공포에 질려 있었다.

"마르타가 아기 고양이를 땅바닥에 내동댕이치면 어떻게 해."

한 남자가 나서서 목청을 높였다.

"고양이가 원하는 것도 제 가족을 먹여 살리는 것이겠지. 다른 고양이들이 무엇을 하든 상관하지 않을걸."

마르타의 친구들 중 하나가 소리를 질렀다.

"아저씨, 친구들 중에 다른 사람들보다 잘 사는 사람이 있으면 심통 나지 않아요? 우리는 2주 안에 파업을 벌일 예정입니다. 목화 수확이 한창일 때. 보다 높은 수당과 보다 나은 주거 환경을 위하여!"

그러자 또 다른 남자가 소리쳤다.

"이 농장에서는 목화를 따지 않아!"

"상관있나요? 우리 모두가 일하기를 멈춘다면, 모든 멕시코인들이 똘똘 뭉친다면……."

마르타가 소리치며 주먹을 불끈 쥐더니 허공에 높이 쳐들었다.

"……그러면 우리 모두에게 좋은 일이 있을 겁니다!"

그러자 아까 그 남자가 되받았다.

"다 쓸데없는 짓이야. 우리는 그저 일하고 싶을 뿐이야. 우리가 여기 온 것도 다 그 때문이고. 우리 막사에서 당장 꺼져 버려!"

그 남자 주변에서 갈채가 쏟아졌다. 사람들이 앞으로 밀치고 나가기 시작했다. 에스페란사는 이사벨의 손을 잡고 옆쪽으로 비켜섰다.

한 젊은 남자가 트럭 위로 훌쩍 올라타더니 시동을 걸었다. 마르타와 친구들은 새끼 고양이들을 밭에 내던졌다. 그리고 지지하는 사람들을 트럭 짐칸 위로 끌어올리고는 팔을 흔들며 구호를 외치기 시작했다.

"파업! 파업!"

두어 시간이 지난 후 몇몇 사람들은 아직 축제를 즐기고 있었지만 에스페란사는 호세피나와 함께 이사벨과 아기들을 데리고 플랫폼을 떠났다. 오두막으로 돌아오는 길에 에스페란사가 물었다.

"마르타는 왜 그렇게 성이 난 거예요?"

이사벨은 부드러운 오렌지색 털을 가진 새끼 고양이 한 마리를 가슴에 안고 있었다. 고양이는 이사벨의 품 안에서 야옹야옹 울어 대고 있었다.

"마르타하고 걔네 엄마는 일자리를 얻으려고 안 돌아다닌 데가 없단다. 주 경계를 넘는 일도 다반사였지. 수확할 것이 있는 곳이면 닥치는 대로 가서 일했지. 그런 막사들을 계절노동자 막사라고 하는데 그런 곳은 상황이 그야말로 최악이야."

"우리가 엘센트로에서 살던 때처럼 말이야, 엄마?"

"아니, 더 나빠. 우리 막사는 회사 소유 막사고 이곳에서 일하는 사람들은 이곳저곳 떠돌아다니지 않지. 여기서 몇 년째 사는 사람들도 있고. 우리가 이 나라에 온 이유가 뭐야. 일하려고 온 거 아니야? 또 가족들을 돌보고 이 나라 시민이 되려는 것 아니야? 우린 운이 좋은 편이야. 우리보다 더 좋은 막사는 쉽게 찾아보기 힘들거든. 여기서는 파업에 반대하는 사람들이 대다수야. 우리에겐 일자리를 잃어도 될 만한 여유가 없거든. 그리고 우리는 이 조그마한 공동체가 돌아가는 사정에 이미 익숙해져 있어."

"좀 더 좋은 집에서 살기 위해 파업을 하는 거예요?"

"그것 말고도 또 있지. 목화 따는 품삯을 더 달라는 거야. 목화 1파운드를 딸 때마다 7센트를 받는데 그걸 10센트로 올려 달라는 거지. 일한 대가치고는 너무 적어 보일 수도 있지. 하지만 과거에는 농장 주인들이 그냥 '안 된다'고만 했지만 지금은 상황이 달라져서 우리를 해고할 수도 있어. 사람들이 일자리를 찾아 이 골짜기로 계속해서 들어오고 있거든. 특히나 일자리는 없고, 비도 안 오고, 희망도 없는 오클라호마 같은 데서. 그러니 멕시코인들이 파업이라도 벌인다면 농장주들은 다른 사람을 고용해 버릴 거야.

그럼 우린 어떻게 될까?"

그 말을 듣는 순간 에스페란사는 걱정이 되었다.

'만일 엄마가 일자리를 잃는다면 무슨 일이 벌어질까? 다시 멕시코로 돌아가야 하는 걸까?'

호세피나가 아기들을 침대에 눕힌 다음 이사벨과 에스페란사의 이마에 입을 맞추고 그들을 옆 오두막으로 보냈다.

이사벨과 에스페란사는 침대에 누워 멀리서 아련히 들려오는 음악 소리를 들었다. 사람들이 왁자지껄 웃어 대는 소리도 함께 실려왔다. 우유 한 사발을 다 먹은 고양이는 이사벨의 품에서 웅크리고 잠이 들었다. 에스페란사는 신문지로 바람막이를 한 이 방보다 더 초라한 상황이라는 게 어떤 것인지 쉽사리 상상이 가지 않았다.

'어떻게 이보다 더 사정이 나쁠 수가 있지?'

"멕시코에서 파티도 해 봤어?"

이사벨이 졸린 눈으로 물었다. 에스페란사는 자신이 살아왔던 얘기를 해 주기로 한 약속을 떠올리며 낮게 속삭였다.

"그럼. 그것도 아주 큰 파티. 한번은 엄마가 사람들을 백 명 정도 초대해서 파티를 열었는데 식탁에는 레이스 달린 테이블보를 깔고 그 위에 크리스탈과 도자기 그릇들을 준비했어. 참, 나뭇가지 모양의 은촛대도 있었지. 하녀들이 무려 일주일 동안이나 요리를 준비했으니까……."

에스페란사는 그 화려했던 순간들을 생생히 떠올리며 이야기를 이어 나갔다. 그러다가 이사벨이 잠든 것을 깨달았다. 에스페란사는 비로소 이사벨에게서 놓여날 수 있었다. 마르타와 그 가족들이 살아온 얘기를 들은 후로는 아과스칼리엔테스에서 모자람 없이 살아온 얘기를 하는 것이 영 찜찜하고 일종의 가책까지 느껴졌다.

에스페란사는 엄마가 침대로 올 때까지 한참 동안이나 깨어 있었다. 옆방에서 흘러드는 빛줄기만으로도 엄마가 머리를 풀고 빗질하는 모습을 알아볼 수 있었다.

엄마가 속삭이는 소리로 물었다.

"파티는 즐거웠니?"

"친구들이 보고 싶어요."

"힘든 줄 안단다. 이 엄만 뭐가 제일 그리운지 아니? 바로 엄마의 드레스들이야."

"엄마!"

그런 것까지 솔직히 털어놓는 엄마를 보니 슬며시 웃음이 삐져나왔다.

"쉬잇, 이사벨 깨겠다."

"저도 드레스가 그리워요. 하지만 여기서는 그런 것들이 필요치 않을 것 같아요."

"네 말이 맞다, 에스페란사. 엄마가 너를 얼마나 자랑스럽게 생

각하는지 알고 있지? 우리 딸이 이렇게 새로운 걸 깨닫고 있다는
데 대해서."

에스페란사는 엄마의 품 안으로 기어들었다.

"내일은 베이커스필드에 있는 교회에 갈 거야. 예배를 마치고
는 '촐리타의 집'이라는 가게에 갈 건데, 호세피나 말로는 별의별
달콤한 롤빵이 다 있고 멕시코 사탕도 판다는구나."

두 사람은 새근대는 이사벨의 숨소리를 들으며 한동안 조용히
있었다.

"내일 교회에 가면 무얼 기도할 거니, 에스페란사?"

에스페란사의 얼굴에 미소가 떠올랐다. 이건 그녀와 엄마가 잠
자러 가기 전에 수도 없이 되풀이했던 일이었다.

"전 아빠의 기억을 위해서 촛불을 밝힐 거예요. 미구엘이 철도
에서 일자리를 구할 수 있도록 기도하고, 이사벨이 학교에 가 있는
동안 루페와 페페를 잘 보살필 수 있도록 도와달라고 성모 마리아
께 기도할 거예요. 그리고 또 끝에 빨간 줄무늬가 있는 하얀 코코
넛 사탕을 달라고 기도할 거고요."

엄마가 인자한 표정으로 미소를 지었다.

"하지만 진짜 중요한 것은 따로 있어요. 할머니를 빨리 낫게 해
달라고 기도할 거거든요. 그리고 할머니가 루이스 삼촌의 은행에
서 돈을 찾을 수 있도록 기도하고, 또 빨리 이곳에 오시라고 기도

할 거예요."

엄마가 에스페란사의 머리를 가볍게 토닥여 주었다.

"엄마는 뭘 기도할 건데요?"

"나도 네가 말한 것들을 기도할 거야. 그런데 그것 말고도 한 가지가 더 있지."

"뭔데요?"

엄마는 에스페란사를 꼭 껴안았다.

"이 엄만 널 위해 기도할 거야, 에스페란사. 우리 딸이 강해질 수 있기를. 그 어떤 일이 닥치더라도."

자두 | 먼지 폭풍 |

　이사벨은 버스 정류장으로 걸어가면서 에스페란사가 꼭 지켜야
할 일들을 주워섬겼다. 오늘 아침 일찍 엄마와 호세피나가 했던 것
과 똑같은 말이었다.

　"아기들 낮잠을 재울 때는 먼저 페페가 잠든 것을 확인한 다음
에 루페를 눕혀야 해. 안 그러면 둘이서 노느라고 잠을 자지 않을
거야. 그리고 루페는 바나나를 먹지 않아."

　"알고 있어."

　에스페란사가 등에 업은 페페를 한 번 추스르며 말했다.

　이사벨이 그녀에게 루페를 건네고는 노란색 버스에 올라탔다.
이사벨은 자리를 잡고 앉아 차창 밖으로 손을 흔들었다. 에스페란
사는 지금 누가 더 걱정을 하고 있는지, 자기인지, 아니면 이사벨

인지 알 수가 없었다.

에스페란사는 아기 하나는 등에 업고 다른 하나는 안고서 다시 오두막으로 돌아오느라 진땀을 흘렸다. 고맙게도 이사벨이 두 아기를 먹이고 입힐 준비를 다 해 놓은 상태였다. 에스페란사는 루페와 페페를 바닥에 깔린 담요 위에 내려놓았다. 담요 위에는 양철 컵 몇 개와 나무 블록들도 준비되어 있었다. 에스페란사는 화덕 위에 있는 커다란 냄비에 강낭콩을 담았다. 그날 아침 일찍 오르텐시아는 큰 양파 하나, 마늘 몇 쪽과 함께 강낭콩을 준비해 주면서 약한 불에 물을 계속 부어 가며 온종일 삶으라고 당부했다. 그리고 가끔씩 저어야 한다고 일러 주었다. 에스페란사는 강낭콩 냄비를 저으며 루페와 페페가 놀고 있는 모습을 지켜보았다.

'할머니가 이런 내 모습을 본다면 얼마나 뿌듯해하실까?'

얼마간 시간이 흐른 뒤 에스페란사는 아기들 점심으로 먹일 만한 것을 찾아보았다. 마침맞게 식탁 위 접시에 잘 익은 자두들이 담겨 있었다.

'아기들에게는 아주 부드러운 것만 먹여야 해.'

에스페란사는 자두 몇 개를 집어 씨를 발라내고 포크로 으깼다. 두 아기 모두 자두 과즙을 무척 좋아했다. 한 숟갈 입에 넣어 주기가 무섭게 팔을 뻗으며 더 달라고 아우성이었다. 그래서 자두 세 개를 더 으깨 주었더니 이번에도 아주 맛있게 받아먹었다. 에스페란사는 아기들이 칭얼대며 우유병으로 팔을 뻗기 시작할 때까지 양껏 배를 채워 주었다.

"점심은 이걸로 충분해."

아기들의 얼굴을 닦아 주며 에스페란사가 말했다. 곧 낮잠 잘 시간이라는 게 어찌나 다행인지 몰랐다. 그녀는 호세피나와 이사벨이 가르쳐 준 것들을 하나하나 떠올리며 조심스럽게 젖은 기저귀를 갈았다. 그런 다음 이사벨이 시킨 대로 먼저 페페에게 우유병을 들려 내려놓고 페페가 잠이 든 다음 루페를 잠자리에 눕혔다. 그리고 자기도 자리에 누웠다. 왜 이리 피곤하고 졸리는지 알 수 없는 노릇이었다.

에스페란사는 퍼뜩 잠을 깼다. 옆에서 루페가 칭얼거리고 어디선가 지독한 악취가 났다. 노르스름한 액체가 기저귀 밖으로 새어 나오고 있었다. 에스페란사는 페페가 깨지 않도록 루페를 안고 방밖으로 나가 마른 기저귀로 갈아 주었다. 똥 묻은 기저귀는 돌돌 말아 잠시 문 옆에 놓아 두었다. 루페를 도로 눕히러 들어가자 페페가 일어나 침대에 앉아 있었는데 페페도 역시 똥을 지리고 있었다. 페페의 기저귀도 갈아 주었다. 두 아기를 씻겨 침대에 둔 채로 젖은 기저귀를 들고 화장실로 가 헹군 다음 오두막으로 달려왔다.

아까와는 다른 냄새가 코끝을 스쳤다. 아차, 강낭콩! 물을 더 붓는 걸 깜빡했던 것이다. 냄비 안을 들여다보니 바닥까지 물이 바짝 졸아 있었다. 그래서 물을 좀 더 붓고는 냄비를 저었다.

아기들이 울기 시작했다. 다시 잠들 기색이 전혀 보이지 않았다. 둘 다 기저귀가 다시 더럽혀져 있었다. 벗겨 낸 기저귀 뭉치들이 쌓여 갔다.

'어디가 아픈 게 분명해.'

에스페란사는 걱정이 되기 시작했다.

'독감에 걸렸나? 아니면 뭘 잘못 먹은 걸까?'

아기들 말고 최근에 아팠던 사람은 아무도 없었다.

'오늘 무얼 먹였더라?'

우유와 자두 빼고는 달리 먹인 게 없었다.

"자두!"

에스페란사의 입에서 신음 소리가 터져 나왔다. 아기들이 삭이기에는 너무 딱딱했던 게 틀림없었다.

'내가 어려서 아플 때 오르텐시아가 무얼 먹여 주었지?'

에스페란사는 뭔가를 떠올리려고 끙끙 앓았다.

'맞다. 미음!'

하지만 그걸 어떻게 만들어야 할지 난감했다. 일단 냄비를 화덕 위에 올려놓고 쌀 한 컵을 부었다. 물을 넣어야 할 차례였지만 얼마나 넣어야 할지 알 수가 없었다. 그때 오르텐시아가 쌀이 부드러워지지 않으면 물을 더 부어야 한다고 말하던 기억이 떠올랐다. 에스페란사는 물을 양껏 붓고 쌀을 끓였다. 한참을 끓인 뒤 물을 따라 내어 식힌 다음 아기들 옆에 앉았다. 에스페란사는 이사벨이 이제나저제나 학교에서 돌아오기를 기다리면서 오후 내내 아이들에게 찻숟갈로 미음을 떠먹였다.

"무슨 일이야?"

이사벨이 문을 들어서다가 문 옆에 쌓여 있는 기저귀 더미를 보고는 놀라 물었다.

"자두 때문에 병이 났나 봐."

에스페란사가 탁자 위에 놓여 있는 자두 접시를 가리켰다.

"어머머, 에스페란사 언니. 아기들은 자두를 날 것으로 먹기엔 너무 어려! 아기들에겐 자두를 삶아서 먹여야 한다는 걸 모르는 사람이 어딨어?"

"그래, 난 몰랐어!"

에스페란사가 버럭 소리를 지르고는 고개를 떨구며 얼굴을 두 손에 파묻었다. 페페가 꼴깍꼴깍 기분 좋은 소리를 내며 기어 와 무릎으로 파고들었다.

에스페란사는 괜히 소리를 질렀다고 후회하면서 이사벨을 쳐다보았다.

"소리 지를 생각은 아니었어. 오늘은 하루가 너무 길었어. 아기들에게 미음을 쑤어 먹였더니 이제는 좀 괜찮은 것 같아."

"아니, 어떻게 그걸 알았어? 그거야 바로!"

이사벨이 놀랍다는 듯 말했다. 에스페란사는 고개를 끄덕이며 안도의 한숨을 내쉬었다.

그날 밤 빨래 통에 왜 그렇게 기저귀 빨래가 많은지 묻는 사람은 아무도 없었다. 태운 것이 분명한 강낭콩, 쌀을 끓인 흔적이 있는 냄비에 대해서도 아무 말 하지 않았다. 그리고 에스페란사가 지칠 대로 지쳤다며 일찍 잠자리에 들고 싶다고 했을 때도 아무도 그 이유를 묻지 않았다.

첫 가을비가 내리기 전에 포도 수확을 마쳐야 했으므로 사람들은 몸이 두 개라도 모자랄 판이었다. 토요일, 일요일 가릴 것 없이 날마다 일했다. 기온은 여전히 섭씨 32도를 웃돌아서 이사벨이 탄 버스가 학교로 출발하자마자 에스페란사는 아기들을 데리고 곧장 오두막으로 돌아와야 했다. 그녀는 아기들 우유병을 준비하고 잠자리를 마련했다. 그동안 아기들은 자기들끼리 놀았다. 그런 다음 빨래를 하기 전에 저녁밥 준비부터 하라는 오르텐시아의 지시대로 몸을 바삐 움직였다. 뜨겁고 메마른 공기는 상상을 넘어서는 것이었다. 나무들 사이에 걸린 빨랫줄에 빨래를 다 널고 나면 잠시 짬이 났다. 골짜기의 태양이 빨래들을 보송보송 말리는 동안이 에스페란사의 유일한 휴식 시간이었다. 그러고 나면 곧 빨래를 갤 차례였다.

점심 후에 이레네 아주머니와 딸 멜리나가 오두막으로 놀러 왔다. 에스페란사는 그늘에 담요를 깔았다. 에스페란사는 멜리나가 좋았다. 이사벨이나 실비아와 함께 놀고 에스페란사에게 마치 학교 친구나 되는 양 이런저런 얘기를 재잘대는 걸 보면 멜리나는 영락없는 어린 소녀였다. 하지만 어떤 면에서 보면 멜리나는 이미 다 큰 어른이었다. 결혼해서 남편도 있고 아이도 키우고 있었기 때문이다. 게다가 저녁마다 자기보다 나이 든 아줌마들과 뜨개질하는 것도 좋아했다.

"너 크로셰 뜨개질할 줄 아니?"

"조금은 할 줄 알지만, 겨우 몇 코 정도야."

에스페란사는 할머니가 얼마나 꼭꼭 짰는지 풀기도 힘들었던 지그재그 모양의 담요를 떠올리며 대답했다.

멜리나는 새근새근 잠들어 있는 갓난 딸을 담요 위에 내려놓고는 바느질감을 집어 들었다. 이레네 아주머니는 옷감으로 쓰기 위해 작은 꽃무늬가 찍혀 있는 50파운드짜리 밀가루 부대를 잘라 냈다.

에스페란사가 페페와 루페에게 간지럼을 태우자 아기들이 까르르 웃어 댔다.

"너를 무척 좋아하나 봐. 어제 네가 플랫폼 청소하러 간 사이에 내가 잠깐 애들을 돌봤잖니. 그런데 내내 울더라고."

사실이었다. 아기들은 에스페란사가 문을 열고 들어서면 항상 그녀를 향해 팔을 뻗으며 활짝 웃었다. 둘 중에서도 특히 페페가 그랬다. 루페는 천성이 착해서 떼쓰는 일도 드물었지만 종종 뭔가를 찾는 듯 끙끙대며 이리저리 기어 다니는 바람에 한시도 눈을 뗄 수가 없었다. 잠시라도 한눈을 팔면 영락없이 미친 사람처럼 루페를 찾아 헤매야 했다.

에스페란사는 얼른 잠들기를 바라며 루페와 페페의 등을 번갈아 쓸어 줬다. 하지만 아기들은 우유병을 물려 줬는데도 잠시도 가만히 있지 못하고 끊임없이 뒤챘다. 하늘이 옅은 노랑으로 물들어 갔다. 뭔가 심상치 않은 느낌이었다. 게다가 아기들의 부드러운 머리칼이 쭈뼛 설 정도로 정전기 현상이 심했다.

"참, 오늘이 파업하는 날이네. 오늘 아침 파업에 들어갈 거라는 얘기를 들었어."

멜리나가 불쑥 파업 얘기를 꺼냈다.

"어젯밤 식탁에 모였을 때도 온통 파업 얘기뿐이었어. 알폰소는 우리 막사 사람들은 모두 일을 계속하는 쪽이라고 말했어. 알폰소는 우리가 파업하지 않는 것을 자랑스럽게 생각하던데."

에스페란사의 말에 이레네 아주머니는 밀가루 부대를 바느질하는 손을 계속 놀리면서 고개를 가로저었다.

"멕시코 사람들의 피 속엔 여전히 혁명의 기운이 흐르고 있단다. 난 파업에 참여하는 사람들도 이해하고, 일을 계속하고 싶어 하는 사람들 의견에도 공감해. 우리는 모두 한 가지 일을 원하고 있단다. 바로, 아이들을 기르면서 먹고사는 일이지."

에스페란사는 고개를 끄떡였다. 엄마와 자신이 할머니를 이곳으로 모셔 오려면 파업을 할 여유가 없다고 생각한 적이 있었다. 지금은 파업할 때가 아니었다. 이토록 돈과 찬이슬을 피할 집 한 칸이 절실한 지금은 일이 필요했다. 사람들이 하던 얘기가 영 머릿속을 떠나지 않고 그녀를 괴롭혔다. 만약 일을 하지 않는다면 오클라호마에서 온 사람들이 그들의 일을 차지하게 될 거라고 하지 않던가. 그렇게 되면 살길이 막막해지는 게 아닌가.

갑자기 뜨거운 바람이 몰아닥쳐 이레네 아주머니가 들고 있던 밀가루 부대를 밭으로 날려 버렸다.

아기들이 깜짝 놀라 일어나 앉았다. 다시 한 번 뜨거운 광풍이 몰아치더니 멈추지 않고 계속됐다. 담요 가장자리가 풀썩 들리자 루페가 칭얼거리며 에스페란사에게로 팔을 뻗었다.

이레네 아주머니가 벌떡 일어서더니 동쪽을 가리켰다. 하늘이 몰려오는 호박색 구름으로 어두워지고 있었다. 사방에서 잡초 덤불들이 강풍에 날려 왔다.

갈색의 회오리가 산 너머에서 어렴풋이 모습을 드러냈다.

"먼지 폭풍이다! 서둘러!"

이레네 아주머니가 소리쳤다.

그들은 아기들을 들쳐 안고 집 안으로 달렸다. 이레네 아주머니가 문을 닫아걸고 창문도 닫기 시작했다. 에스페란사가 멜리나에게 물었다.

"무슨 일이야?"

"먼지 폭풍이야. 이런 폭풍은 아마 본 적이 없을 거야. 무시무시하거든."

"그럼 엄마하고 오르텐시아, 그리고 다른 사람들은 어떡해? 알폰소랑 미구엘은? ……전부들 밭에 있는데."

"사람들을 데려오도록 트럭을 보낼 거야."

이레네 아주머니가 말했다.

에스페란사는 창문을 통해 밖을 내다보았다. 폭풍이 수천 에이커의 경작지들을 집어삼키고 하늘은 소용돌이치는 갈색의 짙은 안개로 변해 갔다. 불과 몇 미터 앞에 서 있던 나무들이 눈 깜짝할 새에 시야에서 사라져 버렸다. 그러더니 소리가 들려오기 시작했다. 처음에는 부드럽게, 마치 차분히 비가 내리는 것처럼 시작된 소리는 바람이 창문과 함석지붕에 미세한 모래 알갱이들을 쏟아 부으면서 점차 거세졌다. 흙먼지는 지나는 길목에 있는 모든 것들에 닥치는 대로 곰보 자국을 남겼다. 그들의 오두막에도 흙먼지가 쏟아져 내렸다.

"창문에서 좀 떨어져 있어라, 에스페란사. 흙먼지와 바람이 유리창을 박살 낼 수도 있단다."

이레네 아주머니가 에스페란사에게 주의를 주었다.

가는 흙먼지들이 오두막 안으로 새 들어왔다. 세 사람은 헝겊 조각들로 문틈을 막아 보려 애썼다. 그러는 동안에도 에스페란사는 온통 다른 식구들 걱정뿐이었다. 이사벨은 학교에 있으니 선생님들이 돌봐 줄 테지만 엄마와 오르텐시아, 호세피나는 사방이 뻥 뚫린 창고에서 일하고 있었다. 트럭이 한시라도 빨리 그들을 데려오기를 바랄 뿐이었다. 더군다나 밭의 상황은 어떨 것인가? 머릿속에서 끔찍한 상상들이 오갔다. 알폰소, 후안, 미구엘은 이 상황에서 숨이나 쉴 수 있을 것인가?

이레네 아주머니와 멜리나, 에스페란사는 아기들을 다독거리며 앞쪽 방 매트리스에 앉아 있었다. 방 안이 이내 후덥지근해지는데도 밀폐된 방 안의 열기를 식힐 방도가 없었다. 이레네 아주머니가 수건 몇 장을 적셔다 아기들의 몸을 닦아 주었다. 세 사람도 적신 수건으로 얼굴을 식혔다. 말을 할 때마다 입 안에서 흙이 씹혔다.

"얼마나 오래갈까요?"

"경우에 따라서는 몇 시간도 계속되지. 먼저 바람이 그칠 거야. 그런 다음 흙먼지가 걷힐 거고."

문밖에서 야옹하는 고양이 울음소리가 들렸다. 에스페란사가 문

쪽으로 달려가 온 힘을 다해 문을 밀쳤다. 문이 빠끔히 열렸다. 이사벨의 고양이 치키타가 득달같이 달려 들어왔다. 고양이는 오렌지색 털은 온데간데없이 온통 갈색 분칠을 하고 있었다.

후덥지근한 공기 때문에 칭얼대던 아기들이 마침내 잠들었다. 이레네 아주머니의 말이 옳았다. 바람은 잦아들었지만 흙먼지는 자체의 힘으로 움직이기라도 하듯 여전히 기세를 누그러뜨리지 않고 회오리쳤다. 멜리나와 이레네 아주머니는 멜리나의 아기를 담요에 싸안고 쏜살같이 자신들의 오두막으로 달려갔다.

에스페란사는 다른 사람들 걱정에 안절부절못하고 방 안을 왔다 갔다 하며 그들을 기다렸다.

맨 먼저 통학 버스가 도착했다.

이사벨이 오두막으로 뛰어들며 외쳤다.

"내 고양이, 치키타!"

에스페란사는 이사벨을 꼭 껴안으며 말했다.

"흙먼지를 온통 뒤집어쓰기는 했지만 고양이는 무사해. 지금 침대 밑에 숨어 있어. 넌 괜찮아?"

"응, 난 괜찮아. 오후 내내 구내식당에서 오도 가도 못하고 갇혀 있었어. 칠판지우개로 장난을 치며 놀면서도 치키타가 걱정돼서 죽는 줄 알았어."

그때 다시 문이 열리고 이번에는 엄마가 안으로 들어왔다. 엄마의 살갗은 온통 갈색으로 분칠을 해 섬뜩해 보였다. 머리칼도 치키타처럼 흙먼지투성이였다.

"오, 엄마!"

"난 아무 일 없단다, 에스페란사."

엄마가 기침을 해 대며 간신히 말했다.

오르텐시아와 호세피나가 엄마 뒤를 따라 들어오자 이사벨은 걱정과 놀라움이 교차하는 표정으로 자기 엄마의 양쪽 뺨에 손을 갖다 대며 말했다.

"꼭 너구리같아요."

흙먼지가 눈에 들어가지 말라고 눈을 가늘게 뜨는 바람에 눈 주변에 분홍색의 동그란 원이 생겼던 것이다.

오르텐시아가 상황을 설명해 주었다.

"트럭이 창고로 오는 방향을 잘못 잡고 헤매는 통에 꼼짝없이 앉아 기다리는 수밖에 없었단다. 나무 상자 뒤에 몸을 피해 머리를 처박고 있었는데도 별로 소용이 없었지 뭐니."

호세피나가 아이들을 데리고 옆 오두막으로 가고 엄마와 오르텐시아는 개수대에서 팔을 씻기 시작했다. 물은 금세 흙탕물이 되고 말았다. 엄마는 연달아 기침을 해 대고 있었다.

"알폰소와 후안 그리고 미구엘은 어찌 됐을까요?"

"트럭이 이렇게 우리를 데려왔잖아요. 그러니까 그들도 곧 무사히 돌아올 거예요."

오르텐시아가 엄마와 걱정스런 눈길을 주고받으며 말했다.

남자들은 몇 시간이 지나서야 얼굴이며 머리며 옷에 갈색 진흙을 덕지덕지 바른 것처럼 뻣뻣해진 행색으로 돌아왔다. 다들 기침을 해 대면서 몇 분마다 목을 헹구느라 정신이 없었다. 마른 흙먼지가 더께로 앉은 얼굴들은 마치 금이 간 도자기처럼 보였다.

그들이 개수대에서 차례로 몸을 씻자 양동이에는 갈색 옷가지들이 쌓여 갔다. 밖을 내다보니 어렴풋이 나무들의 형체가 보였다. 하지만 아직도 흙먼지가 자욱했다. 엄마가 발작적으로 기침을 하자 오르텐시아가 물을 가져와 기침을 진정시키려고 애썼다.

마침내 어른들이 모두 식탁에 앉았을 때 에스페란사가 물었다.

"파업은 어떻게 되었어요?"

"파업은 일어나지 않았어요. 수백 명이 만반의 준비를 끝내고 서로 파업 신호를 보내기도 했다는데 그때 폭풍이 몰아닥친 거예요. 목화는 땅 가까이에 매달려 있는데 밭 전체가 먼지에 파묻힌 상황이니까 당연히 목화를 딸 수 없게 된 거죠. 그 사람들은 내일도 일을 할 수 없을 거예요."

알폰소가 말했다.

"그럼 우린 내일 무얼 해요?"

"포도는 목화보다는 높이 열리잖아요. 그러니까 포도나무 줄기는 파묻혔어도 열매는 무사할 거예요. 포도가 막 무르익은 상태라서 더는 기다릴 수가 없거든요. 그래서 우리는 내일도 일하러 갈 거예요."

이튿날 아침, 하늘은 청명하고 고요했고 흙먼지도 걷혀 있었다. 흙먼지는 가죽 담요처럼 지상의 모든 것을 덮어 버렸다. 막사에 살고 있는 사람들은 모두 땅을 뒤덮고 있는 푸석푸석한 흙먼지를 털어 내며 일터로 나갔다가 집으로 돌아왔다. 마치 아무 일도 없었던 것처럼.

한 주일이 지나자 포도 수확이 끝났다. 사람들은 포도를 포장하면서도 벌써 감자를 거둬들일 일에 마음을 썼다. 막사의 일상은 끝없이 줄지어 늘어선 경작지처럼 반복의 연속이었다. 에스페란사는 대지가 요구하고 있는 것만 달라졌을 뿐 변한 것은 아무것도 없다고 생각했다. 아니, 한 가지! 엄마, 엄마가 변했다. 지난 폭풍 때 얻은 엄마의 기침이 좀처럼 가라앉지 않고 있었던 것이다.

"엄마, 얼굴이 왜 이렇게 창백해요?"

엄마는 몸의 균형을 잃지 않으려고 애쓰면서 오두막으로 걸어 들어가 부엌에 있는 의자에 무너지듯 주저앉았다.

오르텐시아가 그 뒤에서 부산스럽게 움직였다.

"엄마를 위해 마늘을 잔뜩 넣고 닭죽을 끓여야겠어요. 현기증 때문인지 오늘은 일하는 내내 앉아 계셔야 했거든요. 통 먹지를 않으니 저러시는 것도 당연해요. 엄마를 봐요. 살이 무척 빠지셨잖아요. 폭풍이 오기 전의 모습이 아니에요. 한 달 전 모습은 찾아볼 수 없다니까요. 아무래도 의사에게 가 봐야 할 것 같아요."

"엄마, 오르텐시아 말 좀 들어요."

엄마는 에스페란사를 힘없이 바라보며 말했다.

"난 문제 없어. 조금 피곤할 뿐이야. 일이 익숙지 않아서. 그리고 엄마가 말했지? 의사는 너무 비싸."

"이레네 아주머니하고 멜리나가 저녁 먹고 뜨개질하러 건너올 거예요."

에스페란사는 이렇게 말하면 엄마가 생기를 되찾을 줄 알았다.

"네가 좀 만나 주렴. 난 두통이 심해서 죽이 다 끓을 때까지 누워 있어야겠다. 그리고 저녁 식사 후에는 바로 자러 갈 거거든. 푹 쉬고 나면 괜찮아질 거다."

엄마는 기침을 하며 느릿느릿 침실로 향했다.

오르텐시아가 걱정스럽다는 표정으로 고개를 저었다.

몇 시간 후 에스페란사가 엄마를 깨웠다.

"엄마, 닭죽이 다 됐어요."

그러나 엄마는 미동도 하지 않았다.

"엄마, 저녁밥."

에스페란사가 팔을 뻗어 엄마를 가볍게 흔들었다.

엄마는 깨어나지 않았다. 팔은 불덩이 같았고 뺨은 붉게 달아올라 있었다.

순간 아무 생각도 떠오르지 않았다. 에스페란사는 엄마를 꽉 부여잡으며 미친 듯이 외쳤다.

"오르텐시아!"

의사가 왔다. 피부가 흰 금발의 미국 남자인데 스페인어를 완벽하게 구사하고 있었다.

"의사라고 하기엔 너무 어려 보여요."

오르텐시아가 걱정하자 이레네 아주머니가 말했다.

"전에도 막사에 온 적이 있고 사람들도 신뢰하는 의사예요. 그리고 무엇보다 여기까지 왕진을 올 의사는 그리 많지 않아요."

알폰소, 후안, 미구엘은 층계 위에 앉아 진찰 결과를 기다리고 있었고, 이사벨은 걱정스런 표정으로 매트리스에 앉아 있었다. 에스페란사는 진득하게 앉아 있을 수가 없었다. 그녀는 침실 문 근처를 초조하게 왔다 갔다 하며 안에서 무슨 일이 벌어지고 있는지 들으려고 신경을 곤두세웠다.

마침내 의사가 진찰을 끝내고 밖으로 나왔다. 표정이 왠지 불길해 보였다. 그가 여자들이 앉아 있는 탁자 쪽으로 다가갔다. 에스페란사도 그의 뒤를 따랐다.

의사가 밖에 있는 남자들에게 손짓을 하자 모두가 실내로 들어와 한자리에 모였다.

"골짜기 열병입니다."

"그게 뭔데요?"

에스페란사가 기다렸다는 듯 물었다.

"먼지 때문에 생기는 이 지역 특유의 폐병입니다. 이 지역으로 이주해 온 사람들이 많이 걸립니다. 이곳 공기에 익숙해지지 않은 상태에서 분진이 폐에 들어가서 감염되는 거지요."

"하지만 우리 모두 먼지 폭풍을 겪었는걸요."

알폰소가 고개를 갸웃했다.

"이 골짜기에 사는 사람은 누구나 먼지를 먹게 되어 있어요. 하지만 대부분의 경우에는 우리 몸이 그것을 극복합니다. 경우에 따라서는 전혀 아무 증상이 나타나지 않을 수도 있고 2~3일 정도 독감 비슷한 증상을 보이고 지나가기도 하고요. 그런데 감염을 극복할 면역력이 없는 경우에는 심각한 지경에 이르기도 하죠."

"얼마나 심각한데요?"

오르텐시아가 묻는 것과 동시에 에스페란사는 그 자리에 그만 풀썩 주저앉았다.

"아마도 몇 주 동안 열이 오르락내리락할 겁니다. 어쨌든 열을 내리는 게 중요하니까 모두들 최선을 다해 열을 내려 주세요. 기침도 하고 두통과 함께 관절통도 동반될 겁니다. 혹 발진이 나타날 수도 있고요."

"혹시 옮을 가능성은 없을까요? 특히 아이들에게요?"

호세피나가 걱정스런 눈길로 물었다.

"걱정 마십시오. 전염성은 없으니까요. 유아들과 어린이들은 여러분도 모르는 사이에 경미한 형태로 이 병을 이미 앓았을 가능성이 큽니다. 골짜기 열병은 일단 앓고 나면 다시 발병하는 일은 없습니다. 여기서 줄곧 살아온 사람들은 자연스럽게 면역을 얻게 되지요. 역시 이 병을 가장 혹독하게 치르는 쪽은 처음 이주해서 흙먼지에 익숙해지지 않은 어른들이에요."

"병이 다 나으려면 얼마나 걸리나요?"

에스페란사가 물으면서 의사를 쳐다보았다. 의사의 얼굴이 피곤해 보였다. 그는 짧은 금발 머리를 쓸어 올리며 대답했다.

"환자에게 처방할 수 있는 몇 가지 약이 있습니다만 그것들을 처방해도, 살아난다는 전제 하에서 원기를 회복하는 데는 반년 정도 걸릴 겁니다."

에스페란사는 뒤에 서 있던 알폰소가 어깨를 잡는 것을 느꼈다. 일순간 얼굴에서 핏기가 가시는 느낌이었다. 의사에게 엄마까지 잃을 수는 없다고 얘기하고 싶었다. 이미 아빠를 잃었고 할머니는 너무 멀리 떨어져 있다는 얘기도 하고 싶었다. 그러나 두려워서 목소리가 나오지 않았다. 에스페란사는 모기만 한 목소리로 의사가 한 모호한 한마디 '살아난다는 전제 하에서'를 되뇌었을 뿐이다.

감자 | 할머니의 담요 |

에스페란사는 한시도 엄마 곁을 떠나지 않았다. 하루 종일 찬물로 엄마의 얼굴을 닦아 내고 작은 수저로 미음을 떠먹여 주었다. 미구엘이 플랫폼 청소를 대신하겠다고 했지만 에스페란사는 허락하지 않았다. 이레네 아주머니와 멜리나가 매일 아침 오두막에 들러 엄마의 상태를 살피고 아기들을 돌봐 주었다. 알폰소와 후안은 11월의 한기를 막기 위해 침실 벽을 신문지와 마분지로 도배했고 이사벨은 방이 너무 삭막해 보인다며 벽에 걸 그림들을 그렸다.

몇 주 후 의사가 약을 더 가지고 오두막을 들렀다.

"악화되지는 않았지만 그렇다고 좋아지지도 않았군요."

엄마의 상태를 살펴본 의사가 고개를 가로저으며 말했다.

엄마는 간헐적으로 잠에 빠져 들었다가 깨어나기를 반복했다.

때로는 할머니를 소리쳐 찾기도 했다. 에스페란사는 안절부절못하며 작은 방 안을 다람쥐 쳇바퀴 돌듯 왔다 갔다 했다.

어느 날 아침 엄마가 힘없는 목소리로 에스페란사를 불렀다.

"에스페란사……."

에스페란사가 달려가 손을 잡자 엄마가 들릴 듯 말 듯한 목소리로 속삭였다.

"할머니가 뜨개질한 담요……."

에스페란사는 침대 아래에서 가방을 꺼냈다. 먼지 폭풍이 오기 전에 가방을 열어 본 이후로는 한 번도 연 적이 없었다. 엄마의 폐부 깊숙이 침투해 들어간 누런색의 미세 먼지들이 가방에도 깊숙이까지 쳐들어와 있었다.

에스페란사는 아빠가 돌아가시던 날 밤 할머니가 처음 뜨기 시작했던 크로셰 뜨개질감을 꺼냈다. 불과 몇 달 전 일인데도 아득히 먼 옛날 일처럼 느껴졌다. 에스페란사는 지그재그로 짜인 뜨개질감을 쫙 펼쳤다. 뜨개질감은 엄마가 누워 있는 침대를 가로지를 정도로 넓었지만 길이는 불과 몇 뼘에 불과해서 이제 막 짜기 시작한 담요라기보다는 긴 스카프로 보였다. 할머니의 머리카락 몇 올이 실과 함께 섞여 짜인 것을 볼 수 있었다. 그러니까 할머니의 모든 사랑과 소망이 그 머리카락들과 영원히 함께할 터였다. 에스페란사가 뜨개질감을 얼굴에 갖다 대자 불나던 날 밤의 매캐한 연기 냄새가 훅 끼쳤다. 그리고 희미하게 스치는 또 다른 냄새가 있었다. 할머니의 박하 향이었다.

에스페란사는 눈을 감은 채 힘겹게 숨을 쉬고 있는 엄마를 바라보았다. 엄마는 지금 할머니를 간절히 필요로 하고 있었다. 아니 엄마와 에스페란사 두 사람 다 할머니를 원하고 있었다. 하지만 지금 무엇을 할 수 있단 말인가? 에스페란사는 엄마의 축 늘어진 손을 잡고 입을 맞추었다. 지그재그로 짜인 뜨개질감을 엄마에게 건네자 엄마는 그것을 가슴에 품어 안았다.

뜨개질 꾸러미를 에스페란사에게 건네며 할머니가 무슨 말을 했던가? 에스페란사는 그 말을 기억해 냈다.

'나 대신에 이 담요를 마무리해 주렴, 에스페란사. ……그리고 나하고 약속 하나 하자. 엄마를 잘 돌보겠다고.'

엄마가 잠이 들자 에스페란사는 뜨개질거리를 집어 들고 할머니가 멈춘 곳에서부터 뜨개질을 시작했다. 산봉우리까지 열 코 올라가고 한 코를 더하고 골짜기 맨 밑바닥까지 아홉 코를 내려오고, 하나 건너뛰고. 에스페란사의 손놀림이 전보다 훨씬 빨라졌다. 한 코 한 코 이어 가는 솜씨도 훨씬 더 매끄러워졌다. 담요 안에서 골짜기와 산을 오르내리는 건 어려운 일이 아니었다. 하지만 지금 그녀는 산에 도착하자마자 보이지 않는 손에 떠밀려 다시 골짜기 아래로 향하고 있었다.

'지금 살고 있는 이 골짜기를 벗어날 수 있을까? 엄마가 병을 얻은 것도 우리에겐 깊은 골짜기야.'

할머니가 또 무슨 얘기를 했던가? 수많은 언덕과 골짜기를 살고 나면 그들이 다시 함께 모이게 될 거라고 했다. 에스페란사는 정신을 집중해서 일감 쪽으로 고개를 숙였다. 무릎에 떨어진 머리카락 한 올을 집어 담요 속으로 짜 넣었다. 에스페란사는 담요 속에 영원히 담길 소망들을 생각하며 흐느꼈다. 지금 이 순간의 소망은 엄마가 죽지 않는 것뿐이었다.

담요의 길이가 길어질수록 엄마는 기력이 쇠잔해져 갔다. 막사의 여자들이 다투어 뜨개실 타래를 가져다주었다. 그것들은 서로 어울리지 않았지만 에스페란사는 신경 쓰지 않았다. 매일 밤 잠자리에 들기 전에 좀 더 자라난 담요를 가져다 엄마를 덮어 주며 희망도 함께 덮었다.

최근 들어 엄마는 무슨 일에든 관심을 보이지 않았다.

"엄마, 수프 좀 더 드세요."

에스페란사는 간청을 했다.

"엄마, 주스 좀 더 마셔 봐요. 엄마, 머리 빗겨 드릴게요. 기분이 한결 나아질 거예요."

하지만 엄마는 뭐든 내켜하지 않았다. 엄마가 숨죽여 우는 모습도 자주 보였다. 이곳에 정착하느라 온 힘을 다 쏟은 탓에 그토록 강인하고 결단력 있던 엄마의 의지와 기력이 바닥이 나고 만 것 같았다.

들판에 서리가 내릴 때쯤 엄마가 호흡 곤란 증세를 보이기 시작했다. 왕진을 온 의사는 더 걱정스런 말을 했다.

"아무래도 병원으로 옮겨야 할 것 같습니다. 너무 약해졌어요. 그런데 더 나쁜 것은 환자가 낙담해 있다는 겁니다. 원기를 회복하려면 24시간 주야로 간호를 받을 필요가 있어요. 군립병원이 하나 있는데 그곳에서는 진료비하고 약값 말고는 따로 돈을 낼 필요가 없어요."

에스페란사는 절대 안 된다는 듯 고개를 세차게 가로저었다.

"병원은 사람들이 죽으러 가는 곳이에요."

에스페란사가 흐느끼기 시작했다. 이사벨도 덩달아 엉엉 울음을 터뜨렸다. 오르텐시아가 양팔로 두 아이를 끌어안으며 달랬다.

"이런, 아니에요. 병원에 가는 건 더 좋아지기 위해서예요."

오르텐시아는 엄마를 담요로 감쌌다. 알폰소가 베이커스필드에 있는 컨 종합병원으로 그들을 태워다 주었다. 간호사들은 아주 잠시만 엄마와 함께 있게 했다. 에스페란사가 작별 인사로 입을 맞추자 엄마는 아무 말 없이 눈을 감고 잠 속으로 빠져 들었다.

그날 저녁 트럭을 타고 집으로 돌아오는 길에 에스페란사는 트력의 전조등이 쏟아 내는 빛줄기만 뚫어져라 보고 있었다. 그러더니 넋이 나간 듯한 표정으로 물었다.

"오르텐시아, 엄마가 낙담해 있다는 말이 무슨 뜻이에요?"

"엄마는 불과 몇 달 사이에 남편과 집과 재산을 모두 잃어버렸어요. 그리고 자신을 낳아 준 어머니와도 헤어져야 했고요. 그토록 짧은 시간에 그렇듯 많은 감정들을 다스리려다 보니 엄청나게 긴장을 해야 했지요. 그 때문에 몸이 축나신 거예요. 때로는 슬픔과 근심이 사람을 병나게 하는 수도 있답니다. 엄마는 아가씨 아버지의 죽음을 겪고 또 이곳까지 여행해 오는 동안 무척이나 강한 모습을 보이셨어요. 아가씨를 위해서였지요. 그런데 엄마가 병을 얻자 집안의 모든 일이 엄마를 중심으로 돌아가게 된 거죠. 그러니 엄마가 얼마나 무력감을 느꼈겠어요."

오르텐시아는 손수건을 꺼내 코를 풀었다. 감정이 너무 북받쳐서 이야기를 계속하기가 힘든 것 같았다.

에스페란사는 어떤 면에서는 자신이 엄마를 실망시켰을지도 모른다고 느꼈다. 그래서 이번에는 자신이 엄마에게 빚을 갚아야 한다고 생각했다. 엄마는 딸을 위해 강한 모습을 보여 왔다. 그렇다면 이번엔 엄마를 위해 딸이 강해져야 할 차례였다. 이제 더 이상 걱정할 필요가 없다는 사실을 엄마에게 보여 주지 않으면 안 되었다. 하지만 어떻게?

"할머니, 할머니에게 편지를 써야겠어요."

오르텐시아가 고개를 가로저었다.

"아가씨 삼촌들이 아직도 수녀원을 드나드는 것들을 전부 감시할 게 분명해요. 십중팔구 우체국까지도 눈에 불을 켜고 감시하고 있을걸요. 하지만 편지를 들고 직접 아과스칼리엔테스에 갈 만한 사람이 있을지도 몰라요."

"난 뭔가를 해야 해요."

에스페란사가 눈물을 꾹 눌러 참으며 말했다. 오르텐시아가 한 팔로 에스페란사를 안으며 말했다.

"걱정 말아요. 의사들은 엄마에게 필요한 것이 무엇인지 다 알고 있을 테니까요. 그리고 우리도 역시 서로에게 힘이 돼 줄 수 있잖아요."

에스페란사는 진짜 속마음은 말하지 않았다. 에스페란사 생각에는 엄마에게 정말로 필요한 사람은 할머니였다. 슬픔 때문에 엄마가 더 아프다면 뭔가 행복한 일이 있어야 엄마의 병이 나아질 거라고 생각했기 때문이다. 어떻게든 할머니를 이곳으로 모셔 올 방법을 찾아내야만 했다.

막사로 돌아온 에스페란사는 오두막 뒤꼍으로 가서 빨래 통으로 만든 성소 앞에 무릎을 꿇었다. 누군가 숄을 뜨개질해서 성모상의 어깨 위에 걸쳐 놓았다. 성모상의 단아한 모습을 보는 순간 울음이 터져 나왔다. 에스페란사는 울먹이며 기도했다.

"성모님, 간절히 기도 드립니다. 엄마를 잘 돌보기로 할머니와 약속했어요. 제게 엄마를 도울 수 있는 길을 보여 주세요."

이튿날 에스페란사는 어깨에 두꺼운 숄을 두르고 밭에서 돌아오는 미구엘을 기다렸다. 그녀는 트럭에서 사람들이 내리는 곳을 서성대며 초겨울의 추위를 막아 보려고 옷을 단단히 여몄다. 온종일 그녀의 머릿속은 자신이 무엇을 해야 하는지를 생각하느라 바빴다. 한 달 전 엄마가 병을 얻은 이래로 에스페란사네는 수입이 없었다. 그동안 모아 두었던 돈은 진료비와 약값을 치르느라 거의 다 썼다. 앞으로도 돈 들어갈 데는 많았다. 알폰소와 오르텐시아가 도움을 주었지만 그들은 이미 충분히 도움을 주었고 그들에게도 도울 여력이 많지 않았다. 언제까지나 그들의 자비를 받고만 있을 수는 없는 노릇이었다.

지금쯤은 할머니의 발목도 다 나았을 것이다. 하지만 만일 루이스 삼촌의 은행에서 돈을 인출할 수 없다면 할머니는 여행 경비를 마련할 길이 없을 터였다. 그러나 어떻게든 돈을 보낸다면 할머니가 조만간 이곳으로 올 수 있지 않을까 싶었다.

에스페란사가 트럭에서 훌쩍 뛰어내리는 미구엘을 소리쳐 불렀다.

"소인이 이런 영광을 누릴 만한 일을 한 적이 있던가요, 나의 여왕님?"

미구엘이 미소를 띠고 다가오며 말했다.

"미구엘, 제발 놀리지 마. 네 도움이 필요해. 할머니를 엄마에게 모셔 오려면 내겐 일이 필요해."

미구엘은 잠자코 있었다. 에스페란사는 그가 생각에 잠겨 있다는 걸 알 수 있었다.

"하지만 네가 무슨 일을 할 수 있다고? 그리고 아기들은 누가 돌보고?"

"나도 밭에서든 창고에서든 일할 수 있어. 그리고 페페와 루페를 돌보는 건 벌써부터 멜리나와 이레네 아줌마가 해 왔잖아."

"지금 밭에서 일하는 건 남자들뿐이야. 그리고 창고에서 일하기엔 넌 너무 어려."

"난 키가 크잖아. 머리를 위로 올리면 몰라볼 거야."

"지금이 일 년 중 제일 일감이 적은 때라는 게 문제야. 지금은 포장하는 일이 별로 없거든. 봄이 돼서 아스파라거스를 포장할 때가 되면 또 몰라도. 우리 어머니하고 호세피나는 앞으로 3주 동안 감자 눈 자르는 일을 하게 될 거야. 그분들과 함께 가는 수가 있긴 한데……."

"하지만 고작 3주밖에 안 되잖아. 내겐 더 많은 일이 필요해!"

"안사, 감자 눈 자르는 일을 잘만 해내면 포도나무를 묶는 일이 떨어질 테고, 포도나무 묶는 일도 잘 해낸다 싶으면 아스파라거스를 포장하는 일에도 널 부를 거야. 매사가 그런 식으로 돌아가는 거야. 네가 한 가지 일을 잘 해내면 다음 일에도 널 고용한다 이 말이야."

에스페란사는 고개를 끄덕였다.

"나한테 한 가지 더 가르쳐 줄래, 미구엘?"

"뭐든지 물어만 보시라고."

"그런데 감자 눈이 뭐야?"

호세피나, 오르텐시아를 포함한 한 무리의 여자들이 그들을 창고로 실어다 줄 트럭을 기다리며 웅성대고 있었다. 그 작은 무리 속에 에스페란사도 끼어 있었다. 짙은 땅안개가 골풀이 무성한 들판을 껴안으며 골짜기에 내려앉아 있었다. 주위를 에워싸고 있는 안개 때문에 마치 짙은 회색 구름 속에 서 있는 느낌이었다. 바람한 점 없이 오직 정적만이 자욱한 가운데 한겨울 추위가 뼛속 깊이 스며들고 있었다.

에스페란사는 가능한 한 모든 옷가지를 껴입었다. 낡은 모직 속바지에 스웨터, 너덜너덜한 외투를 입고, 양털 모자를 쓰고, 장갑도 두 켤레나 끼었다. 전부 다 막사에서 새로 사귄 친구들이 빌려준 것이었다. 오르텐시아가 화덕에 벽돌을 달구어 신문지에 싸는 방법을 알려 줬다. 에스페란사는 트럭을 타고 가는 동안 몸을 따뜻하게 유지하기 위해 그 벽돌을 가슴에 품었다.

자욱한 안개로 앞이 몇 미터밖에 안 보였기 때문에 트럭은 느릿느릿 덜컹거리며 비포장도로를 지나가고 있었다. 포도송이는 모두 인간에게 내주고 이파리마저 떨군 헐벗은 포도나무 밭이 몇 마일이나 계속됐다. 안개 속으로 사라지는 갈색의 비틀린 줄기들이 몹시 춥고 외로워 보였다.

트럭이 거대한 포장 창고 앞에서 멈춰 섰다. 창고는 기차 여섯 량 정도의 기다란 야외 구조물을 몇 개의 구역으로 나눈 것이었다. 창고의 한쪽으로는 철로가 지나고 다른 한쪽으로는 트럭을 댈 수 있는 도크들이 줄지어 있었다. 에스페란사는 사람들이 창고에 대해 얘기하는 걸 들은 적이 있었다. 그래서 그곳이 바쁜 사람들로 북새통을 이루는 곳이라고 알고 있었다. 트럭들이 밭에서 갓 수확한 작물들을 싣고 오면, 여자들이 긴 테이블 앞에 서서 그것들을 포장하고, 일꾼들은 포장된 짐들을 화차에 싣느라 바쁘고, 짐을 가득 실은 화차는 기관차에 연결되어 미국 전역으로 과일들을 실어 나른다는 얘기였다.

하지만 감자의 눈을 자르는 일은 달랐다. 포장 일이 아니었기 때문에 그런 일상적인 풍경을 연출하지 않았다. 그저 스무 명 남짓한 여자들이 굴속 같은 창고에 모여 빈 상자 몇 개를 쌓아 올린 벽을 바람막이 삼아 묵묵히 일을 할 뿐이었다.

멕시코인 감독이 출석을 체크했다. 각종 옷가지며, 모자 등으로 온몸을 감싼 탓에 사람들의 얼굴을 구별하기는 여간 힘든 게 아니었다. 호세피나가 미리 귀띔해 준 말이 있었다. 에스페란사가 훌륭한 일꾼 노릇만 한다면 농장주들은 나이 따윈 신경 쓰지 않을 거라는 얘기였다. 그래서 에스페란사는 열심히 일하는 것만이 능사라는 생각을 하게 되었다.

에스페란사는 오르텐시아와 호세피나가 일하는 모습을 보며 그대로 따라했다. 두 사람이 추위를 조금이라도 쫓아 보려고 온기를 머금은 벽돌들을 양발 사이에 놓자 자기도 그렇게 했다. 또 손에 겹으로 낀 장갑 중 바깥 것을 벗고 얇은 목장갑만을 끼고 일을 하는 것을 보고는 그대로 따라했다. 사람들 뒤에는 철제 상자가 하나씩 놓여 있었다. 밭 일꾼들이 차가운 감자들을 가져와 그 상자에 가득 채웠다. 오르텐시아가 감자 한 알을 집더니 보조개처럼 옴폭 들어간 눈을 기준으로 감자를 몇 조각으로 쪼갰다. 그리고 쏙 들어간 부분을 칼로 톡톡 치면서 에스페란사에게 속삭였다.

"이게 눈이에요. 각 조각마다 눈을 두 개씩 남겨 둬야 해요. 그래야 감자 조각이 뿌리를 내릴 기회를 두 번 얻게 되거든요."

그러고는 쪼갠 감자 조각들을 올 굵은 마대에 던져 넣었다. 마대가 가득 차자 밭 일꾼들이 그것을 가져갔다.

"저걸 어디로 가져가는 거예요?"

"어디는요, 밭이죠. 눈이 달린 조각들을 밭에 심으면 거기서 감자가 자라는 거예요."

에스페란사는 칼을 집어 들었다. 이제 그녀는 감자가 어떻게 생겨나는지 알게 되었다.

여자들의 수다가 시작되었다. 어떤 이들은 막사에서부터 서로 알고 지내는 사이였다. 마르타의 숙모도 그중 하나였다.

"파업과 관련해서는 더 이상 말이 없나요?"

호세피나가 마르타의 숙모에게 물었다.

"지금은 잠잠하지만 여전히 파업을 준비하는 중이에요. 봄 수확철에 파업이 있을 거라는 얘기가 있어요. 그들에게 무슨 문제가 생기지나 않을까 두려워요. 일을 거부하면 이주민 막사에서 쫓겨날 텐데, 그러면 어디서 살겠어요? 더 큰 문제는 그들 모두를 멕시코로 되돌려 보낼 거란 거죠."

"어떻게 그들을 되돌려 보낼 수 있어요?"

이번에는 오르텐시아가 물었다.

"말하자면 본국 송환인데, 이민 당국이 문제를 일으킨 사람들을 붙잡아서 입국 서류를 조사하는 거죠. 그래서 만약 서류에 문제가 있거나 서류를 소지하고 있지 않을 경우 멕시코로 송환해 버리는 거예요. 가족들이 여기서 몇 세대를 살았던 사람들, 시민권을 가진 사람들, 심지어는 한 번도 멕시코에 가 본 적이 없는 사람들까지도 송환되었다는 얘기를 들었는걸요."

에스페란사는 멕시코로 돌아가는 국경 지역의 기차와 그리로 내몰리던 사람들을 떠올렸다. 그때는 이모할머니들이 마련해 준 서류가 더없이 고마웠다.

하지만 마르타의 숙모가 한 다음 말이 에스페란사의 귀를 때렸다.

"파업 주동자들이 일을 계속하는 멕시코 사람들을 해친다는 얘기도 있어요."

원을 그리고 앉아 있는 다른 여자 일꾼들은 감자 쪼개는 일에 정신을 집중하고 있는 듯했다. 그러나 에스페란사는 그들이 근심 어린 눈초리로 눈썹을 치켜 올리는 걸 알아챘다.

그러자 오르텐시아가 헛기침을 한 번 하고는 물었다.

"그러니까 봄에 우리가 일을 계속한다면 당신 조카딸하고 걔 친구들이 우리를 해칠 거란 얘기예요?"

"우린 그런 일이 벌어지지 않기를 기도하고 있어요. 내 남편 말로는 우린 그들과 함께 하지 않을 거래요. 우리에게도 먹여 살릴 입이 한 둘이 아니니까요. 그래서 우리 남편이 마르타에게 얘기했어요. 우리하고 따로 지내자고요. 조카딸 때문에 일자리를 잃고 막사를 떠나야 하는 위험을 감수할 수는 없잖아요?"

모두들 공감의 표시로 고개를 끄덕거렸다. 싱싱한 감자를 칼로 자르는 소리만 들릴 뿐 좌중은 침묵에 휩싸였다.

"누구, 크리스마스 명절 때 멕시코에 갈 사람이 있으려나?"

한 여자가 화제를 바꾸었다. 에스페란사는 일손을 멈추지 않으면서도 그 이야기에 귀를 쫑긋 세웠다. 혹시나 크리스마스 때 아과스칼리엔테스에 갈 사람이 있을까 싶어서였다. 하지만 그 근처 어디든 여행할 계획이 있는 사람은 없는 것 같았다.

일꾼 하나가 차디찬 감자가 든 짐을 날라다 에스페란사의 철제 상자를 다시 채웠다. 감자가 와르르 쏟아지는 소리에 에스페란사의 생각은 다시금 마르타의 숙모가 했던 얘기로 되돌아왔다. 만약 파업 주동자들이 일을 계속하는 사람들을 해칠 거라는 얘기가 사실이라면 그녀에게도 그 손길이 미칠 게 뻔했다. 에스페란사는 병원에 누워 있는 엄마와 멕시코에 있는 할머니를 생각했다. 그녀가 일을 할 수 있느냐, 없느냐에 너무도 많은 것이 달려 있었다.

'봄에 일할 수 있는 기회가 주어진다면 그 누구도 내 앞길을 막을 수 없을 거야.'

크리스마스를 며칠 앞둔 어느 날 밤 에스페란사는 이사벨이 실비아를 위해 뜨개실 인형을 만드는 걸 도와주었다. 다른 사람들은 막사 모임에 가고 없었다. 에스페란사가 인형 만드는 법을 가르쳐 준 이래로 하루에 하나씩 새 인형이 태어났다. 그리고 이제 형형색색의 인형들이 그들의 무릎 위에 한 줄로 나란히 앉아 있었다.

"실비아가 깜짝 놀랄 거야. 지금까지 한 번도 인형을 가져 본 적이 없거든."

이사벨이 뿌듯한 듯 말했다.

"그래, 인형에게 옷도 해 입히자."

"엘 란초 데 라스 로사스에서는 크리스마스를 어떻게 보냈어?"

이사벨은 에스페란사가 살아온 얘기에 질리는 법이 없었다. 에스페란사는 천장을 올려다보며 기억을 더듬었다.

"엄마는 대림절 화환과 초들로 집 안을 꾸미셨어. 아빠는 현관 홀에 이끼를 깔고 그 위에 예수님이 탄생한 마구간을 만드셨지. 오르텐시아는 요리를 하느라고 몇 날 며칠을 부엌에서 살았고. 밀가루 반죽에 고기소를 넣은 엠파나다도 있고 달콤한 건포도 타말리도 있었지. 아부엘리타 할머니가 선물들을 어떻게 장식했는지 보았다면 너도 참 좋아했을 텐데. 할머니는 리본 대신에 마른 포도 덩굴과 꽃들로 선물을 꾸미셨어. 크리스마스이브에는 집 안이 온통 웃음소리와 '펠리스 나비닷(메리 크리스마스)'을 외치는 소리로 가득 찼었지. 그런 다음 모두 대성당으로 가서 수백 명의 사람들과 함께 앉아 자정미사 내내 촛불을 밝혀 들었단다. 한밤중에 집으로 돌아온 사람들에게서는 여전히 성당의 은은한 향기가 풍겼지. 그리고 따뜻한 초콜릿 아톨레(걸죽한 옥수수 음료)를 마시며 선물 포장을 뜯었었지."

이사벨이 숨을 혹 들이쉬었다 내뿜으며 다시 물었다.

"무슨 선물들인데?"

"기……, 기억이 안 나."

에스페란사가 실 인형의 다리를 꼬며 말했다.

"내가 기억할 수 있는 건 그땐 참 행복했다는 거야."

말을 마친 에스페란사는 마치 처음 온 곳인 양 방 안을 휘둘러보았다. 탁자는 다리 하나가 짧아 나무 조각을 괴어야 했다. 벽은 너덜너덜 누더기였고, 마룻바닥은 크고 작은 여러 조각들로 이어져 있어 아무리 청소를 해도 깨끗해졌다는 느낌이 들지 않았다. 접시들은 이가 빠졌고, 낡을 대로 낡은 담요는 아무리 두드려도 곰팡내를 털어 버릴 수 없었다. 그녀가 지금 겪고 있는 삶은 오래전에 읽은 『요정 이야기』라는 책의 내용을 닮아 있었다. 이런저런 풍경들이 주마등처럼 머리를 스쳐 지나갔다. 시에라마드레 산맥, 엘 란초 데 라스 로사스, 그리고 아무 근심 걱정도 없는 한 어린 소녀가 포도밭을 자유롭게 달리는 모습이 떠올랐다. 하지만 초라한 오두막에 우두커니 앉아 있는 지금은 그 모든 이야기들이 마치 자기 자신조차 더 이상 알 수 없는 어떤 다른 소녀의 이야기 같았다.

"올 크리스마스에 언니가 원하는 건 뭐야?"

"엄마 병이 낫길 바라고, 일을 더 많이 하고 싶고, 또……."

에스페란사는 자기 손을 내려다보며 깊은 한숨을 내쉬었다. 3주 동안 감자 눈을 자르다 보니 양손이 꺼칠해진 데다 장갑 아래로 스며든 녹말 때문에 손바닥이 쩍쩍 갈라져 있었다.

"손이 좀 보들보들해졌으면 좋겠어. 이사벨, 네가 원하는 건 뭔데?"

이사벨은 암사슴 같은 커다란 눈으로 에스페란사를 바라보며 말했다.

"내 소원 들어주는 건 누워서 떡먹기일걸? 왜냐, 아무거나 다 좋으니까!"

에스페란사는 고개를 끄덕이며 빙그레 웃었다. 그리고 완성된 인형을 이사벨에게 건넸다. 아이의 두 눈은 여느 때와 마찬가지로 흥분에 들떠 있었다.

둘은 잠자리에 들었다. 이사벨은 간이침대에, 에스페란사는 엄마와 자신이 함께 잠들던 침대에 누웠다. 그녀는 옛날에 즐겼던 축제를 그리워하며 벽을 향해 돌아누웠다. 소리 없는 눈물이 흘러내렸다. 그건 이제 에스페란사가 매일 밤 치르는 의식처럼 되어 버렸다. 에스페란사는 자신이 울다 잠이 든다는 사실을 누군가 알고 있으리라고는 꿈에도 생각지 못했다. 그런데 이사벨이 그녀의 등을 가볍게 두드리며 말하는 것이었다.

"에스페란사 언니, 다신 울지 마. 언니만 좋다면 우리가 함께 자

줄 수도 있어."

우리라고? 다시라고? 에스페란사는 이사벨 쪽으로 몸을 돌렸다. 이사벨이 뜨개실 인형 가족과 함께 서 있었다.

에스페란사는 웃지 않을 수 없었다. 슬며시 부끄러운 생각이 들었다. 에스페란사가 이불을 들어 올리자 이사벨이 옆으로 미끄러져 들어와서는 두 사람 사이에 인형들을 나란히 뉘었다.

에스페란사는 어둠을 응시했다. 이사벨은 아무것도 가진 게 없었다. 하지만 이 아이는 모든 것을 가지고 있기도 했다. 에스페란사는 이사벨이 가지고 있는 것을 자기도 갖고 싶었다. 뜨개실 인형 같은 하찮은 것으로도 그렇게 행복할 수 있는 이사벨처럼 근심 걱정이 없었으면 싶었다.

크리스마스 날, 에스페란사는 병원 앞 계단을 걸어 올라갔다. 알폰소는 트럭에서 기다리기로 했다. 한 쌍의 남녀가 번쩍거리는 포장지로 싼 선물을 들고 스쳐 지나갔다. 한 여자가 포인세티아 한 그루를 들고 역시 곁을 스쳐 갔다. 그녀는 아름다운 모직 외투를 입고 있었는데 옷깃에는 크리스마스트리 모양의 보석 핀이 달려 있었다. 에스페란사도 엄마에게 따뜻한 빨간 코트와 번쩍이는 브로치를 선물할 수 있었으면 좋겠다고 생각했다. 그러다가 지금 호주머니에 들어 있는 선물에 생각이 미쳤다. 감자 밭에서 풀을 뽑다가 주운 매끈매끈한 돌멩이 하나가 엄마에게 줄 수 있는 선물의 전부였다.

의사는 엄마를 장기 입원 병동으로 옮겨 놓았다. 병실에는 엄마와 네 명의 환자만이 수용되어 있었다. 기다란 병실에는 침대보가 벗겨진 침상들이 줄지어 놓여 있고 환자들은 여기저기 흩어져 누워 있었다. 엄마는 잠이 들어 에스페란사에게 반가운 인사 한마디 건네지 못했다. 그래도 에스페란사는 엄마 옆에 앉아 담요를 뜨면서 창고며 이사벨 얘기, 파업 주동자들 얘기를 들려주었다. 또 루페와 페페가 이제 막 걸음마를 시작했다는 소식과 아빠의 장미가 자랄 기미를 보인다는 미구엘의 말도 전했다.

작별을 할 때가 되어도 엄마는 깨어날 기미를 보이지 않았다. 에스페란사는 담요의 화사한 색깔이 엄마의 뺨에 잔잔히 스며들기를 바라면서 담요로 엄마의 몸을 정성스레 감쌌다.

에스페란사는 작은 탁자 위에 돌멩이를 올려놓고는 엄마에게 작별의 입맞춤을 했다.

"염려 마세요. 제가 다 알아서 처리할게요. 이제부터 우리 가족의 보호자는 저예요."

아보카도 | 당나귀 피나타 |

에스페란사가 숨을 내쉬자 눈앞에 허연 입김이 서렸다. 그녀는
지금 포도 넝쿨을 묶으러 가기 위해 트럭을 기다리는 중이었다. 발
을 동동 구르고 장갑 낀 손을 마주치며 그녀는 생각했다.

'모두들 새해라고 하는데 그 새로운 것이라는 게 도대체 뭘까?'

날마다 다를 것 없는 일상의 반복 속에서 새해는 벌써 해묵은 것
이 되어 버리고 말았다. 일주일 내내 쉬는 날이라곤 없었다. 늦은
오후에는 오르텐시아가 식사 준비하는 것을 돕고, 저녁에는 쌍둥
이 아기들을 돌보고 또 이사벨의 숙제를 도왔다. 그리고 토요일과
일요일에는 병원으로 엄마를 보러 갔다.

밭에서 일을 하다 잠깐 몸을 녹이려고 모닥불 앞에 쭈그리고 앉
은 에스페란사는 머릿속으로 할머니를 이곳으로 모셔 오는 데 드는

비용을 계산하고 있었다. 그동안 두 주에 한 번씩은 꼭 시장에 가서
모은 돈을 우편환으로 바꿔 가방에 보관했다. 그녀의 계산으로는
복숭아 철까지만 일을 하면 할머니의 여행 경비를 마련할 수 있을
것 같았다. 문제는 어떻게 할머니를 이곳으로 모셔 오느냐 하는 거
였다.

　남자들이 먼저 줄지어 있는 포도나무 사잇길을 따라 내려가며
한 그루에 두서너 개의 가지만 남기고는 무성한 포도나무 가지들
을 쳐냈다. 에스페란사는 다른 여자 일꾼들과 함께 그 뒤를 따라가
며 말뚝과 말뚝 사이에 팽팽하게 매 놓은 줄에 줄기들을 묶었다.
추위는 살을 에는 듯해서 체온을 유지하려면 하루 종일 몸을 움직
여야 했다.

　그날 밤 따뜻한 물에 손을 담근 에스페란사는 자신의 손이 갑자
기 남의 손처럼 느껴졌다. 베이고 상처를 입은 데다 퉁퉁 부어 군
살이 박힌 두 손은 마치 꼬부랑 할머니의 손 같았다.

　"이 손으로 일을 할 수 있을까요?"

　에스페란사는 오르텐시아가 잘 익은 아보카도를 반으로 자르는
것을 지켜보며 물었다.

　"아무렴요."

　오르텐시아가 커다란 씨를 빼내며 대답했다. 아보카도 한 가운
데가 움푹 패였다. 오르텐시아는 과육을 파내 접시에서 으깬 다음

글리세린을 약간 첨가했다.

"아가씨도 내가 엄마를 위해 아보카드 크림을 만드는 걸 본 적이 있을 거예요. 이 한겨울에 아보카도를 얻을 수 있었던 건 우리 모두에게 행운이에요. 호세피나의 친구들이 로스앤젤레스에서 가져왔거든요."

오르텐시아는 글리세린이 섞인 아보카도 즙을 에스페란사의 양손에 문질러 발랐다.

"20분 동안 이러고 있어야 해요. 그 정도 시간이면 오일이 손에 스며들 거예요."

에스페란사는 미끈미끈한 초록색 오일로 덮인 두 손을 내려다보았다. 문득 엄마가 긴 시간 정원 손질을 한 후나 아빠와 함께 메마른 목초지를 말을 타고 달린 뒤에 이처럼 앉아 있곤 하던 모습이 생각났다. 아주 어렸을 적에 에스페란사는 과카몰레 소스(아보카도를 으깨어 토마토, 양파, 양념을 더한 멕시코 소스)처럼 생긴 것을 잔뜩 바른 엄마의 손을 보고 웃음을 터뜨리곤 했다. 하지만 그녀는 그런 엄마의 손을 헹궈 주는 걸 좋아했다. 손을 닦은 다음 얼굴에 문질러 볼 수 있기 때문이었다. 그때 엄마 손에서 느껴지던 그 부드러움과 신선한 향기가 마냥 좋았었다.

에스페란사는 자신이 엄마에 대해 그리워하는 것들이 지극히 사소한 것이라는 데 적이 놀랐다. 우아하고도 당당하게 방으로 걸어

들어오던 엄마의 모습이 그리웠고, 뜨개질하던 엄마의 재빠른 손놀림이 그리웠고, 무엇보다도 엄마의 그 강인하고도 확신에 차 있던 웃음소리가 그리웠다.

에스페란사는 수돗물을 틀어 아보카도를 헹궈 낸 다음 두 손을 톡톡 두드려 말렸다. 한결 나아진 느낌이었지만 여전히 거칠고 붉었다. 그녀는 아보카도를 하나 더 가져다가 반으로 잘라 칼로 씨를 도려낸 다음 오르텐시아가 하던 대로 따라 했다. 손에 글리세린을 섞은 아보카도 즙을 덕지덕지 바른 다음 다시 의자에 앉았을 때 그녀는 아보카도와 글리세린을 아무리 많이 발라도 자기 손이 예전 엘 란초 데 라스 로사스 시절의 부잣집 아가씨 손처럼 보일 수는 없다는 사실을 깨달았다. 이제 그건 가난한 농장 일꾼의 손일 수밖에 없었다.

포도 넝쿨 일이 끝나자마자 에스페란사와 미구엘이 엄마를 보러 갔을 때였다. 의사가 병원 복도에서 둘을 가로막아 섰다.

"네가 오는 것을 보면 알려 달라고 미리 간호사들에게 일러두었단다. 이런 말을 하게 돼서 참으로 유감스럽다만 엄마의 병이 폐렴으로 진행되었단다."

"어떻게 그런 일이 있을 수 있어요?"

의사의 얼굴을 뚫어져라 쳐다보는 에스페란사의 손이 파르르 떨리기 시작했다.

"전 엄마의 상태가 호전되고 있다고 생각했어요."

"이 병, 그러니까 골짜기 열병은 사람 몸을 기진맥진하게 만들어서 다른 병균에도 쉽게 감염되도록 한단다. 지금은 엄마에게 약물 치료를 하고 있는데 많이 쇠약해지셨어. 네가 받아들이기 힘들 줄은 안다만 앞으로 최소 한 달 동안은 문병 온 사람들도 만나지 않는 게 엄마에게 좋을 듯싶구나. 누군가 옮겨 올 수도 있는 병원균에 다시 감염되는 것을 예방하자는 거지."

"단 몇 분 동안만이라도 엄마를 볼 수 없을까요?"

잠시 망설이던 의사가 고개를 끄덕이고는 멀어져 갔다.

에스페란사는 서둘러 엄마의 병실로 갔다. 미구엘이 뒤를 따랐다. 몇 주 동안이나 엄마를 볼 수 없다는 건 상상조차 할 수 없었다.

"엄마."

에스페란사가 나지막이 엄마를 불렀다.

엄마가 천천히 눈을 뜨더니 에스페란사를 향해 보일 듯 말듯 미소를 보냈다. 몸이 더 마르고 쇠약해져 있었다. 머리도 어수선하고 지저분했다. 얼굴은 너무도 창백한 나머지 백지장 같은 게 마치 유령이 되어 그녀 앞에 나타난 듯 보였다. 에스페란사는 엄마가 침대 속으로 가라앉아 영원히 사라져 버릴 것 같아 두려웠다.

"의사가 당분간 병문안 오지 말래요."

엄마가 고개를 위아래로 끄덕이는 짧은 동안에도 눈꺼풀이 스르르 닫히고 있었다. 눈꺼풀 하나 지탱할 힘이 없는 듯 보였다.

그때 미구엘이 어깨에 손을 얹는 감촉이 느껴졌다.

"안사, 이제 가야 할 시간이야."

미구엘의 목소리에 안타까움이 묻어 나왔다.

하지만 에스페란사는 미동도 하지 않았다. 엄마가 빨리 낫도록 뭔가를 해 주고 싶었다. 병상 머리맡 탁자 위에 빗과 머리핀이 놓여 있는 게 보였다.

에스페란사는 엄마의 몸을 조심스럽게 자기 쪽으로 옮겨 놓고는 머리카락을 하나로 그러모아 길게 한 가닥으로 땋았다. 그런 다음 땋은 머리를 둥글게 말아 올려 핀으로 단정하게 고정시켰다. 그리고는 엄마가 똑바로 눕도록 도와주었다. 엄마의 머리가 하얀 침대보를 배경으로 후광처럼 자리 잡고 있었다. 그건 엄마가 아과스칼리엔테스에서 늘 하고 있던 머리 모양 그대로였다.

에스페란사는 몸을 숙여 엄마의 귀에 대고 속삭였다.

"아무 걱정 마세요, 엄마. 제가 뭐든지 다 알아서 할 거라는 거 잊지 마세요. 전 지금 일도 하고 있고, 병원비도 제가 치를 수 있어요. 엄마, 사랑해요."

엄마의 얼굴에 부드러운 미소가 피어올랐다. 병실을 나서는 에스페란사의 귓가에 엄마의 속삭임이 들려왔다.

"나도 널 사랑한단다. 어떠한 일이 있어도."

"가끔은 막사를 벗어날 필요도 있어요, 에스페란사."

오르텐시아가 이것저것 살 물건들을 적은 쪽지를 건네며 말했다. 그러면서 미구엘과 함께 시장에 다녀와 달라고 부탁했다.

"봄이 시작되고 있어요. 바깥 풍경이 얼마나 아름답다고요."

"아줌마와 호세피나야말로 시장에 나갈 날만 손꼽아 기다려 왔잖아요."

"맞아요. 하지만 오늘은 멜리나와 이레네가 엔칠라다(토르티야 사이에 고기, 해산물, 치즈 등을 넣어 구운 멕시코 요리) 만드는 걸 도와줘야 하거든요. 우리 대신 가 줄 수 있죠?"

에스페란사도 사람들이 자신의 관심을 돌리기 위해 애를 쓰고 있다는 사실을 알고 있었다. 엄마는 벌써 3개월째 병원 신세를 지고 있었다. 그리고 에스페란사가 병원에 못 가 본 지도 벌써 여러 주가 지났다. 그날 이후로 에스페란사의 행동은 예전과 달라 보였다. 물론 살아가는 시늉은 하고 있었다. 뭔가를 물어 오는 사람에게는 간단하기는 했지만 일일이 대답도 하고 무척 공손한 태도를 보였다. 하지만 엄마가 곁에 없다는 사실은 에스페란사를 고통과 두려움 속으로 몰아넣었다.

'아빠, 할머니, 엄마. 이제 다음은 누구지?'

그녀는 매일 밤 가능한 한 일찍 잠자리로 기어들어 가 단단한 공처럼 몸을 웅크린 채로 아침까지 꼼짝도 하지 않았다.

에스페란사는 호세피나와 오르텐시아가 자신을 걱정하고 있다는 것을 알고 있었다. 그래서 오르텐시아를 향해 고개를 끄덕이고는 쪽지를 받아 들고 미구엘을 찾아 밖으로 나갔다.

"미구엘에게 야코타 씨 가게로 가야 한다는 말 잊지 말아요!"

에스페란사의 등에 대고 오르텐시아가 외쳤다.

오르텐시아의 말이 옳았다. 날씨는 이루 말할 수 없이 화창했다. 얼마 전 내린 비로 안개와 잿빛의 어슴푸레한 기운이 걷힌 골짜기의 대기는 상쾌하고 청량했다. 그들은 이제 곧 에스페란사가 포장을 하게 될 아스파라거스 밭을 따라 들판을 달렸다. 아스파라거스는 키가 한껏 자라 깃털처럼 하늘하늘한 자태를 뽐내고 있었다. 감귤나무 숲은 마치 크리스마스트리 장식처럼 따고 남은 열매들을 달고 있었다. 날씨는 여전히 쌀쌀했지만 에스페란사는 거기에서 뭔가 마음을 들뜨게 하는 냄새를 맡을 수 있었다. 그건 봄을 약속하는 진한 흙냄새였다.

"미구엘, 왜 항상 일본인 시장에 있는 그 가게까지 먼 길을 가는지 모르겠어. 가까운 어빈에도 가게들이 많은데."

"다른 상점 주인들은 야코타 씨만큼 멕시코 사람들에게 친절하지 않거든. 야코타 씨는 우리에게 필요한 물건들을 두루 갖춰 놓기도 하지만 무엇보다 우리를 사람 취급해 주거든."

"그게 무슨 말이야?"

"에스페란사, 이곳 사람들은 멕시코인들은 모두 똑같다고 생각해. 우리가 무식하고 불결하고 가난한 데다 매사에 미숙하다는 거지. 많은 사람들이 멕시코에서 전문적인 교육을 받았다는 사실 같은 건 전혀 생각해 보지도 않는 거야."

에스페란사는 입고 있는 옷을 내려다보았다. 엄마가 자주 입곤했던 앞이 트인 원피스였다. 물론 그전에도 누군가 입었던 것이었지만. 원피스 위에는 단추가 몇 개 떨어져 나간 남자 스웨터를 걸치고 있었는데 그것도 에스페란사에게는 너무 컸다. 에스페란사는 상체를 살짝 뒤로 젖히고 거울을 들여다보았다. 얼굴은 몇 주간의 밭일에 검게 그을렸고, 머리는 오르텐시아처럼 길게 땋아 늘어뜨린 모양이었다. 엄마의 말이 옳았다. 그 머리는 정말 일하기에 편했다.

"미구엘, 도대체 누가 나를 보고 무식한 아이라고 생각하겠어?"

미구엘이 그녀의 농담에 미소를 띠며 대꾸했다.

"있는 사실이 어디 가겠니, 에스페란사? 가령 네가 이 나라에 살고 있는 대다수 사람들의 자식들보다 더 많은 교육을 받았다는 사실 같은 것 말이야. 하지만 아무도 쉽사리 인정하려 들지는 않을 거야. 아니면 그 사실을 아는 데 시간이 걸리든지. 미국 사람들은 우리들을 손일에나 능한 갈색 피부의 거대 집단쯤으로 여기고 있어. 그런데 이 일본인 시장에서는 아무도 우리를 뚫어지게 쳐다보지도 않고 이방인으로 취급하지도 않아. 또 우리를 '기름밥 먹는 더러운 자식들'이라고 부르지도 않지. 아버지 말씀이 야코타 씨는 매우 수완 있는 사업가라는 거야. 다른 사람들의 나쁜 매너 덕분에 부자가 되고 있다는 거지."

미구엘의 설명은 처음 듣는 얘기가 아니었다. 에스페란사가 막사 밖에서 접촉한 미국인은 병원에서 만난 의사와 간호사가 전부였다. 하지만 그녀는 다른 사람들로부터 자신들이 어떻게 취급당하고 있는지를 들은 바 있었다. 극장에서도 흑인과 멕시코인들은 백인들과 별도로 분리된 좌석에 앉아야 하고, 도시에서는 부모들이 아이들을 멕시코인들과 같은 학교에 보내고 싶어 하지 않는다는 것이었다. 에스페란사는 도시로부터 떨어져 회사 소유 막사에서 생활하는 것도 나름대로 좋은 점이 있다고 생각했다. 여기서는 백인, 멕시코인, 일본인, 중국인, 필리핀인 할 것 없이 모든 아이들이 같은 학교에 다니는 것을 문제시하는 사람은 없었다. 그도 그럴 것이 모두가 예외 없이 가난에 찌들어 있었던 것이다. 때때로 그녀는 자신이 누군가의 증오나 분노로부터 철저히 차단된 누에고치 속에서 살고 있는 듯한 느낌을 받았다.

미구엘이 가게 주차장으로 트럭을 몰았다.

"이따 봐. 저쪽 구석에 모여 있는 사람들과 철도 일자리에 대해 얘기할 게 있거든."

에스페란사는 가게 안으로 들어갔다. 야코타 씨는 도쿄 태생이었다. 가게는 해조류와 생강 등 일본식 요리 재료를 빠짐없이 갖추고 있었고 생선을 파는 어물전도 있었다. 그뿐 아니라 멕시코 상품들도 많았다. 타말리용 옥수수 반죽, 매운 살사 소스용 칠레고추, 말린 강낭콩도 진열되어 있었다. 포장 용기에 담긴 메누도용 소 내장, 초리소 소시지와 돼지 족발 같은 다른 특산품들도 있었다. 에스페란사가 이 가게에서 가장 맘에 든 부분은 천장이었다. 거기엔 일본식 종이 등과 별, 당나귀 모양의 피나타(줄을 잡아당기면 안에 든 초콜릿과 사탕 등이 쏟아지는 축제용품)가 절묘한 조화를 이루며 잔뜩 걸려 있었다.

그런데 전에는 못 보던 자그마한 종이 당나귀 피나타가 보였다. 엄마가 몇 년 전에 사다 준 것과 비슷했다. 그때 에스페란사는 그 당나귀가 너무 귀여워서 안에 달콤한 사탕이 가득 들어 있는데도 깨뜨리지 않겠다고 고집을 피웠었다. 그리고 그것을 침대 위에 걸어 두었었다.

점원이 다가오자 그녀는 자신도 모르게 당나귀 피나타를 가리키며 말했다.

"저것 좀 보여 주세요."

그녀는 이번에도 필요한 물건들과 함께 우편환을 샀다. 우편환을 살 수 있다는 건 야코타 씨 가게의 또 다른 매력이었다.

트럭으로 간 에스페란사는 미구엘이 돌아오기를 기다렸다. 잠시후 트럭으로 돌아온 미구엘이 물었다.

"이번에도 우편환을 샀네? 뭣 하러 여기 올 때마다 우편환을 사는 거야?"

"내 가방에 차곡차곡 모셔 두고 있어. 우편환 한 장 한 장은 보잘 것 없는 금액이지만, 그것들이 모이면 언젠가 할머니를 이곳으로 모셔 올 수 있을 거야."

"어, 피나타도 샀네? 누구 생일도 아닐 테고."

"엄마를 위해서 샀어. 간호사에게 엄마 침대 근처에 놓아 달라고 할 거야. 그러면 내가 엄마를 얼마나 생각하고 있는지 아시게 될 거야. 돌아가는 길에 병원에 잠깐 들를 수 있을까? 피나타 위쪽에 구멍 하나만 뚫어 줘. 그 안에 캐러멜을 넣어 두면 간호사들도 꺼내 먹을 수 있겠지?"

미구엘이 호주머니에서 칼을 꺼내 피나타에 구멍을 뚫었다. 그가 트럭을 모는 동안 에스페란사는 피나타 안에 캐러멜을 집어넣기 시작했다.

한길에서 얼마 내려가지 않아 아몬드 나무 숲이 나타났다. 나무들은 연초록 이파리에 하얀 꽃을 피우고 있었다. 저쪽에서 한 소녀와 나이 든 아주머니가 손을 잡고 걸어오는 것이 보였다. 손을 잡지 않은 다른 쪽 팔에는 가재도구가 든 짐이 하나씩 들려 있었다. 흐드러진 봄꽃을 배경으로 걸어오는 모녀의 모습은 한 폭의 그림처럼 평화롭고 아름다웠다.

에스페란사가 모녀 중 한 사람을 알아보았다.

"마르타잖아?"

미구엘이 트럭을 멈추고 차를 후진시키며 말했다.

"마르타를 태워야겠어."

에스페란사는 마지못해 고개를 끄덕였다. 얼마 전 그들이 마르타를 태워 줬던 때가 생각났지만 어느새 에스페란사는 트럭 문을 열고 있었다.

"에스페란사하고 미구엘이네? 이게 웬 떡이야. 이쪽은 우리 엄마, 아다야. 태워 줘서 고마워."

마르타의 어머니도 마르타와 마찬가지로 키가 작고 검은 곱슬머리였는데 벌써 희끗희끗 서리가 내려앉아 있었다.

미구엘이 트럭에서 내려 짐을 모두 짐칸에 올리니 좀 좁긴 해도 네 사람 모두 앞좌석에 탈 수 있었다.

아다 아주머니가 에스페란사를 보며 말했다.

"네 엄마 소식은 들었다. 늘 그분을 위해 기도하고 있단다."

에스페란사는 깜짝 놀라면서도 감동하지 않을 수 없었다.

"감사해요. 은혜 잊지 않겠습니다."

"언제 우리 막사에 올 계획 없어?"

미구엘이 마르타에게 물었다. 그러자 마르타가 퉁명스럽게 대답했다.

"없어. 너도 대충은 알겠지만 난 그곳에서 환영받는 존재가 못 돼. 이 길을 따라서 한 마일쯤 올라가면 동맹 파업자들이 머무는 농장이 나오는데 지금 그곳으로 가는 중이야. 우린 이주 노동자 막사에서 쫓겨났어. 일하러 가든지 떠나든지 둘 중 하나를 선택하라는 거였지. 그래서 미련 없이 그곳을 박차고 나왔어. 그런 정나미 떨어지는 환경에서 그야말로 쥐꼬리만 한 품삯을 받고 일하고 싶지는 않아."

아다 아주머니는 마르타가 파업에 관해 얘기하자 말없이 고개만 끄덕였다. 에스페란사는 마르타가 자기 엄마의 손을 꼭 잡고 있는 것을 보면서 고통스러울 정도로 질투심이 불타오르는 것을 느꼈다.

"이 농장에는 우리와 뜻을 같이하는 사람이 수백 명이나 있어. 군 전체로 따지면 수천 명은 족히 될 거고. 지금도 매일같이 새로운 사람들이 우리의 명분에 합세하고 있어. 너야 여기가 처음이니까 잘 모르겠지만 때가 되면 우리가 무엇을 바꾸고자 하는지 이해하게 될 거야. 왼쪽으로."

마르타가 타이어 자국이 깊이 팬 비포장도로를 가리키며 말했다.

미구엘이 목화밭을 따라 난 좁은 길로 들어섰다. 마침내 그들은 수 에이커에 이르는 땅을 사슬로 연결된 울타리와 철조망으로 둘러싼 농장에 도착했다. 대여섯 명의 남자들이 완장을 두른 채 하나뿐인 통로를 지키고 있었다.

"다 왔어. 여기야."

"무엇 때문에 저렇게 지키고 있어요?"

에스페란사가 이상하다는 듯 아다 아주머니에게 물었다. 그러자 마르타가 대신 대답했다.

"경비를 세워 보호하는 거지. 저 땅의 주인은 우리 뜻에 공감하지만 다른 사람들은 대부분 말썽을 일으키는 파업자들을 싫어하거든. 말하자면 우린 위협을 느끼고 있어. 그래서 교대로 돌아가며 농장을 지키고 있는 거지."

미구엘이 트럭을 길옆에 세웠다.

수백 명의 사람이 모여 산다는데 나무로 만든 화장실은 고작 열 칸에 불과했다. 그래선지 코를 찌르는 지린내와 똥 냄새가 트럭에까지 훅 끼쳤다. 천막에서 생활하는 사람들도 있었지만 말뚝 사이에 친 마대를 지붕 삼아 사는 사람들도 있었다. 어떤 이들은 자동차나 낡은 트럭에서 살았다. 땅바닥에 깐 매트리스에서 사람들과 개들이 한데 섞여 쉬고 있었다. 염소 한 마리가 나무에 매여 있었다. 수도꼭지가 줄줄이 달린 긴 파이프 하나가 마당 위쪽을 가로지르고 있었다. 수도꼭지 근처에는 냄비며 프라이팬 등속과 함께 모닥불을 피운 흔적이 있었다. 말하자면 야외 취사장인 셈이었다. 관개 수로는 빨래를 하는 여자들과 목욕하는 아이들로 복닥댔다. 빨랫줄이 어지럽게 늘어져 있었다. 한마디로 인간의 삶과 혼돈이 난마처럼 뒤엉킨 거대한 아수라장이었다.

에스페란사는 앞에 펼쳐진 광경에서 눈을 뗄 수가 없었다. 그녀는 그 너저분한 광경에 얼이 빠질 지경인데 마르타와 그녀의 어머니는 아무렇지도 않아 보였다.

"오, 아늑한 나의 집."

마르타가 약간 허세를 부리며 말했다.

그들은 일제히 트럭에서 내렸다. 하지만 마르타와 아다 아주머니가 살림살이들을 채 내리기도 전에 농장 일꾼으로 보이는 가족이 반대편에서 다가왔다. 아이들은 지저분한 데다 피골이 상접해 있었고, 엄마 등에 업힌 갓난아기는 빽빽거리며 울고 있었다.

아버지로 보이는 남자가 앞으로 나서며 말했다.

"우리 가족에게 먹일 식량 좀 없을까요? 우리는 파업을 했다고 막사에서 쫓겨났는데 지난 이틀 동안 아무것도 먹지 못했답니다. 푼돈을 받고도 일하겠다는 사람들이 매일같이 엄청나게 이 골짜기로 쏟아져 들어오고 있어서 어제는 하루 종일 일하고도 50센트를 채 못 벌었답니다. 그것 가지고는 우리 가족 하루분 식량도 살 수 없거든요. 그래서 비슷한 처지의 사람들과 함께 여기서 식량이나 얻어 볼까 하고……."

"이리로 잘 오셨어요."

아다 아주머니가 말했다. 에스페란사는 트럭 짐칸으로 팔을 뻗어 강낭콩이 든 큰 자루를 열었다.

"아저씨, 모자 좀 이리 줘 보세요."

남자가 챙이 넓은 모자를 건네자 에스페란사가 거기에 말린 강낭콩을 가득 채워 돌려주었다.

"감사합니다. 정말 감사합니다."

에스페란사는 멍한 눈에 물기가 어린 아이들을 바라보았다. 마음이 짠해진 그녀는 피나타를 집어 아이들에게 내밀었다. 아이들은 아무 말 없이 쪼르르 달려와 피나타를 받아 들고는 가족 곁으로 되돌아갔다.

에스페란사가 하는 행동을 지켜보던 마르타가 물었다.

"너 우리 편 아닌 거 맞니?"

에스페란사는 아니라는 뜻으로 고개를 가로저었다.

"저 사람들은 굶주려 있어. 그게 전부야. 그리고 설사 네가 하는 일에 동의한다 해도 난 지금 엄마를 돌봐야 해."

아다 아주머니가 에스페란사의 팔을 잡으며 미소를 지었다.

"우린 저마다 자기가 해야 할 일을 하고 있는 거란다. 네 엄만 너를 자랑스럽게 여기실 거다."

미구엘이 짐을 건네자 두 사람은 농장을 향해 걸어갔다. 두 사람이 문 앞에 거의 다 다다랐을 때 갑자기 마르타가 몸을 돌리더니 말했다.

"너희들에게 말하면 안 되는 얘기지만 파업 참가자들은 겉보기보다는 훨씬 더 조직적이야. 몇 주 후에 아스파라거스 수확기가 되면 군 전역에서 들고 일어날 거거든. 밭에서도, 창고에서도 그리고 철도에서도 모두들 일손을 놓을 거야. 만약에 그때 가서 너희들이 우리와 함께하지 않는다면 몸조심해야 할 거야."

말을 마친 마르타는 서둘러 어머니의 뒤를 따라붙었다.

어빈을 향해 되돌아오는 동안 에스페란사와 미구엘은 한 마디도 하지 않은 채 입을 꾹 다물고 있었다. 마르타의 위협과 함께 일자리를 갖고 있는 것에 대한 죄책감이 에스페란사의 마음을 무겁게 짓누르고 있었다.

"넌 그들이 옳다고 생각해?"

"모르겠어. 하지만 아까 그 남자가 말한 건 사실이야. 앞으로 몇 달 안에 오클라호마, 아칸소, 텍사스 등지에서 일자리를 구하러 이곳으로 올 사람들이 지금의 열 배는 될 거래. 그들도 우리처럼 가난한 사람들이야. 당연히 가족들을 먹여 살릴 식량이 필요하겠지. 만약에 그렇게 많은 사람들이 이곳으로 흘러들어서 푼돈이라도 받고 일을 하겠다고 한다면 우리에겐 어떤 일이 벌어질까? 하지만 그러기 전에 아주 많은 사람들이 파업에 참여하게 되면 난 철도에서 일자리를 얻을 수 있을지도 몰라."

에스페란사는 미구엘의 말을 곱씹고 있었다. 그에게는 파업이 자신이 좋아하는 일을 하고 이 나라에 정착할 수 있는 기회가 되겠지만 자기에게는 당장의 수입과 할머니를 모셔 오는 일, 엄마가 병상을 털고 일어나는 일 모두에 위협이 될 것이었다. 게다가 자신의 신변에도 위험이 닥칠 수 있었다. 엄마와 할머니를 생각한다면 자신이 선택할 수 있는 길은 한 가지밖에 없었다.

며칠이 지난 어느 날 밤, 오두막 쪽으로 걸어가며 자신의 손을 꼼꼼히 들여다보던 에스페란사는 오르텐시아가 아보카도를 몇 개 더 구할 수 있으면 좋겠다고 생각했다. 평소보다 늦은 시각이었다. 좀 멀리 떨어진 아스파라거스 밭에서 잡초 뽑는 일을 하느라 마지막 트럭을 탈 수밖에 없었던 것이다.

그녀가 오두막에 도착했을 때 작은 테이블 앞에 식구들이 전부 모여 있었다. 접시 위에는 신선한 토르티야가 놓여 있고 오르텐시아는 계란을 풀고 다진 고기와 양파, 후추를 넣은 프라이팬을 휘저으며 마차카를 요리하고 있는 중이었다. 마차카는 미구엘이 좋아하는 음식이었지만 지금까지는 주로 아침에 먹곤 했다.

"무슨 일이에요?"

"철도 기계 공장에서 일자리를 구했어."

"오, 미구엘! 정말 좋은 소식이야!"

"철도 노동자들이 대부분 파업에 참여하는 통에 내게 기회가 왔지. 임시로 고용할 가능성이 높지만 열심히 일한다면 날 내쫓지는 않을 거야."

미구엘의 말을 받아 알폰소가 말했다.

"그렇고말고. 넌 요령 있게 잘 해낼 거야. 그래서 그들 눈에 들면 널 쫓아내겠니?"

에스페란사는 자리에 앉아 미구엘이 다른 식구들에게 일에 관해 얘기하는 걸 들었다. 하지만 그의 말이 귀에 들어오지 않았다. 미구엘의 눈을 바라보니 아빠가 땅에 관해 얘기할 때의 눈처럼 춤추고 있었다. 그녀는 마침내 미구엘의 꿈이 이루어지고 있다고 생각하면서 활기가 넘치는 그의 얼굴을 빤히 쳐다보았다.

아스파라거스 | 파업 |

마르타의 말이 옳았다. 파업 참가자들은 전보다 훨씬 조직화되어 있었다. 그들은 창고 앞마다 진을 치고서 파업에 관한 전단을 돌렸다. 낡은 헛간 벽면에는 구호들이 빽빽이 적혀 있었다. 농장에서 대규모 집회도 열렸다. 일손을 놓지 않은 사람들에게는 여전히 일감이 있었다. 하지만 에스페란사는 이웃들의 목소리에서 긴장감과 초조함을 읽을 수 있었다. 그녀 역시 일자리를 잃을 경우 어떤 처지에 놓이게 될까 걱정스러웠다.

아스파라거스 철은 꽤나 길어서 10주 동안이나 계속되는 경우도 있었다. 하지만 골짜기에 더위가 찾아오는 6월 전에는 수확을 마쳐야 했다. 파업 주동자들은 일꾼들의 작업 속도를 늦추면 농장주들에게 타격이 될 거라는 사실을 알고 있었다. 그래서 아스파라거스의 연한 줄기가 수확을 기다릴 때쯤 파업을 시작할 수 있도록 모든 준비를 갖추고 있었다.

아스파라거스를 포장하는 첫날, 에스페란사는 오르텐시아, 호세 피나와 함께 트럭에 올라탔다. 회사는 인부들을 보호한다며 엽총으로 무장한 남자를 트럭에 같이 태웠다. 에스페란사는 엽총을 보고 기겁하지 않을 수 없었다.

창고에 도착하자 한 무리의 여자들이 고함과 야유로 그들을 맞았다. 여자들은 저마다 피켓을 들고 "파업!"을 외쳐 댔다. 무리 중엔 마르타와 그녀의 친구들도 끼어 있었다. 여자들이 고래고래 고함을 질러 댔다.

"우리도 아이들을 먹여 살리게 우리 편에 서라!"

"우리 모두가 먹고살 길은 힘을 하나로 합하는 것뿐이다!"

"동포들을 굶주림으로부터 구하라!"

에스페란사는 윽박지르는 듯한 그들의 얼굴을 보는 순간 일이고 뭐고 다 팽개치고 안전한 막사로 도망치고 싶었다. 이 상황만 면할 수 있다면 세탁이든 아기 기저귀 빠는 일이든 즐겁게 할 수 있겠다 싶었다. 에스페란사는 그들에게 엄마가 아프다고 말하고 싶었다. 엄마 병원비를 치러야 한다고 하소연하고 싶었다. 할머니에 대해서도 얘기하고 싶었다. 할머니를 이곳으로 모셔 오려면 얼마간의 돈을 마련해야 한다고 차근차근 설명하고 싶었다. 그러면 그녀에게 왜 일자리가 필요한지 이해해 주리라. 또 자기는 그 누구의 아이도 굶주리는 것을 바라지 않는다고 말하고 싶었다. 하지만 이 모두가 그들에겐 안중에도 없는 일이라는 것을 알고 있었다. 그들의 관심은 오로지 자신들 편에 서느냐 아니냐에만 있을 뿐이었다.

에스페란사는 팔을 뻗어 오르텐시아의 손을 잡고는 자기 쪽으로 잡아끌었다. 호세피나가 똑바로 앞을 바라보며 창고 쪽으로 걸어갔다. 오르텐시아와 에스페란사도 서로의 손을 놓칠세라 꼭 붙들고 호세피나의 뒤를 바싹 따랐다.

그때 에스페란사와 같은 막사에서 온 여자 하나가 파업 참가자들에게 소리쳤다.

"우리가 아스파라거스를 포장하고 받는 품삯은 당신들이 목화 딸 때 받는 품삯보다 더 적단 말이야. 우릴 좀 내버려 둬. 우리 아이들도 굶주리고 있기는 마찬가지야."

경비원이 잠시 한눈을 파는 사이를 틈타 파업 인부들 중 한 사람이 항변하는 여자를 향해 돌멩이를 던졌다. 돌멩이는 아슬아슬하게 그 여자의 머리를 비껴갔다. 일꾼들이 모두 창고 쪽으로 허둥지둥 내달렸다.

파업 참가자들은 창고에서 좀 떨어진 길 쪽에 있었지만 에스페란사는 작업을 위해 자리를 잡을 때까지도 가슴이 두 방망이질 치고 있었다. 아스파라거스의 여린 줄기를 분류해서 포장하는 동안에도 에스페란사의 귀는 그들의 노랫소리와 외침에 쏠려 있었다.

그날 밤 저녁 식사 때 알폰소와 후안은 자신들도 밭에서 같은 일을 겪었다고 말했다. 파업 참가자들이 길목에서 그들을 기다리고 있었기 때문에 일터로 가기 위해서는 파업 이탈자를 감시하기 위한 경계선을 통과해야 했다. 일단 밭으로 들어가면 회사에서 보낸 경비원들의 보호를 받으며 안전하게 일할 수 있었다. 하지만 아스파라거스 줄기를 창고로 보내려면 파업 경계선을 통과하는 것이 불가피했다. 그 과정에서 파업 주동자들이 수확물 아래에 사람들을 깜짝 놀라게 할 뭔가를 집어넣곤 했다.

파업은 몇 날 며칠 계속되었다. 어느 날 오후엔가는 호세피나가 대바구니에서 아스파라거스를 한 움큼 집어 드는 순간 황소만 한 쥐 한 마리가 튀어나왔다. 그 며칠 후에는 대바구니 아래에서 인디고 뱀 대여섯 마리가 몸을 꿈틀대며 밖으로 기어 나오는 바람에 여자 일꾼 하나가 숨넘어가는 비명을 질러 대기도 했다. 밭에서 온 상자에서 면도날과 유리 파편들이 발견되기도 했다. 그러니 평상시 아스파라거스가 담긴 상자를 날렵한 솜씨로 풀던 여인네들의 손놀림이 느려질 수밖에 없었고 상자에서 아스파라거스를 꺼내는 것조차 망설이게 되었다. 한번은 아스파라거스 더미에서 가르랑거리는 소리가 들렸다. 현장 감독들이 바구니를 전부 앞마당으로 끄집어내 바닥에 쏟자 잔뜩 독이 오른 방울뱀이 나왔다.

"아무도 그 뱀에 물리지 않은 게 기적이지."

오르텐시아가 저녁을 먹으며 말했다. 온 식구가 한 오두막에 모여 미트볼 수프를 먹고 있던 참이었다.

"언니도 봤어?"

"그럼, 우리 전부 다 봤는걸. 다들 기절할 뻔했는데 감독이 괭이로 방울뱀 대가리를 댕강 잘라 버리더라고."

이사벨이 몸을 부르르 떨며 진저리를 쳤다.

"파업하는 사람들을 이대로 둘 수밖에 없는 거예요?"

오르텐시아가 답답하다는 듯 묻자 미구엘이 나섰다.

"이 나라는 자유 국가잖아요. 게다가 파업 참가자들도 나름대로 책잡힐 일은 하지 않고 있거든요. 그들은 도로 가까이에서 진을 치고 있을 뿐이에요. 그러니까 그들이 뭔가 공격적인 행동을 취하는 것을 경비원들이 실제로 보지 않는 한 방법은 없어요. 그들의 행동을 막을 방법이 마땅치 않다는 얘기죠. 철도에서도 마찬가지예요. 저도 매일 파업 경계선을 통과하는데 그때마다 온갖 모욕과 고함소리를 들어야 해요."

"제일 지겨운 건 온종일 질러 대는 그 고함소리야."

오르텐시아가 말하자 알폰소가 끼어들었다.

"잊지 말아라. 절대 그들에게 대거리를 해서는 안 돼. 곧 상황이 좋아질 거다."

"아빠, 상황은 더 나빠질 거예요. 산길을 통해 들어오고 있는 자동차하고 트럭 본 적 있으세요? 매일 그 숫자가 늘어나고 있어요. 개중에는 목화 1파운드를 따는 데 5~6센트면 일할 용의가 있다는 사람들도 있어요. 다른 농산물이라면 더 적게 줘도 상관없대요. 그런 쥐꼬리만 한 품삯에 살아남을 사람은 아무도 없어요."

"그 끝은 어딜까요? 사람들이 점점 더 낮은 품삯에 일을 한다면 결국은 모두가 굶주릴 수밖에 없을 텐데요."

호세피나가 한숨을 내쉬며 이야기하자 에스페란사가 말했다.

"파업을 주동하는 사람들이 노리는 게 바로 그거예요."

아무도 말이 없었다. 접시 위에서 달그락거리는 포크 소리가 유난히 크게 들렸다. 에스페란사의 무릎에 앉아 있던 페페가 미트볼 하나를 바닥에 떨어뜨렸다.

"우리 이제 굶어야 돼요?"

잠자코 듣고 있던 이사벨이 잔뜩 걱정스런 얼굴로 묻자 호세피나가 단호하게 말했다.

"아니야, 이사벨. 주변에 널린 게 음식인데 여기서 누가 굶는단 말이니?"

파업 참가자들의 노랫소리와 구호가 갑자기 멈추었다. 에스페란사는 아스파라거스를 포장하는 동안 들려오는 그 소리에 익숙해진 까닭에 소리가 멈추자 뭔가 잘못된 듯한 느낌이 들었다. 에스페란사는 일을 멈추고 고개를 들었다.

"오르텐시아, 듣고 있어요?"

"무얼요?"

"아무 소리도 안 들리잖아요. 고함 소리가 사라졌어요."

작업대에서 일하던 다른 여자들도 일제히 서로를 쳐다보았다. 그들은 창고의 다른 쪽 끝으로 몰려가 파업자들이 늘 서 있던 도로 쪽을 조심스레 내다보았다.

멀리서 회색 버스와 경찰차들이 먼지구름을 일으키며 창고 쪽으로 빠르게 달려오고 있었다.

"이민국 사람들이야! 진압이 시작됐어."

호세피나가 소리쳤다.

피켓들이 땅바닥에 내동댕이쳐졌다. 파업 참가자들은 무더기로 쌓아 놓은 공깃돌이 타격을 받은 것처럼 숨을 곳을 찾아 밭으로, 트럭의 짐칸으로 뿔뿔이 흩어지기 시작했다. 버스와 경찰차들이 끽하고 멈춰 서더니 이민국 관리들과 곤봉을 든 경찰들이 뛰어내려 그들을 뒤쫓았다.

포장 창고에 있던 여자들이 회사 경비원들의 보호를 받으며 밀치락달치락 한쪽으로 몰렸다.

"우린 괜찮을까요?"

파업 참가자들을 붙잡아 버스 쪽으로 밀어붙이고 있는 이민국 관리들을 바라보며 에스페란사가 물었다. 그들이 이렇게 많은 멕시코 사람들이 일하고 있는 창고를 그냥 지나칠 리 없다고 생각했다. 다음은 분명 이쪽 창고로 들이닥칠 터였다. 에스페란사는 필사적으로 오르텐시아의 팔을 움켜쥐었다.

"난 엄마를 떠날 수 없어요."

오르텐시아는 에스페란사의 목소리에서 공포를 읽었다.

"아니, 아니에요, 에스페란사. 그들은 우리 때문에 여기에 온 게 아니에요. 농장주들은 일꾼이 필요하잖아요. 그래서 회사가 우릴 보호하고 있는 거고요."

대여섯 명의 이민국 관리들이 경찰을 대동하고 들어와 작업대를 수색하고 상자들을 뒤집어엎고 밭에서 들어온 커다란 부대들을 쏟기 시작했다. 오르텐시아의 말이 옳았다. 그들은 손에 푸릇푸릇한 아스파라거스를 든 채 얼룩진 앞치마를 두른 일꾼들에게는 눈길 한 번 주지 않았다. 차를 대는 도크에서도 파업자들을 찾아내지 못한 관리들은 거기서 훌쩍 뛰어내려 파업자들을 싣고 있는 버스 쪽으로 서둘러 달려갔다.

"난 미국인이에요! 미국 시민!"

한 여자가 이렇게 외치며 서류를 펼쳐 보였다. 관리 하나가 서류를 잡아채더니 북북 찢어 버리며 명령했다.

"버스에 타시오."

"저 사람들을 어쩌려고 저래요?"

에스페란사가 묻자 호세피나가 설명해 주었다.

"먼저 로스앤젤레스로 데려가서 텍사스 주 엘패소 행 기차를 태운 다음, 멕시코로 넘겨 버릴 거야."

"하지만 미국 시민인 사람들도 있던데."

"그건 중요치 않아. 정부에서 볼 때 그들은 문제를 일으키고 있는 거야. 농장 노동자 조합을 결성하자고 선동하고 있으니 정부나 농장주들이 좋아할 리가 없잖아."

"가족들은 어떻게 하고요. 그들이 이 사실을 알 리 없잖아요?"

"어떻게든 말이 새나갈 거야. 서글픈 일이지. 관리들은 붙잡은 사람들을 태운 버스들을 밤늦게까지 역에 주차시켜 놓을 거야. 가족들은 사랑하는 사람과 헤어지기를 원치 않으니까 대개는 함께 멕시코로 송환되는 길을 택하지. 그걸 노리는 거야. 정부는 그걸 자발적 추방이라고 하지만 선택의 여지가 없지."

이민국 관리 두 사람이 창고 앞에 자리를 잡자 나머지 사람들은 버스를 타고 그곳을 떠났다. 에스페란사와 그 자리에 있던 여자들은 차창 안의 풀 죽은 얼굴들이 멀리 사라져 가는 모습을 지켜보았다.

여자들이 어슬렁어슬렁 작업대로 다시 모이더니 마치 아무 일도 없었다는 듯 다시 아스파라거스를 포장하기 시작했다. 그야말로 눈 깜짝할 새에 이 모든 사태가 시작되고 또 마무리되었다.

"이제 어떻게 되는 거죠?"

에스페란사가 묻자 호세피나가 근처에 배치된 두 남자를 향해 고개를 돌리며 말했다.

"혹시 파업 주동자들이 다시 돌아올지도 모르니까 이민국 사람들이 여기를 지킬 거야. 이렇게 일터로 돌아온 우리들은 저 버스에 타지 않은 걸 감사해야겠지."

에스페란사는 한숨을 깊이 내쉬며 자기 자리로 돌아갔다. 일단 안심은 되었지만 파업자들이 겪을 고통스런 상황이 머릿속을 떠나지 않았다. 여러 생각들이 뒤죽박죽되면서 머릿속이 뒤숭숭했다. 누군가가 자기 생각을 얘기했다고 해서 자기 나라에서 내쫓기는 것은 뭔가 잘못되어도 한참 잘못된 듯 보였다.

에스페란사는 아스파라거스 다발을 묶을 끈이 더 필요해서 창고 뒤편으로 갔다. 고무줄을 찾기 위해 미로처럼 쌓여 있는 키 큰 상자들을 뒤졌다. 상자들은 이민국 관리들이 헤집어 놓은 채였다. 엎어진 상자 하나를 똑바로 놓으려고 몸을 구부리는 순간 에스페란사는 너무 놀라 그만 숨이 멎는 줄 알았다. 무언가 시커먼 게 도사리고 있었던 것이다.

한쪽 구석에 웅크리고 있는 건 바로 마르타였다. 입술 위에 손가락을 갖다 대고 있는 그녀의 눈은 에스페란사에게 간절히 도움을 청하고 있었다.

"에스페란사, 제발 비밀로 해 줘. 난 붙잡힐 수 없어. 내가 엄마를 돌봐야 한단 말이야."

에스페란사는 한동안 얼어붙은 듯 가만히 서 있었다. 트럭에서 두 사람이 처음 만났을 때 마르타가 보여 줬던 야비한 모습이 떠올랐다. 만약 마르타를 도운 사실을 누군가 알아채기라도 한다면 다음 버스에 실릴 사람은 자신이 될 수도 있었다. 에스페란사는 그런 위험을 감수할 수 없었다. 그래서 막 그럴 수 없다고 말하려는 순간 마르타와 그녀의 어머니가 손을 꼭 붙잡고 있던 모습이 떠올랐다. 에스페란사로서는 두 사람이 서로 이별해야 하는 상황을 상상할 수 없었다. 게다가 마르타 모녀는 둘 다 미국 시민이었다. 두 사람이 이곳에서 살 권리는 충분했다.

에스페란사는 마음을 바꿔 다른 사람들이 일하고 있는 곳으로 되돌아갔다. 그녀의 행동을 눈여겨보는 사람은 아무도 없었다. 저마다 파업 진압에 대해 얘기하느라 정신이 없었던 것이다. 에스페란사는 아스파라거스 한 묶음과 누군가 옷걸이에 두고 간 지저분한 앞치마, 마대 몇 장을 챙겨 마르타가 숨어 있는 곳으로 살짝 빠져나왔다.

"이민국 관리들이 아직 창고 앞에서 지키고 있어."

에스페란사는 잔뜩 목소리를 낮춰 말했다.

"아마 창고 문을 닫는 한 시간쯤 뒤면 이곳을 떠날 거야."

에스페란사는 앞치마와 아스파라거스를 마르타에게 건넸다.

"누군가 너를 불러 세울지도 모르니까 여기를 빠져나갈 때는 앞치마를 두르고 아스파라거스를 들고 가는 게 좋을 거야."

"고마워. 난 네가 이런 앤지 몰랐어. 미안해."

마르타가 속삭였다.

"쉬잇."

에스페란사가 손을 입술에 갖다 댔다. 그녀는 마르타의 모습이 보이지 않도록 상자들을 잘 쌓고는 그 위에 마대들을 걸쳐 두었다.

"에스페란사, 어디 있어? 고무줄이 모자라거든."

호세피나의 목소리에 에스페란사가 고개를 쏙 내밀었다. 호세피나가 허리에 손을 얹고서 그녀를 기다리고 있었다.

"지금 가요."

에스페란사는 고무줄 한 묶음을 집어 들고 아무 일도 없었던 것처럼 태연히 작업장으로 되돌아갔다.

그날 밤 에스페란사는 침대에 누워 옆방에서 사람들이 낮에 있었던 파업 진압과 추방된 노동자들에 대해 얘기하는 소리를 들었다.

"큰 농장들은 빠짐없이 쳐들어가서 파업에 참여한 사람들을 수백 명이나 버스에 태워 갔다더군."

후안의 목소리에 이어 호세피나의 목소리가 들렸다.

"누가 그러는데 동부에서 오는 사람들 일자리를 만들려고 그들을 붙잡아 간 거래요. 회사가 우리를 필요로 하고 있다는 게 얼마나 다행인지 몰라요. 그렇지 않다면 다음은 우리 차례일 테니까요."

"우리가 회사를 위해 얼마나 충실히 일해 왔는데 그래. 그러니까 회사도 우리를 저버리지 않을 거야!"

알폰소의 단호한 말을 오르텐시아가 받았다.

"저는 모든 게 끝나서 기쁠 따름이에요."

그러자 미구엘의 목소리가 뒤를 이었다.

"끝나지 않았어요. 언젠가 때가 되면 그들은 다시 돌아올 거예요. 특히 이곳에 가족을 두고 떠난 사람들은 더욱 그렇겠죠. 그래서 다시 조직을 꾸려 더 강한 모습으로 태어날 거예요. 결국 우리가 그들에게 합세할 것인가 아닌가를 결정해야 할 때가 닥칠 거란 얘기죠."

에스페란사는 잠을 이루려고 애를 썼지만 낮에 있었던 일들이 계속해서 머릿속을 맴돌았다. 일을 계속할 수 있는 게 기뻤고 자기가 둥지를 튼 막사가 파업에 참여하지 않기로 한 데 감사했다. 하지만 사정이 달랐더라면 자신이 버스에 실릴 수도 있었다는 사실을 잘 알고 있었다.

'엄마라면 이런 경우에 어떻게 했을까?'

에스페란사는 생각의 갈피를 잡을 수가 없었다. 오늘 버스에 실린 몇몇 사람들은 그래서는 안 될 사람들이었다. 미국이란 나라가 어떻게 멕시코에는 가 본 적도 없는 사람들을 그곳으로 보낼 수 있단 말인가?

마르타에 대한 생각도 머릿속을 맴돌았다. 에스페란사가 마르타의 뜻에 동의하느냐 아니냐는 중요한 문제가 아니었다. 그녀의 가족이 서로 생이별하는 사태는 결코 있어서는 안 될 일이었다.

'마르타가 붙잡히지 않고 파업자들이 모여 있던 농장으로 무사히 되돌아갔을까? 그래서 엄마를 만나기는 한 것일까?'

몇 가지 이유 때문에라도 에스페란사는 그걸 알아야 했다.

이튿날 아침 에스페란사는 미구엘을 졸라서 파업 노동자들이 지내던 농장을 살펴보러 갔다.

농장은 여전히 사슬로 연결된 울타리에 둘러싸여 있었다. 그러나 이번에는 출입을 통제하는 사람들이 눈에 띄지 않았다. 사람들이 살았던 흔적도 전에 보았던 그대로였지만 인기척이 전혀 느껴지지 않았다. 빨랫줄에 널린 빨래들만 속절없이 나부끼고 있을 뿐이었다. 쌀과 강낭콩이 담긴 접시가 나무 상자 위에 횅뎅그렁하니 놓여 있고 주변에는 파리들이 왱왱거리며 들끓고 있었다. 천막 앞에는 신발들이 주인을 기다리기라도 하듯 나란히 놓여 있었다. 산들바람이 구겨진 신문 쪼가리를 밭 한가운데로 날려 보냈다. 나무에 매인 채 풀려나기를 애타게 기다리는 염소의 울음소리만 들릴 뿐 사위는 적막하고 황량했다.

"이민국에서 여기도 다녀갔구나."

미구엘이 트럭에서 내려 염소를 풀어 주었다.

에스페란사는 트럭에 앉은 채, 자신들의 처지를 바꿀 수 있다고 생각한 사람들로 우글거리던 들판을 바라보았다. 그들은 자신들의 처지를 개선시키기 위해 농장주들과 정부의 관심을 환기시키려 애써 온 사람들이었다. 그리고 그건 결국 그녀를 위한 것이기도 했다.

에스페란사는 그 무엇보다도 마르타와 그녀의 어머니가 함께 있는 모습을 보고 싶었다. 하지만 지금 당장은 그들을 찾을 방도가 없어 보였다.

'어쩌면 마르타의 숙모가 소식을 알고 있을지도 몰라.'

무언가 울긋불긋한 것이 에스페란사의 시선에 잡혔다. 그녀가 아이들에게 주었던 자그마한 당나귀 피나타의 잔해였다. 피나타에 달려 있던 헝겊 장식들이 산들바람에 나부끼고 있었다. 갈기갈기 찢긴 채 나뭇가지에 걸린 피나타는 속이 훤히 들여다보였다.

복숭아 | 5월의 여왕 |

　이제 에스페란사가 기도할 사람이 두 사람 더 늘었다. 빨래 통으로 만든 작은 성모 동굴에서 할머니와 엄마를 위해 기도해 왔던 에스페란사는 마르타와 그녀의 어머니를 위해서도 기도를 올렸다. 아빠의 장미들은 여전히 작달막했다. 하지만 그 가지는 뭔가를 약속이라도 하듯 단단한 꽃망울들을 내밀고 있었다.

　게다가 성모 동굴 앞에는 장미꽃만 있는 건 아니었다. 누군가가 성상 앞에 뜰냉이 꽃다발을 바치기도 했고, 어떤 날은 붓꽃 한 송이가 놓여 있기도 했다. 어떤 때는 빨래 통 위에 인동덩굴이 걸쳐져 있기도 했다. 최근 들어 에스페란사는 이사벨이 매일 저녁 식사 후 뒤꼍으로 가서 단단한 땅에 무릎을 꿇고 기도하는 모습을 볼 수 있었다.

어느 날 밤엔가 에스페란사는 성상 앞에 무릎 꿇고 있는 이사벨을 보고 물었다.

"이사벨, 구일 기도 중이야? 내가 보기엔 적어도 아흐레 동안은 기도를 해 온 것 같은데?"

봉헌 기도를 마친 이사벨이 에스페란사를 올려다보았다.

"나 5월의 여왕이 될지도 몰라. 2주일만 있으면 5월 1일 노동절이잖아. 그날 학교에서 축제가 있거든. 알록달록한 리본으로 장식한 기둥 주위를 빙빙 돌며 춤도 출 거야. 그날 선생님이 1학년 여학생 중에서 여왕이 될 사람을 점찍을 텐데, 지금까지 모든 과목에서 A학점을 받은 건 나뿐이야."

"그러면 네가 여왕이 될 수도 있겠구나!"

"친구들이 그러는데 보통은 영어를 하는 여학생 중에서 뽑힌대. 그리고 누가 더 멋진 드레스를 입고 있는가도 중요하대. 그래서 이렇게 매일 기도하는 거야. 여왕으로 뽑히게 해 달라고."

에스페란사는 멕시코에서 살 때 작아져서 입을 수 없게 되었던 멋진 드레스들이 생각났다. 그것들을 이사벨에게 줄 수 있으면 좋으련만. 에스페란사는 나중에 이사벨이 마음에 상처를 입지나 않을까 걱정이 되기 시작했다.

"글쎄, 혹시 여왕이 안 되더라도 넌 멋진 춤꾼으로 인정을 받을 거야. 그럼, 보나 마나지 뭐."

"하지만 에스페란사 언니. 난 여왕이 되는 게 훨씬 좋아! 언니처럼 여왕님이 되고 싶어."

에스페란사는 소리 내어 웃었다.

"하지만 누가 뭐래도 넌 언제나 우리들의 여왕님이신걸."

에스페란사는 마음속으로 간절히 기도하면서 이사벨 곁을 떠나 오두막으로 돌아왔다.

"멕시코 여자 애가 5월의 여왕에 뽑힌 적이 있나요?"

에스페란사가 묻자 호세피나가 걱정스런 표정으로 고개를 가로저었다.

"내가 사람들에게 물어봤지. 그런데 항상 금발에 푸른 눈을 한 여학생이 여왕으로 뽑힌다는 거야."

"하지만 그건 옳지 않아요. 더구나 성적이 기준이라면서 그러는 건 더욱 말이 안 돼요."

"이유야 항상 있지. 언제나 그런 식이야. 멜리나 얘기로는 작년에는 일본 여자 애가 1학년에서 1등을 했는데 그 아이를 여왕으로 뽑지 않았다고 하더라."

"그러려면 뭐하러 성적을 기준으로 한다고 했대요?"

에스페란사가 목소리를 높였다. 하지만 그 질문은 하나 마나라는 것을 이미 알고 있었다. 이사벨이 상처 받을 생각을 하니 벌써부터 가슴이 아려 왔다.

일주일 후 일을 끝내고 돌아온 에스페란사가 아스파라거스 한 묶음을 식탁 위에 올려놓았다. 깃털처럼 부드럽고 기다란 아스파라거스 줄기는 여왕이 되고자 하는 이사벨의 소망만큼이나 끈질긴 생명력을 지닌 듯했다. 일꾼들이 밭에 나가 어린 싹들을 꺾은 지 며칠 후면 새로운 싹들이 또다시 머리를 내밀기 때문에 같은 작업을 반복해야 했다. 이사벨도 입만 떨어지면 5월의 여왕 타령이었다. 이사벨은 자신의 머리에 승리의 화관을 쓸 수 있을지 여부에 온 정신을 빼앗기고 있었다.

"난 아스파라거스가 싫어."

이사벨이 숙제를 하다가 고개를 돌려 에스페란사를 쳐다보는 둥 마는 둥하며 말했다.

"포도 철에는 포도가 싫다, 토마토 철에는 토마토가 싫다 그러더니 이제 아스파라거스 철이 되니까 아스파라거스가 싫다네. 모르긴 몰라도 복숭아 철이 되면 또 복숭아가 싫다고 하겠지?"

이사벨이 활짝 웃으며 말했다.

"아니, 복숭아는 좋아해."

오르텐시아는 강낭콩 냄비를 젓고 있었다. 에스페란사는 창고에서 두르고 있던 얼룩진 앞치마를 새것으로 갈아입었다. 그리고 토르티야를 만들 밀가루를 덜어 내 반죽을 시작했다. 에스페란사는 곧 흰 장갑을 낀 것처럼 하얘진 손으로 밀가루 반죽을 찰싹찰싹 두드려 댔다.

"이번 주에 선생님이 5월의 여왕을 뽑으실 거야."

또 그 소리였다. 이사벨의 온몸이 흥분으로 부르르 떨렸다.

"그래, 그건 알고 있는 얘기잖아. 혹시 우리에게 말해 줄 새로운 소식이라도 있는 거니?"

에스페란사가 이사벨을 놀리듯 물었다.

"오클라호마에서 온 사람들이 살 새로운 막사를 짓고 있대."

"정말이에요?"

에스페란사가 묻자 오르텐시아가 고개를 끄덕였다.

"사람들이 막사 모임에서 그 소식을 알려 줬어요. 농장 주인이 군대에서 쓰던 막사를 사서 여기서 얼마 떨어지지 않은 자기 땅으로 옮기고 있는 중이래요."

"화장실도 집 안에 있고 뜨거운 물도 나온대! 그리고 수영장도 있대! 우리 선생님이 죄다 말해 줬어. 이제 거기서 수영도 할 수 있을 거야."

"멕시코 사람들은 일주일에 하루, 금요일 오후에만 수영을 할 수 있대요. 그러고 나면 토요일 아침에 수영장을 청소할 거래요."

오르텐시아가 에스페란사를 바라보며 말했다. 에스페란사는 조금 지나치다 싶을 정도로 팡팡 반죽을 두들겼다.

"그들은 우리가 다른 사람들보다 더 지저분하다고 생각하는 거예요?"

오르텐시아는 아무 말 없이 몸을 돌려 화덕 쪽으로 갔다. 화덕에 얹은 평평한 석쇠 위에 토르티야를 굽기 위해서였다. 그녀는 에스페란사를 바라보며 손가락을 입술 위에 갖다 댔다. 이사벨 앞에서 너무 많은 얘기를 해서는 안 된다는 표시였다.

그때 미구엘이 안으로 들어왔다. 그는 어머니에게 입을 맞춘 뒤 접시 하나와 갓 구운 토르티야를 집어 들더니 강낭콩 냄비 쪽으로 갔다. 그의 옷은 잿빛으로 말라붙은 흙투성이였다.

"어쩌다 옷이 그토록 엉망이 되었니?"

미구엘이 식탁에 가 앉으며 오르텐시아에게 말했다.

"오클라호마에서 온 남자들이 떼거리로 몰려들더니 하는 말이 자기들은 지금 주는 품삯의 절반만 받고도 일할 수 있다는 거예요. 그러자 회사가 그들을 고용해 버린 거죠."

그는 접시를 들여다보면서 고개를 흔들었다.

"기차 근처에는 가 본 적도 없는 사람들이 수두룩했어요. 그런 데 사장이 이제 난 필요 없다는 거예요. 신입들을 훈련시키면 된다나요. 그러면서 배수구 파는 일이나 선로 까는 일이라도 하려면 하래요, 글쎄."

에스페란사가 하얗게 반죽이 묻은 양손을 어중간하게 올린 채로 미구엘을 뚫어지게 바라보았다.

"그래서 너는 어쨌어?"

"내 옷을 보면 모르겠어? 배수관을 팠어."

미구엘은 날이 선 목소리를 내면서도 잘못된 일이란 애당초 없다는 듯 입이 미어지도록 토르티야를 씹고 있었다.

"미구엘, 사장이 그런 말도 안 되는 얘기를 하는데 묵묵히 따랐단 말이야?"

에스페란사가 되묻자 미구엘의 목소리가 높아졌다.

"아니면, 내가 무얼 할 수 있었겠어? 물론 문을 박차고 나올 수도 있었겠지. 하지만 그러면 오늘 품삯은 어떻게 하고? 오클라호마에서 온 사람들에게도 가족은 있어. 우리 모두 무언가 일을 하지 않으면 안 돼. 아니면 우리 모두 굶어야 할 거야."

에스페란사 자신도 생각지 못한 분노가 불쑥 치밀어 올랐다. 마치 밸브를 연 파이프에서 물이 분출하듯 화가 폭발했다.

"왜, 다른 사람들은 배수관 작업을 못한대? 네 사장은 왜 하필이면 너한테 그런 일을 시키냐고?!"

에스페란사가 손에 들고 있던 반죽을 바라보다가 벽을 향해 냅다 던졌다. 반죽은 잠시 벽에 붙어 있더니 이내 지저분한 자국을 남기며 스르르 미끄러져 내렸다.

이사벨의 표정이 심각해지더니 미구엘과 에스페란사, 오르텐시아를 번갈아 쳐다보았다.

"우리 굶어야 하는 거야?"

"아니야!"

그 자리에 있던 사람들 입에서 동시에 대답이 튀어나왔다.

에스페란사의 두 눈이 불처럼 타오르는가 싶더니 이내 오두막 밖으로 뛰쳐나가 문을 쾅하고 닫았다. 뽕나무와 멀구슬나무를 지나 포도밭 쪽으로 간 에스페란사는 포도나무 사이로 내려갔다.

"에스페란사!"

미구엘이 멀리서 부르는 소리가 들렸지만 에스페란사는 대답하지 않았다. 그리고 사잇길 하나가 끝나자 또 다른 사잇길을 거슬러 올랐다.

"안사!"

미구엘이 자기를 따라잡으려고 사잇길을 가로질러 달려오는 소리가 들려왔다. 에스페란사는 멀리 바라다보이는 능수버들에 시선을 고정시킨 채 달음박질치듯 한층 잰걸음으로 걸었다.

마침내 미구엘이 에스페란사의 팔을 낚아채더니 자기 쪽으로 돌려세웠다.

"무슨 일이 있는 거야?"

"네가 멕시코를 떠나면서 그토록 바라던 삶이란 게 고작 이거니? 그런 거야? 이곳은 제대로 된 게 하나도 없어! 이사벨은 아무리 원해도 절대로 5월의 여왕이 될 수 없어. 왜? 멕시코 사람이니까. 네가 철도 일을 할 수 없는 것도 멕시코 사람이기 때문이야.

우리가 일하러 갈 땐 또 어땠어? 같은 동포들이 잔뜩 성이 나서는 떼거리로 우리에게 돌멩이를 던졌잖아. 난 혹시 그들이 옳았던 건 아닐까 싶어 두렵다고! 또 이민국 사람들은 멕시코에 아무런 연고도 없는 사람들까지 그곳으로 보냈어. 그저 자기들 속생각을 놓고 소리 좀 높였다는 이유 하나로.

그뿐이야? 지금 우리가 살고 있는 곳은 어때? 그게 마구간이 아니고 뭐냐 말이야. 넌 이런 게 아무렇지도 않아? 오클라호마 사람들을 위해서 새로 막사를 짓는다는 소식 들었어? 수영장까지 있다며? 그런데 멕시코 사람들은 금요일 오후에나 수영을 할 수 있고 그러고 나면 다음날 수영장을 청소한다고 그러더라고! 게다가 오클라호마 사람들이 살 막사에는 실내에 화장실도 있고 뜨거운 물도 나온다는 거야. 왜냐고, 미구엘? 그들이 이 땅에서 가장 깨끗한 사람들이라 그러는 거야? 말해 봐! 이게 정말 멕시코에서 하인으로 살던 것보다 나은 삶이란 거야?"

미구엘은 포도나무 너머로 시선을 옮겼다. 늦은 오후의 태양이 포도밭에 긴 그림자를 드리우며 지평선 가까이에 낮게 걸려 있었다. 미구엘이 에스페란사 쪽으로 다시 몸을 돌렸다.

"멕시코에서 난 이등 시민이었어. 내가 강 건너편에 서 있는 존재였다는 거 잊었어? 아마 평생 동안 거기서 벗어나지 못했을 거야. 그렇지만 적어도 여기엔 기회란 게 있어. 그게 아무리 작은 것일지라도 지금의 나보다는 좀 더 나은 내가 될 수 있는 기회. 넌 이 말을 이해할 수 없겠지. 희망 없이 산다는 게 어떤 건지 알 턱이 없으니까."

문득 좌절감 같은 게 밀려왔다. 에스페란사는 주먹을 부르쥐고 두 눈을 꼭 감았다.

"미구엘, 모르겠어? 하는 행동을 보면 넌 아직도 이등 시민이야. 그들이 널 실컷 이용해 먹도록 내버려 두고 있잖아. 왜 사장한테 가서 정면으로 맞서지 않는 거야? 왜 너 자신을 위해, 네 재능을 위해 목소리를 높이지 않는 거야?"

"네 말이 점점 파업자들이 하는 말처럼 들리기 시작하는구나."

미구엘이 차가운 목소리로 말했다.

"이 나라에서 원하는 걸 얻는 길은 여러 가지야. 성공하기 위해선 남들보다 더 굳은 결심을 해야겠지. 하지만 내게 성공의 길이 열릴 거라는 걸 믿어. 잠시만 기다릴지어다. 그리하면 네 손 안에 열매가 떨어질지니."

머릿속으로 뭔가가 휙 지나갔다. 에스페란사는 갑자기 누군가에게 호되게 뺨을 얻어맞은 듯 얼어붙었다. 아빠, 아빠의 말이었다.

잠시만 기다릴지어다. 그리하면 네 손 안에 열매가 떨어질지니.

하지만 그녀는 기다림에 지쳐 있었다. 엄마의 병과, 할머니와 멀리 떨어져 살아야 하는 상황과, 아빠의 죽음에 지쳐 있었다. 생각이 아빠에게 미치자 왈칵 눈물이 쏟아졌다. 줄 하나에 매달려 있는 상황에서 마지막으로 버티고 있던 힘마저 빠져 버리는 느낌이었다. 에스페란사는 눈을 꼭 감은 채로 흐느끼며 자기가 천 길 낭떠러지 아래로 떨어져 내리고 있다고 생각했다. 바람이 그녀 곁을 휙하고 스쳐 지나갔다. 아래쪽은 칠흑 같은 어둠뿐이었다.

"안사."

'이렇게 내내 눈을 감고 떨어져 내리다 보면 비록 무섭고 힘들어도 멕시코로 돌아갈 수 있지 않을까?'

팔에 미구엘의 손이 와 닿는 감촉이 느껴졌다. 에스페란사는 눈을 떴다.

"안사, 결국은 모든 게 잘 풀릴 거야."

에스페란사는 몸을 뒤로 움츠리며 고개를 세차게 가로저었다.

"그걸 네가 어떻게 알아, 미구엘? 네가 점쟁이라도 된다는 거니? 난 그런 재주 없어. 난 모든 것을 잃었어. 내겐 단 하나밖에 없는 모든 것들을 송두리째 잃었어. 흐트러짐 없이 줄지어 서 있는 저 포도나무들을 봐, 미구엘. 지금까지 내 삶은 저랬어. 저 포도나무들은 그들이 가고 있는 방향을 알고 있지. 똑바로 앞으로. 하지만 지금의 내 삶은 엄마의 침대 위에 덮인 담요처럼 지그재그 모양이야. 난 할머니가 어서 이곳으로 오시길 바라지만 그동안 저축한 쥐꼬리만 한 돈도 할머니에게 보낼 수가 없어. 삼촌들이 그걸 찾아내서 할머니를 영원히 붙잡아 둘까 두려워서지. 또 이번 달엔 엄마의 병원비를 벌어서 냈지만 다음 달이면 더 많은 병원비가 쌓이겠지. 그래서 난 네가 얘기하는 그런 밑도 끝도 없는 희망을 받아들일 수가 없어. 이곳이 가능성의 땅이라는 장밋빛 얘기도 듣고 싶지 않아. 내게 그 증거를 보여 봐!"

"상황이 좋지 않은 건 사실이지만 그럴수록 더 노력해야 하지 않겠니?"

"하지만 쓸데없는 일이야! 너를 봐. 그래 강을 건너온 것 같아? 아니! 넌 여전히 농사꾼에 불과해!"

미구엘이 풋자두처럼 차디찬 눈으로 그녀를 바라보았다. 그의 얼굴이 혐오감으로 일그러졌다.

"이제 보니 넌 아직도 네가 여왕이라고 생각하는 모양이구나."

이튿날 아침 미구엘은 집을 떠났다.

그는 아버지에게 북캘리포니아로 철도 일을 구하러 간다고 말했다. 오르텐시아는 아들이 그렇듯 갑자기 집을 떠난 게 당황스럽고 걱정되었다. 알폰소가 그녀를 안심시켰다.

"미구엘의 결심은 확고해요. 이제 그 애도 열일곱 살 아니오?

저 혼자 알아서 헤쳐 나갈 수 있을 거요."

에스페란사는 너무 부끄러운 나머지 포도밭에서 있었던 일을 누구에게도 말할 수 없었다. 그러나 속으로는 미구엘이 떠난 건 모두 자기 탓이라고 생각하고 있었다. 걱정하는 오르텐시아를 볼 때마다 미구엘의 신변에 무슨 일이라도 생긴다면 그건 상당 부분 자기 책임이라고 느꼈다.

에스페란사는 아빠의 장미들이 자라고 있는 뒤뜰으로 갔다. 마침내 장미 한 송이가 활짝 피어 있었다. 가슴이 저려 왔다. 미구엘에게 달려가 이 소식을 전하고 싶었다. 그녀는 무릎을 꿇고 기도하기 시작했다.

'성모 마리아님, 부디 미구엘에게 아무 일도 일어나지 않게 해 주세요. 그렇지 않으면 전 저 자신을 결코 용서할 수 없을 거예요.'

에스페란사는 열심히 일을 하거나 이사벨에게 관심을 쏟음으로써 미구엘에 대한 생각에서 벗어나고자 했다. 만물 복숭아를 담은 상자 하나가 창고로 운반되는 것을 본 에스페란사는 집으로 가져갈 복숭아 몇 개를 자루에 담았다. 오늘만큼은 그 복숭아가 꼭 필요했다.

일이 끝나고 줄지어 선 오두막을 따라 내려가는데 멀리서 자신을 기다리고 있는 이사벨의 모습이 보였다. 이사벨은 무릎에 양손을 깍지 낀 채 허리를 꼿꼿이 세우고 앉아 있었다. 이사벨의 눈이 줄지어 선 오두막을 따라 이리저리 두리번거리고 있었다. 마침내 에스페란사를 발견한 이사벨이 벌떡 일어서서 달려오기 시작했다. 이사벨과의 거리가 좁혀지자 어린 이사벨의 뺨을 타고 흘러내리는 눈물을 볼 수 있었다.

이사벨이 양팔을 벌려 에스페란사의 가슴에 몸을 던졌다.

"나, 5월의 여왕에 못 뽑혔어!"

이사벨이 에스페란사의 치마에 얼굴을 파묻으며 흐느꼈다.

"성적은 내가 최고였는데 선생님은 성적만 보고 5월의 여왕을 뽑지는 않았다고 말씀하셨어."

에스페란사는 어떻게 해서든지 이사벨을 위로해 주고 싶었다. 그녀는 이사벨을 번쩍 들어 올렸다.

"안 됐구나, 이사벨. 선생님들이 너 같은 앨 뽑지 않다니, 정말 유감이구나."

그녀는 이사벨을 내려놓은 뒤 손을 마주 잡고 오두막으로 향했다.

"다른 사람들한테는 얘기했니? 엄마한테는?"

"아니, 집엔 아직 아무도 없어. 원래는 이레네 아줌마네 집으로 가기로 되어 있었지만 난 언니를 기다리고 싶었어."

에스페란사는 이사벨을 오두막으로 데려가 침대에 나란히 걸터 앉았다.

"이사벨, 여왕에 뽑히는 거, 그거 별거 아니야. 그래, 네가 멋진 여왕이 될 수도 있었겠지. 하지만 그건 오늘 하루뿐이잖아. 하루는 눈 깜짝할 새에 지나가 버려. 그러면 끝이야."

에스페란사는 몸을 숙여 침대 밑에서 가방을 꺼내 열었다. 그 안에 남아 있는 건 이제 도자기 인형뿐이었다. 그녀는 벌써 여러 번 이사벨에게 그걸 보여 주며 아빠가 그 인형을 어떻게 주었는지 들려주곤 했었다. 약간 먼지가 앉긴 했어도 인형은 여전히 사랑스러웠고 두 눈동자는 평소의 이사벨처럼 희망이 가득 차 있었다.

"이 언니는 기껏해야 하루밖에 안 가는 그런 거 말고 뭔가 다른 것을 네가 가졌으면 싶어."

에스페란사는 이렇게 말하며 인형을 꺼내 이사벨에게 건넸다.

"자, 이제 이건 네 거야."

이사벨의 눈이 휘둥그레졌다.

"오, 아…… 아니야, 에스페란사 언니."

이사벨의 목소리가 떨리고 있었다. 두 뺨은 여전히 눈물에 젖은 채였다.

"언니 아빠가 주신 거잖아."

에스페란사는 이사벨의 머리를 가볍게 다독거리며 말했다.

"넌 우리 아빠가 이 인형이 항상 가방 속에 처박혀 있기를 바라실 거라 생각하니? 아무도 놀아 주지 않기를 바라실 것 같아? 이 인형을 좀 봐. 얼마나 외로웠겠어. 이런, 먼지까지 앉아 있잖아! 그리고 이 언니를 봐. 인형을 가지고 놀 나이는 벌써 지났어. 내가 인형을 끼고 다니면 아마 사람들이 놀릴걸. 내가 놀림 받는 걸 얼마나 싫어하는지 너도 알지? 이사벨, 네가 이 인형을 아껴 주기만 한다면 나나 우리 아빠 모두를 기쁘게 하는 거야."

"정말?"

"물론이지. 이건 내 생각인데, 그걸 학교에 가져가서 친구들에게 보여 주는 거야. 네 생각도 그렇지? 틀림없이 반 친구들 중 그 누구도, 심지어 5월의 여왕이 된 그 아이도 이처럼 예쁜 걸 가져 본 적은 없을 거야."

인형을 두 팔에 안고 어르는 이사벨의 얼굴엔 눈물이 가셔 있었다.

"에스페란사 언니, 난 5월의 여왕이 되게 해 달라고 기도하고 또 기도했어."

"성모 마리아께서는 알고 계셨어. 여왕이 되는 것은 잠시지만 인형은 아주 오랫동안 네 것으로 남아 있을 거라는 걸."

고개를 끄덕이는 이사벨의 입가에 서서히 미소가 번지기 시작했다.

"언니 엄마가 뭐라시지 않을까?"

에스페란사가 이사벨을 꼭 껴안으며 말했다.

"이번 주에 의사 선생님을 만날 텐데 그분이 허락해 주신다면 엄마에게 물어볼 거야. 하지만 물어볼 것도 없이 엄마는 인형이 네 것이 된 걸 무척 기뻐하실 거야."

그러고는 싱긋 웃으며 복숭아가 든 자루를 건넸다.

"나도 아스파라거스는 싫어해."

에스페란사와 오르텐시아는 진료실에서 의사를 기다렸다. 오르텐시아는 앉아서 발을 까닥거리고 있었고 에스페란사는 벽에 걸린 의사 자격증을 바라보며 방 안을 왔다 갔다 하고 있었다.

마침내 문이 휙 열리더니 의사가 들어와 책상 앞에 앉았다.

"에스페란사, 좋은 소식이야. 어머니의 건강이 많이 좋아져서 일주일 내로 퇴원하셔도 될 것 같아. 아직 기력을 완전히 회복하신 건 아니지만 내 생각엔 이제 어머니에게 필요한 건 너의 정성스런 보살핌 같구나. 하지만 기억해 둘 일이 있단다. 일단 집으로는 가셔도 기력을 회복하려면 휴식이 절대적으로 필요하다는 거야. 아직은 병이 재발할 가능성이 있거든."

마음이 뛸 듯이 기쁜데도 눈에서는 자꾸만 눈물이 흘러내렸다. 엄마가 이제 집으로 돌아온다니! 다섯 달 전 엄마가 병원에 입원한 이후 처음으로 에스페란사는 마음이 홀가분해짐을 느꼈다.

의사가 빙그레 웃으며 말했다.

"어머니가 뜨개바늘과 실이 있었으면 하시던데. 너만 좋다면 지금 몇 분 정도는 엄마를 볼 수 있을 거다."

에스페란사는 병원 복도를 달려 엄마의 병상으로 갔다. 오르텐시아가 그 뒤를 헐레벌떡 뒤따랐다. 엄마는 침대에 일어나 앉아 있었다. 에스페란사는 엄마의 목에 팔을 감고 가슴에 안겼다.

"엄마!"

엄마는 에스페란사를 꼭 그러안은 채 얼굴을 찬찬히 들여다보았다.

"오, 에스페란사, 내 딸이 이렇게 자랐구나. 어쩜 이렇게 어른스러워 보일까!"

엄마는 여전히 야위긴 했지만 그렇게 약해 보이지는 않았다. 에스페란사는 엄마의 이마에 손을 얹어 보았다. 열도 느껴지지 않았다. 엄마가 그녀를 보며 소리 내어 웃었다. 그다지 힘이 있는 웃음은 아니었지만 에스페란사는 그 웃음소리가 마냥 좋기만 했다.

오르텐시아도 곁에서 엄마의 혈색이 좋다고 거들며 집으로 돌아올 때까지 뜨개실을 더 사 놓겠다고 약속했다.

"라모나, 따님이 얼마나 변했는지 믿지 못하실 거예요. 이제는 창고에서 일을 좀 해 달라고 불려 다니는 처지라니까요. 요리도 곧 잘 하고, 아기들 돌보는 걸 보면 아기 엄마 못지않아요."

엄마는 손을 뻗어 에스페란사를 가슴께로 당겨 안았다.

"우리 딸이 너무도 자랑스럽구나."

에스페란사도 엄마를 꼭 껴안았다. 허락된 문병 시간이 끝나자 에스페란사는 떠나기 싫은 몸을 억지로 일으켜 엄마에게 입을 맞추고 작별 인사를 했다. 그리고 엄마가 집으로 돌아오는 대로 그동안 있었던 일들을 낱낱이 얘기해 주겠노라고 약속했다.

식구들은 일주일 내내 엄마를 맞을 준비로 바빴다. 오르텐시아와 호세피나는 그 조그만 오두막을 먼지 하나 찾아볼 수 없을 정도로 닦고 또 닦았다. 에스페란사는 담요란 담요는 모두 꺼내다 빨았다. 후안과 알폰소는 엄마가 뜨거운 오후에 밖에 나와 쉴 수 있도록 나무 그늘 아래에 의자와 나무 상자를 갖다 놓고 그 위에 방석을 깔았다.

토요일, 드디어 엄마가 퇴원을 했다. 에스페란사가 트럭에서 내리는 엄마를 부축했다. 엄마는 트럭에서 내리자마자 아빠의 장미를 보고 싶어 했다. 엄마는 활짝 핀 장미 꽃송이들을 보며 눈물을 흘렸다. 오두막은 오후 내내 손님들로 들끓었다. 하지만 오르텐시아는 찾아온 사람들이 오래 머물지 못하게 했다. 시간이 조금이라도 지체될 듯싶으면 엄마가 휴식을 취하지 못하면 큰 일이라며 그들을 쫓아내다시피 했다.

그날 밤 이사벨은 엄마 앞에서 인형을 꺼내 자기가 인형을 어떻게 돌보고 있는지 보여 주었다. 엄마도 이사벨 생각을 많이 했다면

서 그 인형은 우리 모두의 것이라고 말했다. 잠자리에 들 시간이
되자 에스페란사는 엄마의 잠을 방해하지 않도록 조심하면서 살며
시 엄마 곁에 드러누웠다. 엄마가 에스페란사 곁으로 바짝 다가 눕
더니 두 팔로 꽉 껴안았다.

"엄마, 미구엘이 집을 떠났어요."

에스페란사가 나지막이 속삭였다.

"나도 오르텐시아에게 들었단다."

"엄마, 그건 제 잘못이에요. 내가 미구엘에게 막 화를 내며 넌
아직도 농사꾼일 뿐이라고 막말을 했어요. 그래서 이곳을 떠나 버
린 거예요."

"전부 다 네 잘못이라고 할 수는 없을 거야. 미구엘도 네가 그런
뜻으로 한 말이 아니라는 걸 잘 알고 있을 거고. 틀림없이 얼마 안
있으면 돌아올 거야. 가족으로부터 그리 오래 떨어져 있을 수는 없
거든."

둘 사이에 침묵이 흘렀다.

"엄마, 할머니와 떨어져 지낸 지도 벌써 1년이 다 돼 가요."

"그렇구나, 하지만 별도리가 없으니……."

엄마가 조용히 한숨지었다.

"하지만 그동안 제가 모아 놓은 돈이 있으니 곧 할머니를 모셔
올 수 있을 거예요. 많이 보고 싶으시죠?"

에스페란사는 엄마가 미처 대답하기도 전에 불을 켜고는 이사벨이 깨지 않았는지 확인부터 했다. 그리고 까치발을 하고 가서는 숨겨 놓았던 가방을 꺼내 왔다. 에스페란사는 엄마가 우편환을 보면 자기를 얼마나 자랑스러워할지 알고 있다는 듯 엄마를 보고 싱긋 웃었다. 가방을 열던 그녀의 입이 벌어진 채 다물어지지 않았다. 에스페란사는 눈앞의 광경을 도저히 믿을 수 없었다. 가방을 통째로 뒤집어 마구 흔들어 댔다.

가방은 텅 비어 있었다. 우편환이 어디론가 감쪽같이 사라져 버린 것이다.

포도 | 다시 골짜기를 올라 |

우편환에 손을 댈 가능성이 있는 사람은 미구엘밖에 없었다. 아무도 거기에 토를 달지 않았다. 알폰소가 에스페란사에게 사과를 했지만 엄마는 미구엘이 북캘리포니아에 가기 위해서는 돈이 필요했을 게 틀림없다며 너그럽게 받아들였다. 알폰소는 어떠한 일이 있어도 돈을 돌려주겠다고 약속했다. 에스페란사는 알폰소라면 그 약속을 지킬 거라고 믿었다. 하지만 정작 화가 나는 것은 미구엘이었다. 어떻게 감히 미구엘이 자기 가방에 손을 대서 제 것도 아닌 돈을 가져갈 수 있다는 말인가? 그건 결국 에스페란사의 고된 노동을 모독하는 일이었다.

엄마는 여전히 자다 깨다를 반복했지만 하루가 다르게 기력을 회복해 갔다. 오르텐시아는 엄마가 식사를 거르지 않고 잘 먹어 주는 것을 고마워했다. 에스페란사도 엄마의 입맛을 돋우기 위해 매일 갓 딴 과일들을 집으로 가져왔다.

몇 주일이 지난 어느 날 아침 에스페란사는 창고 도크 앞에 산더미처럼 쌓인 복숭아며 자두, 승도복숭아를 보고 입이 쩍 벌어졌다.

"저것들을 언제 다 분류한담?"

에스페란사가 한숨을 쉬며 말하자 호세피나가 웃으며 대꾸했다.

"한 번에 하나씩. 그러다 보면 어느새 일이 끝나 있을 거야."

그들은 먼저 알이 자잘하고 과육이 잘 떨어지지 않는 백도복숭아를 분류하는 작업부터 시작했다. 그 다음에는 알이 좀 더 굵은 황도복숭아를 분류했다. 에스페란사는 백도복숭아를 좋아하는 엄마를 위해 자루에 백도복숭아 몇 개를 챙겼다. 점심을 먹고 난 후에는 승도복숭아를 골라내고 오후 늦게부터는 꽤 많은 양의 자두를 분류해야 했다.

에스페란사는 코끼리염통자두를 좋아했다. 겉에는 녹색 반점들이 박혀 있지만 과육은 선홍색으로 붉은 이 자두는 달콤하면서도 톡 쏘는 맛이 일품이었다. 점심 후 잠시 쉬는 참이었다. 에스페란사는 과육이 턱으로 흘러내리지 않도록 몸을 앞으로 숙이고 자두 하나를 베어 물었다. 그때 호세피나가 그녀를 불렀다.

"에스페란사, 저길 봐. 알폰소가 오셨네. 여긴 웬일이지?"

알폰소는 현장 감독 한 사람에게 말을 걸고 있었다. 그가 한낮에

밭을 떠나 창고로 온 적은 단 한 번도 없었다.

"뭔가 좋지 않은 일이 벌어진 게 틀림없어요."

"아기들에게 무슨 일이 생겼나?"

호세피나가 이렇게 말하며 알폰소 쪽으로 종종걸음을 쳤다.

두 사람은 뭔가 얘기를 주고받은 뒤 상자와 자두가 잔뜩 쌓여 있는 작업대를 떠나 에스페란사 쪽으로 다가왔다. 에스페란사는 호세피나의 안색에서 무슨 일이 잘못되었는지 읽어 내려 했다. 그때 호세피나가 몸을 돌려 그녀를 바라보았다.

순간 에스페란사는 얼굴에서 핏기가 가시는 느낌을 받았다. 알폰소가 왜 이곳에 왔는지 알 것 같았다. '엄마 때문이다!' 의사는 병이 재발할 수도 있다고 말했었다. 엄마에게 무슨 일이 일어났음에 틀림없었다. 에스페란사는 몸에서 힘이 빠져 나가는 것 같았지만 애써 걸음을 유지했다.

"엄마 일이에요?"

"아니, 그건 아니에요. 놀랄 필요 없어요. 하지만 지금 나하고 같이 가야겠어요. 오르텐시아가 트럭에서 기다리고 있어요."

"하지만 너무 이르잖아요."

"걱정 말아요. 현장 감독한테 다 일러뒀으니까요."

그녀는 알폰소를 따라 트럭으로 갔다. 오르텐시아가 트럭 안에서 그녀를 기다리고 있었다.

"미구엘한테서 전갈이 왔어요. 베이커스필드에 있는 버스 정류장에서 그 아이를 만나기로 했어요. 로스앤젤레스에서 오는 중이라면서 아가씨를 데려오라는군요. 그게 우리가 알고 있는 전부예요."

"하지만 왜 내가 가야 하는 거죠?"

"자기가 한 짓을 사과하려는 것이길 빌 뿐이에요."

오르텐시아가 말했다.

기온은 섭씨 37도를 웃돌고 있었다. 뜨거운 바람이 훅 하니 트럭 안으로 불어 들어왔다. 에스페란사는 드레스 아래로 땀이 흘러내리는 것을 느꼈다. 일과 시간에 트럭을 타고 읍내로 나가는 게 낯설게 느껴졌다. 창고에서의 일상이 깨져 나가는 느낌이었다. 트럭을 타고 가는 내내 다른 사람들이 자기 때문에 일손이 모자라지나 않을까 마음이 쓰였다.

오르텐시아가 그녀의 손을 꼬옥 쥐며 말했다.

"훌쩍 날아가서 미구엘을 만날 수 있으면 좋겠네요."

에스페란사가 굳은 얼굴로 미소를 보냈다.

버스 정류장에 도착한 그들은 벤치에 앉아 미구엘을 기다렸다. 정류장 직원들은 하나같이 영어로 대화하고 있었다. 에스페란사에게는 그들이 쓰는 딱딱하고도 날카로운 단어들이 그저 시끄러운 소음으로 들렸다. 그녀는 영어를 들을 때마다 움찔움찔 놀라곤 했다. 사람들이 뭔가 얘기를 나누고 있는데 자기만 그걸 알아들을 수 없다는 게 싫었다. 그래서 언젠가는 영어를 배우고 말겠다고 결심했다. 에스페란사는 그들의 입에서 흘러나오는 단어들 하나하나에 온 신경을 집중했다. 마침내 그녀가 기다리던 단어가 튀어나왔다.

"로스앤젤레스."

은빛 버스가 코너를 돌더니 정류장으로 들어왔다. 에스페란사는 버스 좌석에 앉아 있는 승객들 속에서 미구엘을 찾았지만 그의 모습은 보이지 않았다. 에스페란사와 오르텐시아, 알폰소까지 모두 일제히 일어서서 내리는 사람들을 하나하나 살펴보았다. 마침내 미구엘이 버스 출입문에 모습을 드러냈다. 무척 지쳐 있는 데다 행색도 초라해 보였다. 하지만 부모님을 보자마자 버스 층계를 훌쩍 뛰어내려 어머니부터 끌어안았다. 그리고 알폰소와도 재회의 포옹을 나누었다.

미구엘은 에스페란사에게로 눈을 돌려 미소를 보냈다.

"모든 게 지금보다 좋아질 거라는 증거를 가져왔어."

에스페란사는 미구엘을 바라보며 애써 화난 표정을 지었다. 그를 만나 기쁜 내색이 드러나지 않기를 바랐다.

"내게서 훔쳐 간 돈은 돌려줄 수 있겠지?"

"아니, 하지만 그보다 더 좋은 것을 가져왔지."

버스에서 마지막 승객이 내리고 있었다. 미구엘이 그 승객을 부축하기 위해 몸을 돌렸다. 가파른 층계를 힘들게 내려오고 있는 사람은 자그마한 체구의 노파였다. 번쩍번쩍 빛나는 버스에 반사된 햇빛 때문에 에스페란사는 눈을 뜰 수가 없었다. 손을 이마로 가져가 그늘을 만들었다.

'도대체 미구엘이 말하는 더 좋은 게 무얼까?'

에스페란사는 한순간 환영을 보는 게 아닌가 싶었다. 할머니의 유령이 자기를 향해 걸어오고 있었던 것이다. 한 손에 나무 지팡이를 짚은 유령이 에스페란사를 향해 손을 내밀고 있었다. 유령이 말을 했다.

"에스페란사!"

오르텐시아가 깜짝 놀라서 숨을 훅 들이쉬는 소리가 들렸다. 순간 에스페란사는 자신이 헛것을 보고 있는 게 아니란 걸 깨달았다. 갑자기 몸이 뻣뻣해지면서 꼼짝도 할 수 없었다.

할머니의 모습이 점점 가까이 다가왔다. 몸도 작아지고 주름살도 늘어난 데다 쪽을 진 머리에서 흰 머리칼이 흘러내리고 있었다. 오랜 여행으로 옷은 엉망으로 구겨졌지만 드레스 소매에 넣고 다니던 하얀 레이스 손수건은 여전했다. 할머니의 눈가엔 눈물이 그렁그렁 맺혀 있었다. 에스페란사는 할머니를 불러 보려 했지만 소용이 없었다. 감정에 북받쳐 목이 잠기는 바람에 할머니를 향해 손을 뻗은 게 고작이었다. 에스페란사는 너무도 익숙한 분 냄새와 마늘 냄새, 그리고 박하 향에 얼굴을 파묻었다.

"할머니, 할머니!"

마침내 에스페란사의 입에서 할머니를 부르는 소리가 터져 나왔다.

"그래 할미다, 아가야. 우리 새끼가 얼마나 보고 싶었는지."

에스페란사는 눈앞에 펼쳐진 현실이 믿기지 않아 할머니를 앞뒤로 흔들어 보았다. 눈물이 그렁그렁한 눈으로 할머니를 보고 또 보며 꿈이 아니기를 빌었다. 마침내 에스페란사의 입에서 웃음이 터져 나왔다. 에스페란사는 소리 내어 웃다가, 슬쩍 미소를 짓기도 하고, 손을 꽉 잡기도 하며 어쩔 줄 몰라 했다. 한참을 그러고 난 후에야 옆에서 지켜보던 오르텐시아와 알폰소 차례가 왔다.

에스페란사가 미구엘을 쳐다보며 물었다.

"어떻게 된 거야?"

"일자리를 구하는 동안 뭔가 할 일이 필요했지. 그래서 할머니를 모시러 간 거야."

트럭을 막사에 갖다 댄 그들은 할머니를 부축해 오두막으로 안내했다. 호세피나와 후안과 두 아기가 그들을 기다리고 있었다.

"호세피나, 엄마는 어디 계세요?"

"집 안이 너무 더워서 그늘로 모셨단다. 지금 잠들어 계시는데 이사벨이 어머니 곁을 지키고 있어. 갔던 일은 잘 된 거니?"

오르텐시아가 할머니를 후안과 호세피나에게 소개했다. 두 사람의 얼굴이 환하게 빛났다. 할머니는 이제는 그들 삶의 일부가 된 코딱지만 한 방을 둘러보고 있었다. 벽에는 이사벨이 그린 그림들이 걸려 있고 탁자 위에는 복숭아가 담긴 바구니가, 발밑에는 쌍둥이들의 장난감들이 널려 있었다. 그리고 아빠의 장미꽃 몇 송이가 커피 깡통에 꽂혀 있었다. 에스페란사는 할머니가 이 서글픈 광경을 보며 무슨 생각을 할지 궁금했다. 하지만 할머니는 그저 빙그레 웃을 따름이었다. 할머니가 말했다.

"나를 내 딸에게 데려다 주겠니?"

에스페란사는 할머니의 손을 잡고 나무 아래로 내려갔다. 엄마는 나무 테이블 옆에 드리워진 그늘에 누워 있었다. 늘 아기들이 놀던 자리에 누비이불 한 장이 펼쳐져 있었다. 이사벨이 양손 가득 들꽃과 포도 덩굴을 들고 포도밭으로부터 걸어오고 있었다. 그러다 에스페란사를 보고는 반갑게 달려왔다.

두 사람 앞에 멈춰 선 이사벨이 얼굴을 붉히며 미소를 지었다.

"이사벨, 이분이 우리 할머니 아부엘리타야."

이사벨의 눈이 휘둥그레지고 입은 놀라움으로 함지박만 하게 벌어졌다.

"할머니가 진짜로 포도밭을 맨발로 걸어 다니고 주머니에 매끌매끌한 돌멩이들을 넣어 다니신다는 그분 맞아요?"

할머니가 큰 소리로 웃으며 주머니에 손을 넣어 납작하고 매끈

매끈한 돌멩이를 꺼내 이사벨에게 주었다. 이사벨은 놀랍다는 듯 돌멩이를 요모조모 살펴보더니 할머니에게 들꽃 다발을 건넸다.

"내 생각엔 우린 아주 좋은 친구가 될 수 있을 듯싶구나, 이사벨. 그렇지?"

이사벨이 고개를 끄덕이며 할머니가 엄마에게 갈 수 있도록 한쪽으로 비켜섰다.

엄마는 할머니를 만날 준비가 전혀 되어 있지 않았다. 그건 불가피한 일이었다.

에스페란사는 엄마 쪽으로 다가가는 할머니를 지켜보았다. 임시로 마련한 휴식 공간에서 잠들어 있는 엄마 주변은 온통 포도밭이었고 거기에는 농익은 포도들이 수확을 기다리고 있었다.

할머니는 엄마로부터 몇 걸음 떨어진 곳에 멈춰 서서 딸을 물끄러미 내려다보았다.

엄마 주변에는 뜨개바늘, 뜨개실 타래와 함께 레이스 뜨기에 관한 소책자들이 널려 있었다. 할머니는 손을 뻗어 엄마의 머리를 쓰다듬고는 얼굴에 흩어져 있는 머리카락들을 부드럽게 가다듬어 주었다.

할머니가 다정한 목소리로 딸을 불렀다.

"라모나."

엄마는 눈을 감은 채 마치 꿈을 꾸듯 입을 달싹였다.

"에스페란사, 너니?"

"아니다, 얘야. 라모나, 네 에미 아부엘리타다."

엄마가 천천히 눈꺼풀을 들어 올리고는 아무런 반응도 없이 할머니를 물끄러미 올려다보았다. 아무것도 보지 못한 것 같은 태도였다. 그러면서도 눈앞의 광경이 믿기지 않는 듯 할머니의 얼굴을 향해 손을 뻗었다.

할머니가 고개를 끄덕이며 말했다.

"그래, 나다. 에미가 왔다."

할머니와 엄마 사이에는 그들만이 이해할 수 있는 언어가 오갔다. 그건 행복에 넘치는 절규와 주체할 길 없는 감정들이 자아내는 그들만의 언어였다. 두 사람이 울부짖는 모습을 지켜보는 에스페란사는 심장이 터질 듯한 기쁨에 휩싸였다.

이사벨이 껑충껑충 뛰며 손뼉을 쳤다.

"오, 에스페란사 언니. 내 심장이 춤을 추고 있는 것 같아."

"나도 마찬가지야."

에스페란사는 간신히 소리를 내고는 이사벨을 번쩍 안아 올려 맴을 돌았다.

엄마는 할머니에게 와락 달려들어 곁에 붙들어 앉혔다. 그리고는 할머니가 어디로 사라져 버리기라도 할 것처럼 할머니의 팔을 단단히 붙잡았다.

순간 에스페란사의 머릿속에 할머니와의 약속이 떠올랐다. 그녀는 오두막으로 달려가 팔에 무언가를 안고 돌아왔다.

"에스페란사, 그건 내가 짜던 담요구나? 그래 다 끝낸 거냐?"

"아니요, 아직요."

에스페란사가 담요를 펼치며 말했다. 엄마가 담요의 한쪽 끝을 잡고 에스페란사가 다른 쪽 끝을 잡아 펼쳤다. 담요는 멀구슬나무와 뽕나무 사이를 완전히 가릴 정도로 컸다. 침대 세 개는 족히 덮고도 남을 크기였다. 사람들의 입에서 동시에 웃음이 터져 나왔다. 담요에는 아직도 뜨개실이 매달려 있었다. 한 줄만 더 뜨면 완성될 참이었다.

모두들 탁자 주위로 모였다. 에스페란사가 자리에 앉아 담요를 끌어당기더니 바늘을 집어 들고 마지막 몇 코를 뜨기 시작했다.

마침내 흥분을 가라앉힌 엄마가 에스페란사가 그랬던 것처럼 할머니에게 물었다.

"도대체 어떻게 오셨어요?"

"미구엘, 그 애가 나를 찾아왔지. 루이스와 마르코는 정말 지겨운 작자들이었어. 내가 시장에라도 가려고 하면 그들이 심어 놓은 염탐꾼들이 날 그림자처럼 미행하곤 했지. 그 두 사람은 네가 아직도 그 지역 어딘가에 숨어 있다가 나를 찾으러 올 거라고 생각하고 있는 듯했어."

산봉우리까지 열 코를 떠 올라갔다.

에스페란사는 할머니가 엄마에게 들려주는 말에 귀를 기울였다. 할머니는 그들이 몰래 빠져나간 사실을 알았을 때 루이스 삼촌이 얼마나 노발대발했는지 들려주었다. 그는 엄마와 에스페란사를 찾기 위해 혈안이 된 나머지 로드리게스 아저씨를 포함해서 모든 이웃들에게 그들의 행적을 묻고 다녔다는 것이다. 심지어 이모할머니들에게서 뭔가를 알아내려고 수녀원까지 찾아왔지만 그 누구도 두 사람과 관련해서는 입도 뻥긋하지 않았다는 얘기였다.

한 코를 더 떴다.

그들이 떠나고 몇 달인가 지났을 때 할머니는 엄마에게 뭔가 나쁜 일이 생겼다는 예감에 시달렸다. 그 느낌은 도무지 사라질 줄 몰랐다. 할머니는 몇 달 동안 매일같이 촛불을 밝히고 두 사람이 무사하기를 기도했다.

아홉 코 아래로 내려가 골짜기 맨 끝까지 왔다.

희망을 거의 포기하던 즈음의 어느 날 할머니는 정원에서 상처입은 새 한 마리를 발견했다. 다시는 날 수 없어 보였다. 하지만 다음 날 아침 그 새는 하늘 높이 포로롱 날아올랐다. 할머니는 그것이 뭔가 전화위복을 상징하는 징조임을 깨달았다.

한 코를 건너뛰었다.

그때 수녀 한 사람이 웬 쪽지를 가져왔다. 누군가가 할머니에게 전달될 구호품 상자 안에 그 쪽지를 남기고 갔다고 했다. 미구엘의 쪽지였다. 할머니가 감시당할 것을 예상한 미구엘이 날이 어두워진 뒤에 그 쪽지를 놓고 갔던 것이다. 거기엔 할머니를 미국으로 모셔 올 계획이 적혀 있었다.

다시 산봉우리 쪽으로 열 코를 올라갔다.

미구엘과 로드리게스 아저씨가 한밤중에 할머니를 기차역으로 모셔 갔다. 그건 그야말로 손에 땀을 쥐게 하는 일이었다. 이후 미구엘은 여행 기간 내내 한시도 할머니 곁을 떠나지 않았다. 그런 우여곡절 끝에 할머니는 이곳에 도착한 것이다.

한 코를 더 떴다.

미구엘은 엄마와 에스페란사에겐 할머니가 필요한 것 같았다고 말했다.

"바로 맞혔어."

감사의 마음을 담아 미구엘을 바라보는 엄마의 두 눈이 또다시 촉촉이 젖어 들고 있었다.

담요는 산을 넘으면 골짜기가 나오고 골짜기를 내려가면 다시 산이 나오고 그렇게 산과 골짜기가 수도 없이 이어졌다. 에스페란사는 자신도 그만큼 많은 산과 골짜기들을 거쳐 왔다고 생각했다. 머리카락 한 올이 무릎 위로 떨어졌다. 에스페란사는 머리카락을 집어 들어 담요에 함께 짜 넣었다. 지금 이 순간의 행복과 자신이 느꼈던 감정들 모두가 그 머리카락과 함께 영원하기를 빌었다.

에스페란사는 할머니에게 지금까지 있었던 일들을 낱낱이 들려주었다. 에스페란사는 이제 시간의 흐름을 달이나 날짜로 구분하지 않았다. 대신에 밭 일꾼이 다 된 양 과일이나 채소의 생장기에 따라, 혹은 밭에 필요한 일에 따라 시간을 헤아렸다.

그들은 캘리포니아산 씨 없는 포도, 말라가 적포도, 짙은 남빛의 리비에르 등 포도 수확이 끝날 무렵 이 골짜기에 도착했다. 포도 수확이 끝나고 얼마 안 가 엄마가 흙먼지를 들이마시고 병을 얻었다. 포도나무의 가지치기 작업이 한창이고 감자를 심을 준비를 하던 때였다. 감자 작업은 동장군이 기승을 부려 추위가 뼛속까지 스며들던 때에 이루어졌다. 감자 눈을 자르는 동안 엄마가 병원에 입원을 했다. 그리고 몇 달이 흘러갔지만 무슨 달이 지나갔는지 알수 없었다. 그저 따뜻한 날이라고는 찾아볼 수 없는 잿빛 나날들 가운데 포도나무 가지를 묶는 시간이 계속되었을 뿐이었다.

하지만 기어코 봄과 함께 어떤 희망이 찾아왔다. 골짜기는 다시 일용할 양식들을 잉태하기 시작했다. 기품 있는 아스파라거스, 열매가 익어 가는 포도밭, 무성한 가지들을 이고 있는 나무들. 드디어 첫 복숭아가 그들을 불렀다. 들판에서 귀뚜라미들이 밤의 교향곡을 연주하기 시작했다. 마침내 엄마가 퇴원해 집으로 돌아왔다. 자두 철이 되어 할머니가 이곳에 도착했다. 그리고 지금 또 한 번의 포도 수확이 진행 중이었다. 에스페란사에게 해가 바뀌고 있었다.

생일을 며칠 앞둔 어느 날 에스페란사는 미구엘에게 해가 뜨기 전에 작은 구릉들이 있는 산기슭까지 태워다 달라고 부탁했다. 거기에서 하고 싶은 일이 있었다. 어둠이 가시기 전에 자리에서 일어난 에스페란사는 발소리를 죽여 오두막을 빠져나왔다.

두 사람은 비포장도로를 따라 동쪽으로 달려 더 이상 앞으로 나아갈 수 없는 지점에서 차를 세웠다.

회색빛 속에서 고원 지대로 이르는 작은 오솔길 하나를 찾아낼 수 있었다.

정상에 도착하자 에스페란사는 골짜기를 내려다보았다. 쌀쌀한 새벽 공기가 오감을 가득 채웠다. 저 아래로 줄지어 늘어선 하얀 오두막 지붕들이 보였다. 들판이 서서히 그 모습을 드러내고 있는 가운데 동쪽 산 너머로 희뿌연 희망의 빛이 밝아 오고 있었다.

에스페란사는 몸을 숙여 풀을 만져 보았다. 차가웠지만 젖지는 않았다. 그녀가 땅에 엎드려서 자기 옆 자리를 톡톡 두드렸다.

"미구엘, 땅에 엎드려서 꼼짝 않고 기다리면 대지의 심장 소리를 느낄 수 있다는 거 알고 있어?"

미구엘이 의심스러운 듯 에스페란사를 빤히 내려다봤다. 에스페란사가 다시 땅바닥을 톡톡 쳤다. 그러자 미구엘도 그녀가 한 대로 따라 엎드렸다. 두 사람의 얼굴이 서로 마주 보고 있었다.

"금방 느낄 수 있을까, 에스페란사?"

"잠시만 기다릴지어다. 그리하면 네 손 안에 열매가 떨어질지니."

미구엘이 빙그레 웃으며 고개를 끄덕였다. 두 사람은 조용히 기다렸다. 에스페란사는 미구엘이 자신을 지켜보는 걸 보았다.

그때 느낌이 왔다. 시작은 부드러웠다. 차분하게 쿵쾅거리는 느낌이 전해져 왔다. 그리고 곧 느낌이 강해졌다. 이제 소리를 들을 수도 있었다. 쿵쾅, 쿵쾅, 쿵쾅. 대지의 심장이 고동치고 있었다. 언젠가 아빠와 함께 느꼈던 느낌 그대로였다.

미구엘의 얼굴에 미소가 번졌다. 에스페란사는 그도 역시 대지의 박동을 느끼고 있음을 알 수 있었다.

저 멀리 산등성이 언저리로 태양이 얼굴을 내밀었다. 햇빛을 기다리던 들판으로 여명이 퍼져 나갔다. 태양의 따스함이 몸으로 스며드는 것이 느껴졌다. 에스페란사는 몸을 돌려 막 핑크빛과 오렌지빛으로 물들기 시작한 구름들을 똑바로 올려다보았다.

태양이 떠오르자 에스페란사는 자신도 태양과 함께 공중으로 붕 떠오르는 듯한 느낌을 받았다. 골짜기에 처음 발을 들여놓던 그 날 산에서처럼 다시금 그녀의 몸이 둥둥 떠올랐다. 눈을 감았다. 그러나 이번에는 몸을 가눌 수 없는 상태로 빠져 들지 않았다. 에스페란사는 두려워하지 않고 대지 위로 떠오른 몸이 하늘을 거침없이 활공하도록 내버려 두었다. 이번에는 어딘가로 미끄러져 **빠져** 버리는 일은 없을 거라는 생각이 들었다.

에스페란사는 자기에게 무슨 일이 닥치든 아빠나 엘 란초 데 라스 로사스, 혹은 할머니나 엄마를 잃어버리지 않을 거라는 것을 알 수 있었다. 달걀 아줌마 카르멘이 기차에서 한 말 그대로였다. 에스페란사에겐 가족들이 있고 장미꽃이 가득한 정원이 있었다. 또 신앙이 있었고 자기보다 앞서 간 사람들에 대한 기억들이 있었다.

하지만 지금은 그보다 더한 무언가가 생겼다. 그것이 마치 불사조의 날개 위에 올라탄 것처럼 그녀를 하늘 높이 들어올리고 있었다. 에스페란사는 자신이 가질 수 있을 것이라고 생각조차 해 보지 못한 꿈들에 대한 기대감으로 날아올랐다. 영어를 배울 수 있다는 기대감, 가족들을 부양할 수 있다는 자신감, 그리고 언젠가는 작은 집을 살 수 있다는 희망이 그녀를 부풀게 했다. 결코 포기하지 않은 미구엘이 옳았다. 그리고 그들을 억누르는 사람들을 극복해 낸 자신도 역시 옳았다.

에스페란사는 골짜기와 산들로 둘러싸인 분지 위를 높이 맴돌았다. 그녀는 스스로 보았던 모든 아름다움들을 기억하는 장미 열매에 힘입어 쏜살같이 아빠의 장미꽃들로 내달았다. 그녀는 이사벨과 할머니에게 손을 흔들었다. 두 사람은 포도 덩굴로 만든 화환을 머리에 쓴 채 맨발로 포도밭을 걷고 있었다. 담요 위에 앉아 있는 엄마도 보였다. 울긋불긋한 색색의 실과 지그재그 무늬로 짜여진 담요는 불협화음 그 자체였지만 줄지어 늘어선 포도밭과 묘한 조화를 이루고 있었다. 아몬드 나무 숲에서 손을 맞잡고 걸어가고 있는 마르타와 그녀의 어머니도 보였다.

에스페란사는 다시 강 너머로 날아갔다. 강은 산맥을 뚫고 나아가며 급류를 이루고 있었다. 거기 황무지 한가운데에 푸른색 실크 드레스를 입은 소녀 하나와 머리를 가지런히 빗은 소년 하나가 있었다. 그들은 풀이 무성한 강둑에 앉아 막대기에 꽂은 망고를 먹고 있었다. 망고는 이국적인 꽃 모양으로 조각되어 있었다. 그들은 강을 사이에 두고 떨어져 있지 않았다. 두 사람은 이제 강 한쪽 편에 나란히 앉아 있었다.

에스페란사가 미구엘의 손을 잡기 위해 팔을 뻗었다. 미구엘의 손은 거기 있었다. 에스페란사의 마음은 무한한 가능성들을 향해 높이 날고 있었지만 미구엘의 손에서 전해지는 감촉이 그녀의 가슴을 대지로 끌어내렸다.

아침의 노래가 있었네.
다윗 왕이 모든 어여쁜 소녀들에게 불러 주던 노래.
그 노래 여기 우리가 너에게 불러 주노니
깨어나라, 내 사랑하는 아이야.

깨어나 보아라, 이미 새벽이 밝았노라.

새들이 벌써 노래하고 달은 이미 빛을 잃었노라.

에스페란사의 생일날 아침 창밖에서 여럿이 부르는 노랫소리가 들려왔다. 거기엔 미구엘의 목소리도, 알폰소와 후안의 목소리도 있었다. 에스페란사는 침대에서 일어나 앉아 그 노래에 귀를 기울였다. 그러고는 만면에 미소를 지으며 커튼을 걷어 올렸다. 이사벨도 에스페란사의 침대로 건너와 인형을 끌어안은 채 함께 창밖을 내다보았다. 두 사람은 생일 노래를 부르고 있는 남자들을 향해 손키스를 퍼부었다. 에스페란사는 그들에게 안으로 들어오라는 손짓을 했다. 개봉할 선물이 있어서가 아니었다. 부엌에서 진한 커피향이 풍겨 오고 있었기 때문이었다.

모두들 한데 모여 아침 식사를 했다. 엄마와 할머니, 오르텐시아와 알폰소, 호세피나와 후안, 아기들과 이사벨이 있었다. 이레네 아주머니와 멜리나도 가족들과 함께 에스페란사의 오두막으로 왔다. 그리고 미구엘이 있었다. 이번 생일은 예전의 생일과는 사뭇 달랐다. 하지만 이번에도 생일 축하 파티는 있었다. 파티는 먹구슬나무 아래에서 열렸다. 식구들은 뒤꼍에 핀 아빠의 장미 꽃봉오리를 꺾어다 테이블을 장식했다. 파파야는 없었지만 멜론과 라임 열매, 코코넛으로 만든 샐러드가 있었다. 그리고 흥겨운 웃음과 짓궂은 농담으로 버무려진 마차카 부리토도 있었다. 식사 막바지에 호세피나가 아몬드 푸딩을 가지고 나왔다. 그건 에스페란사가 가장 좋아하는 과자였다. 모두들 에스페란사를 위해 다시 한 번 생일 노래를 불렀다.

이사벨과 할머니는 나무 탁자 앞에 앉아 있었다. 두 사람은 각자 뜨개바늘과 실타래를 들고 있었다.

"자, 잘 보거라, 이사벨. 산봉우리 쪽으로 올라가면서 열 코."

할머니가 시범을 보이자 이사벨이 조심스럽게 따라했다.

바늘이 서투르게 움직였다. 이사벨이 첫 번째 줄을 에스페란사에게 보여 주기 위해 작품을 높이 쳐들었다.

"내 건 전부 굽었잖아!"

에스페란사는 빙그레 웃으며 뜨개실을 부드럽게 잡아당겼다. 울퉁불퉁 제멋대로 짜인 코들이 스르르 풀렸다. 에스페란사는 의심이라곤 찾아볼 수 없는 이사벨의 두 눈을 들여다보며 말했다.

"언제든 처음부터 다시 시작하는 것을 두려워하지 마."

골짜기를 오르는 모든 이들에게

내가 기억하는 한 할머니는 언제나 뜨개바늘을 들고 계셨다. 그 분은 슬하에 일곱 자녀를 두셨다. 할머니는 당신 자식들은 물론 스물셋이나 되는 손자, 손녀들을 위해 손수 담요를 떠 주셨다. 말년에는 증손자들을 위해서도 뜨개바늘을 손에서 놓지 않으셨다. 그처럼 돌아가시는 그 순간까지 한순간도 손을 놀리지 않으셨던 내 할머니 에스페란사 오르테가가 바로 이 책의 주인공이다.

어린 시절 나는 할머니가 멕시코를 떠나 미국에 첫발을 디뎠을 당시의 이야기를 들으며 자랐다. 그래서 할머니가 살던 기업 농장 막사에 관한 얘기며, 그곳에서 만나 평생 친구가 된 분들의 얘기를 잘 알게 되었다. 할머니는 그분들과 함께 그 절망적이고, 견디기 힘든 시절을 이겨 낸 이야기를 들려주시며 눈물을 보이시곤 했었다.

할머니 가족이 미국으로 이주한 1930년대 초, 캘리포니아 주의 기업 농장에서는 자주 파업이 일어났다. 임금이 너무 적었을 뿐 아니라 노동자들과 그 가족들이 사는 농장 막사의 환경이 너무 형편 없었기 때문이다.

▶ 19살 무렵의 에스페란사
오르테가 뮤뇨스의 모습

파업이 일어나면 농장주들은 파업 참가자들을 내쫓기도 했다. 막강한 영향력을 가지고 있던 농장주들은 파업을 진압하기 위해 경찰이나 이민국 관리들을 동원하기도 했다. 파업은 대부분 실패로 끝났다. 특히 오클라호마 같은 주에서 일자리를 찾는 사람들이 몰려들어 온 지역에서 그런 경우가 많았다. 그렇지만 사람들의 강력한 목소리가 비참한 노동 현실을 일부나마 변화시킨 경우도 있었다.

이 이야기에 나오는 멕시코인들의 본국 추방은 실제로 있었던 일이다. 1929년 3월 연방 정부는 추방 법령을 통과시켜 엄청난 수의 멕시코인들을 추방할 수 있는 권한을 군(郡) 당국에 부여했다. 파업이 일어나자 캘리포니아 주의 관리들은 '추방 열차'를 동원했고 이민국은 샌페르난도 밸리와 로스앤젤레스에 대한 '소탕령'을 내려 멕시코인으로 보이는 사람들을 닥치는 대로 체포했다. 그가 미국 시민권자인지 아니면 합법적으로 미국에 거주하고 있는지는 문제가 되지 않았다. 멕시코로 추방된 사람들 중에는 미국에서 태어난 미국 시민들도 있었다. 멕시코에는 가 본 적도 없는 사람들도 많았다. '자발적 송환기'라고 불리던 이 시기에 추방된 멕시코 사람들의 수는 19세기에 강제로 이주당한 미국 인디언들이나 제2차 세계 대전 때 재배치된 일본계 미국인들보다 많았다. 그때까지 미국에서 시행되었던 강제 이주 정책 중 가장 규모가 큰 것이었다. 그러나 이 일은 미국 역사에서 제대로 다루어지지 않고 있다.

할머니가 멕시코에서 살던 시절의 이야기를 해 주신 건 내가 결혼을 하고 아이들을 낳은 후였다. 증조할아버지 그러니까 에스페란사 할머니의 아버지가 돌아가시기 전, 할머니는 거대한 농장과 하인들과 부와 화려함이 두루 갖춰진 삶을 사셨다고 한다. 멕시코에서는 그야말로 동화 속의 공주님처럼 사셨던 것이다. 나는 할머니가 들려주신 이야기들을 기록해 두었다. 그리고 할머니의 어릴 적 모습일 수도 있는 한 소녀의 이야기를 머릿속에 그리기 시작했다.

이 이야기는 소설이기는 하지만 할머니가 사셨던 실제 삶과 많이 닮아 있다. 그분은 멕시코의 아과스칼리엔테스에서 태어났다.

▶ 증조부 식스토 오르테가와 동생 수녀들

아버지는 식스토 오르테가였고 어머니는 라모나였다. 할머니의 삼촌들은 엘 란초 데 라 트리니다드(이 책에서는 엘 란초 데 라 로사스로 바뀌었지만)의 유지였다. 아버지가 돌아가신 후 할머니는 멕시코를 떠나 미국 캘리포니아 주 어빈에 있는 기업 소유 농장의 노동자 막사로 이주할 수밖에 없었다.

그러나 소설 속의 에스페란사와는 달리 할머니는 캘리포니아로 이주할 당시 할아버지 헤수스 뮤뇨스와 결혼한 상태였다. 할아버지는 증조할아버지의 농장에서 일하던 기계 수리공이었다.

할아버지와 함께 멕시코인 막사에 격리된 할머니의 삶은 이 이야기에 나오는 인물들의 삶과 매우 흡사했다. 할머니는 공동 세탁장에서 빨래를 했고, 토요일 밤이면 자메이카 축제에 갔으며 세 딸을 낳아 기르셨다. 내 어머니 에스페란사 뮤뇨스도 그때 태어났다.

우리 아버지 돈 벨은 미 중서부 지방에서 캘리포니아로 이주해 온 사람이었는데 공교롭게도 어머니가 태어난 바로 그 농장에서 일했다. 할머니 가족들이 베이커스필드에 자그마한 집을 마련해서 이사한 뒤였다. 아버지는 전쟁으로 노동력이 부족한 상황에서 밭 농사에 동원된 아이들, 이른바 '기저귀 반'의 일원으로 농장에서 감 자를 수확했다. 열두 살 때였다.

미국에서 생산되는 농산물의 상당 부분이 캘리포니아의 샌와킨 지역에서 생산되고 있다. 이곳은 여름에는 불볕더위가, 겨울에는 한파가 기승을 부리는 곳이다. 게다가 먼지 폭풍과 골풀 안개가 발 생하는 지역이어서 골짜기 열병에 걸리는 사람이 많았다.

회사 막사에 대해 우리 가족이 갖고 있는 느낌은 상당히 뿌리 깊 은 것이었다. 우리 가족은 미국에서의 첫출발과 일거리가 절대적 으로 부족하던 상황에서 그들이 가졌던 직업에 단순한 애착 이상 의 감정을 갖고 있다. 나는 할머니와 같은 막사에서 살았던 사람들 을 취재할 기회가 있었는데 그들 대부분은 당시 일자리를 두고 경 쟁했던 이주 노동자들에게 아무 원한도 갖고 있지 않았다. 한 할아 버지는 이렇게 말했다.

"우리는 모두 다 너무 가난했어. 오클라호마 사람들이나 필리핀

▶ 에스페란사와 헤수스의 결혼 장면.
헤수스는 이 작품의 등장 인물 미구엘의 모델이 되었다.

사람들도 가난한 건 마찬가지였어. 우리는 일하고 싶은 마음과 가족을 부양해야 하는 사정을 너무나 잘 이해하고 있었지. 우리들 중 많은 사람들이 파업에 참여할 수 없었던 것도 그런 이유에서였고."

내가 들은 편견에 대해 묻자 그분은 이렇게 대답했다.

"편견, 분명히 있었지. 그것도 아주 끔찍스런 편견이었어. 하지만 그 당시는 그럴 수밖에 없었지."

많은 사람들이 일용할 양식을 위해 싸웠다. 물론 당시의 사회적 문제들에 편승한 것처럼 보일 때도 있었다. 하지만 그들이 매달렸던 건 생존이라는 문제였다. 그들은 자식들과 손자들의 미래에서 꿈과 희망을 보았다.

할머니는 그렇게 살아오셨다. 그리고 살아남았다. 할머니의 자식들은 모두 영어를 배웠고, 할머니 자신도 영어를 배웠다. 할머니의 자손들 중에는 대학을 졸업한 사람도 여럿이다. 개중엔 유명한 운동선수도 있고, 외무부에서 일하는 사람도 있다. 작가나 회계사 같은 전문직에 종사하는 사람도 있다.

우리 가족의 사회적 성취는 할머니가 이룬 성취였다. 할머니는 언제나 우리 모두를 위해 최선을 다했고 당신 자신이 걸어온 삶의 역경들을 되돌아보지 않으셨다. 할머니의 이름이 스페인어로 희망을 뜻하는 '에스페란사'인 건 어쩌면 너무 당연한 일인지도 모른다.

이 책을 샌와킨 골짜기를 힘겹게 올라 정상에 우뚝 서신 내 할머니 에스페란사와 골짜기를 오르는 모든 이들에게 바친다.

아름다운 풍경의 이면 읽기

모든 어린 시절은 아름답다. 그것이 혹 힘들고 어두웠어도 하나의 풍경으로 되돌아보면 아름답고 풋풋하고 가슴 벅차다. 내 어린 시절 역시 배꽃처럼 화사한 몇 폭의 풍경으로 남아 있다. 풍경은 풍경이어서 아름답다.

하지만 풍경이 아름답다고 해서 그 속에 깃든 삶까지 다 아름다운 것은 아니다. 아니, 풍경이라 부르는 것 속으로 들어가 삶을 만나면 거기에는 반드시 크고 작은 상처와 고통과 고난이 있게 마련인지도 모른다.

열세 살 소녀 에스페란사도 세상을 풍경처럼 바라보다가 어느 날 풍경 속으로 들어가 삶을 만난다. 그리고 그 풍경과 고단한 삶이 서로 어긋나 있다는 사실을 발견하게 된다. 에스페란사가 만난 현실은 할머니가 뜨는 지그재그 무늬의 담요처럼 깊은 골짜기와 산꼭대기가 끝없이 이어지는 고단한 삶이다. 『에스페란사의 골짜기』는 이처럼 세상의 온갖 화려한 것들을 누리던 한 소녀가 샌와킨 골짜기로 형상화되는 버거운 삶을 살아 내는 과정을 담담하면서도 따뜻한 시선으로 그려 내고 있다.

　한 가지 독특한 점은 이 책의 첫 장을 펼쳐 만나는 차례의 제목들이 이중 구조를 가지고 있다는 것이다. 제목은 우선 에스페란사의 일 년을 '포도', '파파야', '무화과', '아스파라거스' 등 온갖 과일과 채소들로 구분 짓는다. 풋풋한 향기가 물씬 풍기는 과일과 채소들 어디에도 에스페란사의 고단한 삶은 없다. 그러나 '1924년 멕시코 아과스칼리엔테스'를 시작으로 '슬픈 열세 번째 생일', '아빠의 땅을 뒤로하고', '먼지 폭풍', '파업' 등으로 병렬되는 또 하나의 줄기는 보이는 것이 삶의 전부는 아니라는 것, 모든 아름답고 달콤한 것의 이면에는 그와는 다른 무언가가 있다는 것을 말하는 듯하다. 예를 들면 파파야에는 딸을 너무도 사랑했던 아빠의 갑작스런 죽음과 그에 대한 애절한 슬픔이, 구아바에는 어두운 밤을 틈타 아빠의 땅을 뒤로하고 멕시코를 탈출하는 아슬아슬한 긴장이 담겨 있다. 이렇듯 『에스페란사의 골짜기』에서 과일과 채소는 피해 갈 수 없는 현실 그 자체를 의미한다.

말하자면 이런 식이다.

"그들은 캘리포니아산 씨 없는 포도, 말라가 적포도, 짙은 남빛의
리비에르 등 포도 수확이 끝날 무렵 이 골짜기에 도착했다. 포도 수
확이 끝나고 얼마 안 가 엄마가 흙먼지를 들이마시고 병을 얻었다.
포도나무의 가지치기 작업이 한창이고 감자를 심을 준비를 하던 때
였다. 감자 작업은 동장군이 기승을 부려 추위가 뼛속까지 스며들
던 때에 이루어졌다. 감자 눈을 자르는 동안 엄마가 병원에 입원을
했다. 그리고 몇 달이 흘러갔지만 무슨 달이 지나갔는지 알 수 없었
다. 그저 따뜻한 날이라고는 찾아볼 수 없는 잿빛 나날들 가운데 포
도나무 가지를 묶는 시간이 계속되었을 뿐이었다."

1920~30년대의 멕시코와 미국을 배경으로 펼쳐지는 기업 농장
노동자들의 가슴 아픈 이야기가 이 '풍요의 시대'에 읽혀야 할 이
유는 여기에 있다. 말하자면 '아름다운 풍경의 이면 읽기', '풍요

의 이면 읽기'가 필요하다는 것이다. 아름다움을 아름다움으로만 보고, 풍요를 풍요로만 본다면 세상을 바로 보는 데 실패할 수밖에 없다.

따라서 작가는 '아름다운 나라' 미국에 대해서도 '이면 읽기'를 요구한다. 미국의 풍요, 아메리칸 드림의 이면에는 수많은 이민자들의 희생과 노동이 아로새겨져 있다는 것이다.

하지만 굳이 교훈을 좇지 않아도 좋다. 한 사춘기 소녀가 상실과 두려움을 극복하고 진정한 자신을 찾는 내면의 드라마와 인종 차별, 파업 등을 목격하면서 사회적 · 역사적 현실을 인식하는 과정 그리고 그 각박한 현실에서도 사랑에 눈뜨는 이야기만으로도 충분히 따뜻하고 드라마틱하기 때문이다.

다시 제목 이야기를 하자면 이 책은 '포도'에서 시작해 '포도'로 끝난다. 그러나 시작의 포도와 끝의 포도는 다르다. 첫 번째 포도가 대농장 주인의 딸로 세상 물정 모르던 소공녀의 외형적인 화려함을 상징한다면, 마지막 장의 포도는 캘리포니아 기업 농장의 노동자로 전락한 에스페란사가 자신의 이름 그대로 '에스페란사' 곧 희망을 발견하는 내적인 아름다움을 상징한다.

에스페란사가 보낸 그 일 년을 우리는 성숙이라 부른다. 성숙이란 현실을 알아 가는 과정이다. 이 책이 우리 독자들에게 소녀 에스페란사의 일 년 이상으로 성숙의 계기가 되었으면 하는 생각이다. 그리하여 풍경 뒤의 삶을 읽을 줄 아는 청소년이 되기를 바랄 뿐이다.

아침이슬 청소년 ✳ **003**

에스페란사의 골짜기

첫판 1쇄 펴낸날 · 2006년 1월 16일
첫판 4쇄 펴낸날 · 2011년 6월 20일

지은이 · 팜 뮤뇨스 라이언
옮긴이 · 임경민
펴낸이 · 박성규

펴낸곳 · 도서출판 아침이슬
등록 · 1999년 1월 9일(제10-1699호)
주소 · 서울시 은평구 신사동 25-6(122-080)
전화 · 02)332-6106
팩스 · 02)322-1740
이메일 · 21cmdew@hanmail.net

ISBN · 89-88996-59-3 44840
ISBN · 89-88996-58-5 (세트)

책값은 뒤표지에 있습니다.